어느 프랑스
외인부대원
아내의 이야기

어쩌다 보니 취업이민 결혼이민

어느 프랑스 외인부대원 아내의 이야기

어쩌다 보니 취업이민 결혼이민

초판 1쇄 발행 2018년 12월 19일

지은이 표정희
발행인 송현옥
편집인 옥기종
펴낸곳 도서출판 더블:엔
출판등록 2011년 3월 16일 제2011-000014호

주소 서울시 강서구 마곡서1로 132, 301-901
전화 070_4306_9802
팩스 0505_137_7474
이메일 double_en@naver.com

ISBN 978-89-98294-53-3 (03810) 종이책
ISBN 978-89-98294-54-0 (05810) 전자책

이 도서는 한국출판문화산업진흥원의 출판콘텐츠 창작 자금 지원 사업의 일환으로 국민체육진흥
기금을 지원받아 제작되었습니다.

어느 프랑스 외인부대원 아내의 이야기

 어쩌다 보니 취업이민 결혼이민

표정희 지음

더블:엔

나는 1980년 원숭이띠로 한때 한성깔하던 여자다.

남편은 나보다 네 살 더 많은 용띠, 첫째 아들은 60년 만에 돌아오는 백호랑이띠, 둘째 딸아이는 60년 만에 돌아오는 청말띠다. 용, 백호랑이, 청말 사이에서 원숭이는 너무 힘들다. 나도 원래는 드센 여잔데 이들 사이에선 내가 제일 약한 것 같다.

2005년, 회사를 그만두고 친구와 유럽 배낭여행을 갔다가 프랑스 남부 아비뇽 페스티발 기간 중 숙소에서 지금의 남편을 만났다. 당시 그는 프랑스 외인부대원 3년차 군인이었는데, 휴가 중 스카이다이빙을 하러 아비뇽에 왔다고 했다. 그가 아는 분이 여름 페스티벌 기간 중에 민박집을 하셨기에 잠깐 들렀다가 우릴 만나게 되었고, 불어를 못하는 우리에게 아를Arles과 파리Paris를 가이드해주었다. 친구는 이 군인 아저씨와 내가 생긴 것도 비슷하고 말투도 비슷하다고 우리를 '도플갱어'라고 불렀다. 처음엔 서로에게 관심이 없었고 스치는 인연이라 생각했다. 배낭여행을 마치고 한국행 비행기를 타던 날, 그가 파리 샤를드골공항의 공중전화로 나에게 고백했고 2년 후 우리는 결혼했다. 결혼을 늦게 할 줄 알았던 내가 예상과 달리 너무 일찍 결혼하자 충격에 빠진 여자친구들 200명이 결혼식장으로 달려와 내 남편을 구경했다. 친구들은 남편이 강해 보인다며 나를 시집보내도 괜찮을 남자 같다고 했다. 결혼하고 3일 후 프랑스 남부 몽펠리에Montpellier에서 신혼생활을 시작했다. 남편은 옆 도시 님Nîmes 부대에서 근무를 하며 우리는 주말부부로 지냈다. 남편이 당직이라도 걸리면 한 달에 4일 보는 게 다였다. 남편 따라 외국 나갔는데 남편은 곁에 없고 새로운 환경에서 새로운 사람들을 사귀어야 했다. 한국에서 쉴 새 없이 바빴던 나는 외국에서 갑자기 혼자 있는 시간이 많아져 어색하기만 했고 혼자 하루를 보내는 방법을 터득하는데 2년이란 시간이 걸렸다.

2010년에 아들을 낳고 50일 만에 아이를 데리고 한국으로 들어왔다. 남편은 아이가 태어난 지 5일 후 아프리카 지부티로 2년 파견을 떠났다. 남편은 2011년에 한국으로 한 달 휴가를 왔고 그 기간에 맞춰 아이 돌잔치를 했다. 2012년 프랑스에서 가족이 함께 살기로 결정한 후 님 연대 근처로 이사를 했다. 이때부터 진정한 가정주부의 삶이 시작되었다.

2013년에 남편은 아프리카 말리 내전에 투입되었는데 이미 프랑스 군인 여섯 명이 전사한 상황이라 남편이 잘못될까 봐 무서웠다. 남편이 떠난 후에 임신했음을 알게 되었고 말리에 있는 남편에게 전화로 그 사실을 알렸다. 2014년에 딸아이를 낳았고 남편은 기저귀를 갈며 진정한 아빠의 삶을 시작했다. 2015년 여름에 남미에 있는 프랑스령 기아나Guyane로 3년 파견을 받았다.

현재 우리집 정원에는 이구아나 다섯 마리가 자주 등장한다. 어느 날 저녁에는 모기장을 뚫고 박쥐 한 마리가 들어왔다. 밤만 되면 정원에 두꺼비들이 등장하는데 가끔 열린 문틈으로 집안으로 들어오기도 한다. 손바닥만한 장수풍뎅이 세 마리를 키우기도 했고, 우리집에 거주하던 육지거북이는 가출해서 동네를 휘젓고 다닌다. 나는 완전 까칠한 도시여자라 이런 자연과는 아직도 친하지 않다. 이구아나가 귀엽다며 손으로 만지고 뱀을 몸에 두르고 사진을 찍는 이웃들이 이해가 되지 않는다.

한 달에 한 번 마을이 흔들리는데 우주로켓센터에서 로켓 발사를 했다는 신호다. 지대가 자주 흔들리니 종종 지진이 발생해도 마을 사람들은 로켓이 발사된 줄 착각한다.

1년 중 절반이 우기이며 하루에도 소나기가 몇 번씩 쏟아진다. 덕분에 걸어만 다녀도 모기가 얼굴과 온몸에 달라붙어 있고 늘 습하다. 이곳은 지카 바이러스가 가장 위험한 지역인 데다 주변 이웃들이 뎅기열이나 시쿤구니아 등 모기 전염병에 걸렸다는 얘기도 종종 들려온다. 내내 여름이라 크리스마스 선물 준다고 해야 12월이구나 할 정도로 계절이 바뀌는지 모르고 산다. 얼굴 화장을 하면 5분 만에 땀으로 지워지기 때문에 평소엔 선크림만 바르고 나시 하나 걸치고 1년을 보낸다.

어느덧 2년이 지났고 이제는 파견을 마치고 프랑스 본토로 돌아갈 준비를 하는 중이다.

늘 새로움을 갈구하는 나는 다른 환경에서 살아가는 이들의 이야기가 매우 흥미롭다. 특히 외인부대원 마담들끼리 만나면 영화 같은 일들이 너무 많은데, 이래서 남편이 나에게 "투덜대지 마라, 남들은 더한 상황에서 산다"라고 했나 보다. 주변에서 자꾸 책을 내보라고 하는 걸 보면 남들 눈엔 내 삶도 흥미로웠나 보다. 11년 동안의 결혼생활을 글로 정리해보았다.

"사는 환경만 다를 뿐 사람 사는 건 다 비슷하니까 서로 힘내며 살자" 라고 말하고 싶어서 이 책을 쓰게 되었다. 현재에 만족하는 사람은 아무도 없을 것이다. 이 책을 준비하면서 미니홈피에 있던 사진과 글들을 정리해보며 그동안 어떻게 지냈는지 돌아보게 되었다. 이런저런 사건 사고가 늘 발생했고 가끔 스트레스로 인해 호흡곤란도 있었지만 어쨌든 결국엔 지나가고 나는 또 오늘을 살아가고 있으니 이것이 인생 아닌가 싶다. 현재가 싫다고 하지만 시간이 지나면 이때가 그리울 날이 있을 것이다.

현재에 최선을 다하면서 서로 응원하며 힘내자고 말하고 싶다.

내가 모시고 있는 이 분은 신분노출을 엄청 꺼리신다. 남편 없이 부대를 방문했을 때 나를 도와준 군인에게 "우리 남편이 누구다"라고 하니 그 군인이 과거에 남편과 함께 근무했었다며 반가워했다. 근데 남편은 "네가 누구인지 남편이 누군지 왜 말하고 다니냐"며 뭐라고 했다. 이런 부분이 참 이해가 되지 않는다. 도와줘서 고맙다고 내 신분을 밝힌 건데 잘못한 건가. 이럴 때마다 남편이 특수임무를 띠고 이곳에 파견된 국가정보원 직원은 아닌지 혹은 북파공작원 출신은 아닌지 신분을 의심하게 된다. 책을 쓰겠다고 했더니 자기 얘기는 절대로 하지 말라고 한다. 자기 신분을 노출하지 말고 사진도 넣지 말라고. 그래서 나는 남편 이름 대신에 "이 분, 이 남자, 남편"이라는 단어로 소개하기로 했다.

남편은 2002년 5월에 외인부대에 입대했다. 아프리카 코트디브와르Côte D'ivoire로 4개월 파견을 다녀온 후 2005년 여름휴가

기간에 배낭여행 온 나를 만났다. 7월에 두 번 휴가를 받았는데 그 기간에 나와 내 친구를 가이드해준 것이다. 7월 초에 프랑스 남부 아비뇽과 아를을, 7월 말에는 파리를. 그리고 8월에 파리 샤를드골공항에서 한국으로 들어간다고 연락을 했을 때 갑자기 공중전화에 써있는 번호를 물어보고 끊으라고 하더니 영화처럼 공중전화로 전화가 왔다. 그렇게 그는 나에게 고백을 했다. 몇 달 후 남편은 다시 내전 중인 아프리카 코트 디브와르로 파견을 나갔다. 아프리카에 있는 동안엔 전화통화만 하고 프랑스로 돌아온 이후에 화상채팅으로 연애를 했다. 8개월 후에야 남편을 직접 만날 수 있었다.

외인부대원과 연애를 하고 결혼을 하는 건 참 힘든 일이다. 결혼날짜를 잡았는데 준비는 혼자 해야 했다. 준비기간에 엄청 싸운다는데 난 싸울 상대가 없었다. 내 맘대로 할 수 있어서 편하기는 했다. 2007년 결혼식 날짜를 잡고 청첩장까지 발송했는데 중앙아프리카에 내전이 터져서 긴급파견 명령이 떨어졌다. 외인부대원들에게는 이런 일이 빈번하다. 다행히 남편은 파견을 가지 않았고 우리는 결혼식을 올릴 수 있었다. 결혼 후에는 2008년 말 남미 기아나로 4개월 파견을 갔다. 그 기간에 난 한국에서 두 달을 보냈다. 남편 없는 4개월 동안 혼자 프랑스에 있고 싶지 않았다. 2009년에도 6개월짜리 아프가니스탄 파견 명령을 받았는데 그때 내가 유산하고 임신이 다시 되어서 엄청 날카로웠다. 남편이 나 혼자 두고 차마 파견을 나갈 수 없었기에 임신기간 동안 남편은 해외파병을 나가지 않았다. 2010년에는 아프리카 지부티로 2년 파견을 받았다. 임신기간 동안 프랑스 신혼집을 다 정리하고 나와 아이는 한국으로 귀국, 남편은 아프리카로 떠났다. 황당한 건 파견 1년 만에 지부티 부대가 없어졌다는 사실이다. 1년 파견인 줄 알았으면 프랑스 집을 정리하지 않았을 것이다. 2011년 아프리카 차드와 2013년 아프리카 말리 4개월 파견, 2015년 남미 기아나로 3년 파견 중이다.

남편은 2002년부터 2015년까지 님Nîmes에 위치한 제2외인보병연대에서 복무했으며 오랫동안 의무대에서 의무특기로 일했다. 파리 소방서에서 실습을 하기도 했고 아프리카에 파견을 나가면 UN군과 함께 현지 원주민들에게 의료봉사활동을 했다. 아프리카 지부티에선 죽을 뻔한 사람을 현장에서 구조하여 국가로부터 상장을 받기도 했다. 지부티 이야기가 외인부대원들 입을 통해 전해지면서 여기 기아나 쿠루에서도 어느 날 누군가가 남편을 만나보고 싶었다고 인사를 하더란다.

이곳 남미 쿠루 연대에 와서는 의무대 사무실이 아닌 전투중대로 지원했다. 2015년 1년 동안 전투부대에 의무병으로 있었는데 1년 중 절반은 집에서 잠을 잤고 절반은 정글에서 잤을 정도로 미션이 많았다. 2016년 6월에 에스아으데 SAED라는 코만도부대에 지원, 테스트를 거친 후 현재 의무병으로 근무하고 있다. 이 테스트는 지원자들을 5일 동안 잠 안 재우고 안 먹이고 정글에서 신체훈련은 물론 정신교육까지 시켰다고 한다. 5일 만에 돌아온 남편은 한 달 정글 미션 나갔을 때보다 더 심하게 살이 빠져 왔고 얼굴은 거의 해골 수준이었다. 참고로 한 달 정글 미션 갈 때마다 매번 8kg씩 빠져서 돌아왔다. 한 달짜리 미션보다 5일간의 테스트가 더 혹독했다는 걸 남편 얼굴을 보자마자 알았다. 2016년 10월에 한 달짜리 적도지대 아마존 정글 전문가 교육Spécialiste en forêt équatoriale이 있었다. 36명 중 6명은 부상으로 중도하차하고 30명만 교육을 마쳤으나 그 중에도 탈락자가 발상했다. 체력만 좋다고 점수가 좋은 게 아니다. 머리로 계산해야 하는 시험도 많다. 남편은 그 중 8등을 했는데 최종 테스트날에 말벌에 15방을 쏘여서 얼굴과 손이 퉁퉁 부어 테스트를 잘 못했다고 했다. 그 시험만 잘 봤어도 3등 안에 들었을 거라고 엄청 아쉬워했다. 난 어디 하나 안 부러지고 안 다치고 온 것만으로도 감사한데….

SAED의 제일 큰 임무는 로켓 발사 전에 헬리콥터를 타고 정찰하는 것이다. 남편의 헬기 낙하 횟수가 한 달에 10회 정도 된다. 남편은 이 팀의 유일한 의무병이기 때문에 무조건 헬기에 탑승해야 한다. 만약 남편이 휴가 중이면 다른 간호사나 의무대원이 헬기 아래에 대기하고 있어야 한다. 헬기임무라는 게 언제 어디서 어떤 일이 벌어질지 모르기 때문에 걸어갈 수 없는 곳에 헬기를 타고 가다 갑자기 내리는 경우가 허다하다. 근데 의무병 없이 갔다가 다치면 큰 사고가 날 수 있어서 무조건 의무병이 헬기에 탑승해야 한다. 헬기에서 낙하하는 레펠 교육과 정글 전문가 교육을 받은 사람이 이 팀에서 남편이 유일하기 때문에 다른 의무대원들이 할 수 있는 일은 제한적이다. 남편 외에 군의관 한 명과 다른 의무대 몇 명도 헬기에 탑승해서 뛰어내릴 수 있다. 그러나 다른 정글 미션까지 할 수 없기 때문에 되도록 남편을 투입한다. 현재 의무대 소대장의 경우 한 달 미션에 따라갔다가 벌에 쏘여서 죽을 뻔했다고 한다. 본인이 벌 알레르기가 있는 걸 몰랐다고. 의무지원을 하려고 갔는데 벌에 쏘여 쓰러지는 바람에 다른 군인들이 그를 업고 그의 짐을 들고 행군해야만 했다.

남편이 어딜 다치기라도 하면 부대 및 의무대가 난리가 난다. 미션 나가야 하는데 다치면 어떡하냐고 남편한테 얼마나 화를 내는지 모른다. 누군 다치고 싶어서 다쳤겠나…. 남편의 몸은 국가 소유니까 소중히 다뤄야 한다. 의무대에선 SAED 미션을 안 따라가려고 한다. 다른 전투중대는 야간 행군이나 저녁 업무를 안 하는데 SAED는 밤에 이동해서 사금 캐석하는 사람들 잡으러 다니고 여섯 시간 동안 수영해서 강을 올라가고 별 난리를 다 치기 때문에 의무대에서도 어떻게든 안 따라가려고 다들 도망 다닌다고 한다. 다른 중대에 편한 미션들도 많고 수당은 똑같이 받는데 군이 힘들고 어렵고 다칠 위험을 감수할 이유가 없기 때문이다. 불쌍한 우리 남편! 의무병이 빨리 한 명 더 들어와야 좀 편할 텐데… 모든 미션에 참여해야 해서 혼자 너무 바쁘다.

  방금 전, 남편에게 뭘 물어봤다. 남편이 왜 물어보냐 묻길래 책 쓰려고 한다고 했더니 남편이 재차 강조하길 책에 자기 얘기는 절대 쓰지 말라고 한다. 미친 거 아닌가? 외인부대원 아내의 삶에 대한 얘기를 쓰는데 외인부대원 얘기가 빠지면 난 무슨 얘기를 하나? 하다못해 육아얘기에도 아빠 얘기는 들어가는데 말이다. 남편 몰래 책을 내야겠다. 가명으로 내야 하나? 남편이 나중에 이 책을 보면 날 죽이려 들지도 모른다. 남편 이름만 공개 안 했지 모든 걸 다 공개했기 때문이다.

차례

\# 어느 외인부대원의 아내 이야기 • 4

\# 어느 외인부대원 이야기 • 8

첫 번째 이야기, 남미 기아나 3년

2015년 7월, 남미 기아나로 짐을 보내다 • 22

남미 날씨 적응하기 • 27

이삿짐 상자의 변신 • 30

프랑스령 기아나 • 32

살뤼섬 • 39

기아나 우주센터 • 41

가족을 중시하는 기아나 3연대 • 47

카메론 전투 • 52

외인부대에서 아리랑 부르기 • 59

남편들이 없는 이곳이 전쟁터 • 63

아무도 걱정하는 이가 없다 • 71

친해질 수 없는 이구아나 • 76

정서도 다르고 문화도 다르다 • 80

여섯 살 아들의 첫 캠프 • 92

태권도 수업 · 95

10년째 불어공부 · 99

늘 떠날 준비를 하는 마담들 · 105

프랑스 병원 이야기 · 113
  안과 / 치과 / 산부인과 / 내과

한국 인공위성 발사 · 129

기아나 국가 파업 · 133

카카오 흐몽족 마을 · 140

카누 대회 · 145

아메리카 원주민 · 147

결혼 10주년 브라질 여행 · 150

재해 현장에 긴급 파견 · 164

외인부대 아내들을 위한 군 체험 캠프 · 168

한해의 마무리 노엘 행사 · 180

원숭이 섬 · 183

나무늘보의 집 · 189

남미축제 카니발 · 192

두 번째 이야기, 프랑스 남부 몽펠리에 3년

축제의 도시 몽펠리에 • 200

몽펠리에 남쪽 지중해 도시 • 207
카프 다그드 / 세트 / 팔라바스 / 라 그랑드 모뜨
르 그로뒤 호아 / 에그 모트 / 생뜨 마리 드 라 메르

몽펠리에 북쪽 산과 계곡 • 214
악마의 다리 / 생 기엠 르 데제르 / 광야 박물관
생 마르땅 드 롱드르 / 산책로 / 순례자의 길

내 인생의 중요한 도시 아비뇽 • 221

프랑스 한글학교 교사 연수 • 227

툴롱 항구에 해군 최영함 도착 • 232

프랑스 콜리우르 관광 후 국경 넘어 스페인 로제스 • 236

프랑스와 스페인 사이 독립국가 안도라 • 238

바르셀로나에서 차 견인되다 • 241

중세 개신교 마을 레보드 프로방스
– 라벤더 마을 쏘 – 반 고흐의 도시 아를 • 245

두 번의 결혼식과 남편의 국적 취득 • 249

2500년 역사의 카르카손 성 • 252

첫 아이 탯줄 자르고 5일 만에 아프리카로 떠난 남편 • 256

파리 샤를드골공항의 악몽 • 262

복잡한 출생신고 • 265

화상채팅 폰팅 가족 · 267

나에게 한지공예란 · 270

프랑스를 떠나 다시 프랑스로 · 275

세 번째 이야기, **프랑스 남부 님 3년**

두 번째 프랑스 거주지 님, 제2외인보병연대 · 280

아이의 놀이터, 세계문화유산 가르교 · 285

투우 행사 · 287

님 근교 산책하기 · 290
　　푹스 계곡 / 위제스 〈하리보 사탕 박물관〉
　　고르드 / 세낭크 사원

아프리카 말리로 떠난 남편 · 295

체류증 이야기 · 298

태교 여행, 스페인 토사 데 마르 · 302

둘째 아이 출산 · 304

프랑스 시스템 · 308

프랑스인의 연애관 결혼관 · 316

프랑스 문화를 알 수 있는 가족 드라마 〈끌렘〉 · 321

달리를 만나러 스페인으로 · 326

뜻밖의 힐링장소, 스페인 카프 데 크레우스 · 329
7월 14일 프랑스 혁명 기념일 · 331
프랑스 외인부대원에 대한 편견과 환상 · 334
프랑스인들이 생각하는 외인부대원 · 339

마치는 글 프랑스 본토로 돌아갈 준비를 하며 · 344

첫 번째 이야기,

남미 기아나 3년

드디어 프랑스 집 차고에 보관해놓은 수많은 짐들을 기아나로 보내는 날이다. 아침 일찍 거대한 트럭 몇 대가 단지 정문 안으로 들어온다. 우리 트럭인가? 알고 보니 오늘 이삿짐을 보내는 집이 세 가구다. 어쩐지 쓰레기통 전쟁이었다. 공무원 주택단지라 수시로 이사를 오가고 이웃들도 자주 바뀐다. 출근한 남편은 잠시 집에 와서 이삿짐을 보내고 다시 출근했다. 파견 이사 비용 8천 유로는 국방부에서 지원된다. 1년 내내 여름인 기아나에서 쓸 물건들과 차만 보내고 겨울옷 및 이불은 프랑스 본토의 컨테이너에 3년 동안 보관될 것이다. 그럴 일 없겠지만 기아나에 4년 동안 있게 되면 4년째 보관비용은 우리가 지불해야 한다. 걱정되는 건 3년 후에 전자제품들이 잘 작동될까?? 소파가 곰팡이로 뒤덮여 있지는 않을까?? 침대 매트리스에 곰팡이가 피

22

지 않을까?? 등등이었다. 주부의 마음으로 진심 걱정되었다. 우리 짐은 선박에 실려 한 달 후, 늦으면 석 달 후에 기아나에 도착할 것이다.

짐을 보낸 다음날, 님 집을 떠나 파리 북서쪽에 사는 아는 동생 K네 집으로 이동했다. K가 한국에서 휴가 보내는 동안 K네 집에서 한 달 머물다 기아나로 출국하기로 했고, 별장 같은 이 집의 숙박료는 우리집 월세로 대신했다. 그동안 남편은 부대에서 10일 정도 머물다 7월 말에 다른 군인들과 함께 기아나로 출국했다. 일반적으로 군인들이 먼저 파견지로 입국하고 집을 받아야 한다. 집도 없는 상태에서 가족들이 먼저 입국하면 개인돈으로 호텔비를 지불해야 하기 때문이다. 남편이 집을 먼저 받고 짐 정리를 해놓아야 한다. 남편이 비행기를 탈 때 예외적으로 한 가족이 군인들과 함께 입국을 했는데 쌍둥이가 있는 가정이었다. 비행기에 탑승할 때 한 살 미만의 아이는 꼭 부모 한 명과 함께 탑승해야 한다. 아빠가 먼저 출국하면 엄마 혼자 한 살도 안 된 두 아이를 볼 수 없어 탑승 거부를 당하기 때문에 이 가족은 군인들이 떠나는 날 함께 비행기에 탑승했다고 한다. 비슷한 상황의 브라질 친구네는 아빠가 먼저 기아나로 출국

하여 집을 받은 후, 아빠가 다시 브라질로 와서 쌍둥이 아이를 데리고 함께 기아나에 입국했다고 한다. 이렇게 아빠의 항공요금이 추가로 발생하면 개인이 지불해야 한다.

우리가 기아나에 도착하는 8월 15일 전에 남편은 운 좋게 짐을 받았다. 가족이 도착하고도 짐이 안 와서 몇 달 동안 불편하게 기다리는 집도 있었지만, 남편은 짐을 다 정리하고 우리가 도착하기만을 기다리고 있었다. 나는 메일로 비행기 티켓을 받았고 프랑스를 떠날 준비를 했다. 오를리공항에 도착해 파리에 사는 친구 P와 작별인사를 했다. 나는 이런 비행기는 정말이지 처음 타봤다. 항공사 이름은 밝히고 싶지 않지만 이들이 일을 얼마나 엉망으로 하는지는 설명하고 싶다.

샤를드골공항이 아닌 오를리공항은 처음이었다. (한국행 비행기는 샤를드골공항에서 탑승한다) 오를리공항은 탑승구역 표시도 없어서 프랑스인들도 우왕좌왕하며 "여기가 기아나 탑승구가 맞냐" 물어가며 위치를 확인했다. 비행기에 오르려는데 갑자기 내 자리가 바뀌었다고 한다. 캐리어를 실을 때까지 아무 말 없더니 탑승 전에 티켓에 적힌 자리가 바뀌었다며 아들은 앞칸 오른쪽, 나는 중앙칸 왼쪽, 딸아이는 2세 미만이라 자리조차 없다. 빈자리가 있으면 좋으련만 만석이라 딸아이를 내가 안고 가야 한다. 내 티케팅을 담당했던 항공사 직원이 비행기에 탑승했길래 바로 가서 따졌다. 시스템 문제로 나뿐만 아니라 다른 사람들도 좌석이 바뀌었는데 다들 가족이었다. 어린 아이를 다른 칸에 혼자 놔 둘 수는 없는 일이다. 항공사 직원이 자리를 조정하기 위해 앉아 있는 손님들에게 자리를 바꿔줄 수 있는지 한 명 한 명 묻기 시작 했고, 자리 조정하는 데만 한 시간이 넘게 걸렸다. 한 시간이 연 착되어 가는데 어떤 가족이 그때서야 탑승한다. 출국시간 한 시 간이 지났는데 누군가가 비행기에 탑승하다니? 혹시 이 가족 때 문에 지연된 건 아닌지 비행기 안에서 벌어지는 일들이 이해가 되질 않았다. 탑승 후 한 시간 반이 지났고, 나는 남편에게 계속 메시지를 보내 상황 설명을 해주었다.

드디어 비행기가 움직인다. 그러더니 이내 또 멈춘다. 엔진 이 상으로 또 30분을 기다리다 결국, 드디어, 비행기가, 하늘을 향 해 올랐다. 내 옆에는 프랑스 정규군인들이 앉아 있었다. 모두 3 년 파견을 받았다고 내 옆에 앉은 터프한 여군이 설명해줬다. 까 만 분들은 프랑스 본토에서 여름휴가를 보내고 기아나 집으로 돌 아가는 모양이다. 옷을 보니 프랑스에서는 본 적 없는 엄청 화려 하고 알록달록한 아프리카 패션이다.

딸아이를 다리에 앉혀 9시간 비행을 했다. 탑승 후 2시간 후에 출발했으니 총 11시간을 비행기에서 보낸 셈이다. 11시간이면 한 국 가는 시간과 동일하다. 다행히 아이들이 잘 견뎌주었다. 주변 이 엄청 어수선해서 아이들이 떠들어도 아무도 신경쓰지 않았다.

드디어 기아나가 하늘 아래 보였다. 건물은 하나도 없고 다 숲이다. "뭐지? 여긴 건물 없이 다 정글인가?" 정말 다 숲이다. 두 시간 연착되었을 때 기아나에 도착하지 못할 수도 있겠다고 생각했기 때문에 공항 착륙과 동시에 다들 박수를 치고 난리가 났다. 비행기에서 내려 드디어 한 달 만에 남편을 만났다. 대부분 군인들이 가족을 마중 나와 있었는데 남편 말로는 2015년에 기아나 도착하는 군 가족들이 오늘 내가 타고 온 비행기에 가장 많이 탑승했다고 한다.

기아나공항도 아기자기하더니 마을의 집들도 아기자기하다. 높은 건물은 눈 씻고 찾아봐도 없다. 1층 2층짜리 건물과 거대한

야자수들만 눈에 들어온다. 그렇게 공항에서 한 시간 반 걸려 쿠루Kourou 집에 도착했는데 어느새 깜깜한 밤이 되었다. 집 앞 중국 레스토랑에서 저녁식사를 하고 새로운 집에서 잠이 들었다.

브라질 여행 갈 때 찍은 기아나 모습

비가 억수같이 쏟아지는데 왼쪽 이웃집 남자가 나오더니 나무에 물을 준다. 다음날, 해가 쨍쨍 비치다 갑자기 비가 쏟아지니까 앞집 남자가 나와 잔디를 깎는다. 오른쪽 이웃집 남자는 아이들 그네의 틀을 잡고 턱걸이를 하며 열심히 운동한다. 다 외인부대원들이다. 이 상황이 이해가 되지 않아 남편에게 모두들 왜 그러는지 물었다. 비가 이렇게 자주 오는데 나무가 물이 부족할까 봐 물을 주는 거냐? 비에 젖은 잔디가 더 잘 깎이는 거냐? 비 맞으며 운동하면 기분이 좋은 거냐? 여기 비는 건강에 아무 지장 없이 깨끗하냐?

남편도 모르겠다고 했다. 단지 비 때문에 해야 할 일을 안 할 수 없는 거 아니냐고. 본인도 아침에 비 맞고 한 시간 달리기를 했다고 한다. 군인이 아침에 달리기를 하는 건 의무적인 과업의 일부니까 하기 싫어도 해야 되는 거지만 이웃들은 좋아서 하는 것 아닌가. 이해가 가지 않을 뿐더러 재밌기까지 했다.

왜 그러는지 다음날 산책 나가서 알았다. 해가 쨍쨍 비치는 오후, 간식 시간에 아이들 산책도 시킬 겸 집 근처에 있는 맥도날드에 가기로 했다. 이상하게 밖에 사람이 없다. 프랑스에서는 양산 든 사람을 보기 힘든데 이곳 사람들은 햇빛을 피하기 위해 커다란 우산을 들고 다녔다. 걸어다니는 사람은 별로 없고 대부분 차를 타고 다닌다. 걷기 시작하고 잠시 후, 온몸에서 땀이 뚝뚝 떨어지는 게 아닌가. 너무 신기했다. 운동해도 이렇게 땀을 내기 쉽지 않은데 100m쯤 걸었을 뿐인데 땀이 뚝뚝 떨어지다니. 집에서 도보로 15분 거리에 있는, 쿠루에 딱 하나 있는 맥도날드에 들어갔다. 주문한 햄버거를 먹으려는데 갑자기 소나기가 미친 듯이 내린다. 비가 오든지 말든지 비를 피하지 않고 걸어다니는 이들도 있다. 비가 잠시 멈췄다 이내 또 해가 쨍쨍 비치길 반복한다. 우산이 없는 우리는 비가 안 오는 틈을 타서 이때다 싶어 집으로 향했다. 걷기 시작한 지 5분도 안 돼서 소나기가 미친 듯이 내린다. 아들은 비 맞으니 오히려 시원하단다. 아! 그래서 알았다. 왜 이웃들이 이상한 행동을 하는지 말이다. 이곳 사람들은 가만 있어도 땀이 뚝뚝 떨어지기 때문에 비가 오면 시원하고 기분이 좋아지는 거다. 더울 때 정원에 나와서 운동하는 미친놈은 없으니 비 맞으며 시원하게 운동하는 거다. 어차피 더워서 땀이 나나 비를 맞으나 샤워는 해야 하니까. 영국 사람들이 비 맞으며 피자 먹듯이 여기 사람들도 자주 오는 비를 신경 쓰지 않는 듯했다. **앞으로 또 어떤 일이 일어날지 흥미진진하다.**

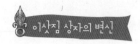

이곳은 프랑스 본토에서 오는 가족들을 위해 집에 기본적인 것들이 모두 비치되어 있다. 우리의 새로운 집에는 소파 식탁 책상 침대 서랍장 진열대를 포함하여 오븐 전자렌지 냉장고 냉동고 세탁기 건조기 등이 거의 다 비치되어 있었고, 우리 물건은 고작 TV와 컴퓨터 정도였다. 사실 집에 불필요한 가구들도 있는데 그걸 치우려면 부대 관리자에게 말해서 트럭을 빌려 와야 하고 누군가에게 도와달라 부탁을 해야 한다. 귀찮아서 그냥 놔두고 있는 물건들도 있다. 신발장을 사려고 기아나의 수도 카옌Cayenne을 다 돌았다. 내가 원하는 스타일의 신발장이 없을 뿐더러 본토에 비해 터무니없이 비싸다. 그래서 이사할 때 짐을 쌌던 박스를 버리지 않고 재활용하기로 계획하고 신발과 모자 및 양말 등을 수납할 수 있게 만들었다. 이사 올 때 박스 스무 개 정도를 가지고 왔는데 신발장을 만든 후에도 아직 상자가 많이 남아 있어서 딸아이 의자와 아들 책장, 집안 장식을 위해 사용했다. 나중엔 상자가 부족해서 더 이상 만들 수가 없었다. 나는 점점 더 시골로 들어가고 점점 더 세상과 멀어지며 원하지도 않은 미니멀리스트가 되어가고 있었다. **나는 나의 숨겨진 재능에 점점 놀라고 있는 중이다.** 없으면 만들면 되고 부족하면 채우면 된다. 물론 스트레스는 있지만 결국 해결이 되었다. 나만 그렇게 살면 기특하다 할 텐데 주변을 돌아보면 외인부대 마담들도 다 그렇게 산다. 심지어 나무를 깎아서 조명틀을 만들고 전구를 달아 멋들어진 인테리어 조명을 만들기도 하고, 못 만들던 케이크를 미친 듯이 연습해서 갑자기 케이크 판매를 시작하기도 한다. 액세서리를 만들어 파는 마담들도 많다. 천을 사다 아이 옷을 만드는 마담들도 있고 자기나라 음식을 만들어 파는 마담들도 있다. 나의 재활용 공예는 이곳에선 취미 수준이다. 집 인테리어를 대충 마무리하는데 3개월이 걸렸다. 이 기간 동안 나는 즐거운 시간을 보냈지만 아이들을 잘 돌보지 못한 것 같은 죄책감은 여전히 남아 있다.

before

after

프랑스인들이 기아나에 거주하기 시작한 건 1604년부터라고 한다. 그때 이미 이곳엔 네덜란드인 포르투갈인 영국인 들이 거주하고 있었고, 10만 명이 넘는 아프리카 노예들을 데리고 와 노동을 시켰다고 한다. 1848년 6월 10일, 식민지가 폐지되었고, 이날은 기아나에서 휴일이다.

기아나에 거주하는 사람들은 세 부류로 나눌 수 있다.

첫 번째는 기아나 원주민. 초콜릿색 피부를 가진 흑인이다.

두 번째는 프랑스 본토에서 파견 온 사람들이다. (군인, 경찰, 소방관, 교사, 의사, 간호사, 에어버스와 우주센터 직원 등등) 이곳은 남미에 위치했지만 아프리카와 다를 바 없이 외부의 손길 없이는 살 수 없다. 예를 들어, 병원의 의사와 간호사들은 대부분 본토에서 파견 온 사람들이다. 내가 가는 치과의 의사 열 명은 전부 백인이며 본토에서 공부한 사람들이다. 아이들 학교에 기아나 출신의 선생님도 몇 분 계시지만 그 수가 많지 않고 대부분 본토에서 파견 나온 백인 선생님들이다. 기아나 출신들이 모든 일을 감당할 수 있으면 좋겠지만 현실적으로 그렇지 못해서 본토에서 사람들을 파견하지 않으면 이곳의 삶이 안정되지 않는 것이다.

국방부 소속 군인 및 경찰, 소방관들이 파견된 이유 중 하나는 우주로켓센터를 지키는 업무 '오페하씨옹 띠딴 귀안Opération Titan Guyane' 때문이다. 외인부대 군인 및 군 경찰들은 인공위성이 기아나에 도착했을 때 경비업무와 로켓 발사 전후로 총동원되어 이곳을 지킨다.

국방부에서 파견 보내는 두 번째 이유는 불법으로 사금 캐석하는 이들을 잡기 위함이다. 이 업무를 "오페하씨옹 아흐삐Opération Harpie"라고 부른다. 기아나 땅에는 금이 많기 때문에 브라질 사람들이 국경을 넘어와 정글에 집을 짓는다. 그곳에서 기계를 동원해 금을 캐석하는데 이 일을 막기 위해 외인부대와 경찰이 주둔한다. 6천 명이 넘는 이들이 한 해 동안 10~12톤의 금을 캔다고 한다. 그리고 그만큼 자연도 파괴된다. 헬기가 사금 캐석하는 기계나 집의 위치를 파악한 후 군인들에게 위치를 알려주면 군인들은 정글 속을 걸어 그 자리까지 찾아가 금을 캐는 사람들을 돌려보내고 모든 장비를 불태운다고 한다. 헬기는 나무가 우거진 정

글에 착륙할 수 없고 헬기 소리로 사람들이 모두 도망가기 때문에 군인들이 걸어서 기계와 사람들을 찾는다. 어차피 그들은 살기 위해 또 금을 캐러 올 것이다. 그들도 많은 돈을 벌기 위해서는 이것밖에 할일이 없기 때문이다. 가난한 브라질 북부에서 무슨 일을 구할 수 있으며 먹고살 게 있겠는가. 지난달에는 사금 캐석하는 브라질 사람 두 명이 프랑스 정규군에게 총을 맞고 사망하는 일이 발생했다. 브라질 인부 두 명이 총을 내려놓지 않는 상황에서 벌어진 슬픈 일이다. 그들도 그들을 막는 이들도 다 먹고살기 위해 일하고 있지 않은가.

세 번째는 외국인들이다. 브라질 수리남 등에서 온 남미 사람들과 아이티 난민들, 그리고 1970년대에 정착한 흐몽족들과 상권

벨기에
독일
프랑스
스위스
미국
스페인
이탈리아
포르투갈
북대서양
모로코
알제리
멕시코
아이티
베네수엘라
가이아나
말리
콜롬비아
수리남
프랑스령 기아나
세네갈
나이지리아
에콰도르
브라질
페루
가봉

을 장악한 중국인들이다. 쿠루는 공식적 통계상 외국인이 50%라고 할 정도로 외국인들이 많다. 학교에서 선거에 관련된 통신문을 나눠주는데 프랑스어, 스페인어, 기아나어, 수리남어 4개 국어로 되어 있다. 브라질 사람들이 많은데 왜 포르투갈어는 없지? 포르투갈어랑 스페인어랑 비슷해서 대충 알아듣고 읽을 수도 있다고 한다. 처음에는 왜 이런 시골에 외국인이 많은지 이해하지 못했는데, 살면서 알게 되었다. 남미의 다른 국가들, 즉 페루 콜롬비아 브라질 등 본인들 나라에서 벗어나 프랑스 교육으로 자식을 키우고 프랑스 제도의 도움을 받고자 하는 이들이 이곳으로 몰려온다는 것을. 특히 브라질 젊은 여자들에게 이곳은 신분 상승하기 좋은 곳이다. 이곳에서 프랑스 남자를 만나면 국적을 취득하거나 체류증을 받아 프랑스 본토로 갈 수 있다. 프랑스로 이민을 가려면 많은 조건이 필요하지만 이곳 프랑스령은 강을 통해 배로 몰래 들어오면 그게 곧 이민이 된다. 게다가 아프리카 아이티에서 온 이민자들로 인해 이곳은 대체 어느 나라인지 알 수 없게 되었다. 나는 갈색 피부를 가진 사람들이 불어도 서반어도 아닌 다른 언어로 말하면 다 기아나 원주민인 줄 알았다. 내 레게머리를 해주던 아줌마도 당연히 기아나 사람인줄 알았는데 기아나 옆 나라 수리남 (옛 네덜란드 식민지) 사람이라고 했다. 순간 '내가 기아나 원주민이라고 알고 있었던 외모가 수리남 사람들일 수도 있겠구나. 그럼, 대체 기아나 원주민들은 어떻게 생긴 건가' 충격을 받았다.

프랑스 본토에서 파견 온 사람들 때문에 이곳 원주민들은 더 초라해진다. 그들은 일자리도 없고 돈도 없다. 관광지역이라 물가는 비싼데 그들은 본토에 들어가 공부하고 오지 않는 이상 좋은 일자리를 구할 수 없으며 늘 수준이 낮고 급여가 적은 일을 하며 산다. **어느 곳이나 마찬가지겠지만 이곳도 빈부의 격차가 심하다.** 수리남이나 기아나 사람인데 외제차를 타고 다니면 사람들이 농담으로 "마약 장사꾼인가 보다" 얘기를 한다. 프랑스나 유럽에선 10g에 100유로 하는 마약이 이곳에선 10유로다. 그래서 본토나 유럽에서 기아나로 주문을 하는데, 세관에서 바로 잡힌다. 브라질이나 기아나는 정글지역으로, 가만히 놔둬도 풀이 혼자 알아서 자란다. 뜯어다 팔면 다 돈이다. 가난한 이들에게 이만큼 좋은 돈벌이가 어디 있겠는가. 이곳 아이들은 학교를 잘 안 간다. 중국 아이들은 학교 갈 시간에 가게에서 놀고 있다. 어차피 공부해도 고등학교 졸업하면 바로 가족의 가게에서 일을 하기 때문에 공부는 별 의미가 없다. 슈퍼마켓을 포함하여 옷 매장 등의 상권은 대부분 중국인이 운영한다. 100년 전에 기아나에 정착한 중국인들은 보통 1인당 가게를 몇 개씩 운영하고 있고, 비싼 외제차는 대부분 중국인의 것이라고 말할 수 있을 만큼 그들의 재력은 상당하다. 이곳에서 판매하는 대부분의 물건은 중국에서 배로 가져온다. 1유로짜리 물건을 사와 10유로에 판매해서 이익을 남긴다. 중국 마담이 말하길, 이 낙후된 마을이 중국인들에겐 돈을 벌 수 있는 파라다이스라고 했다.

1970년대에 라오스에서 넘어온 흐몽족은 그 수가 많고 기아나 여러 마을에 흩어져 살다 보니 어딜 가도 흐몽족을 만날 수 있고 흐몽족만 모여 사는 마을도 있다.

까날 플뤼스Canal+ 채널에서 만든 드라마 〈라 귀안La Guyane〉을 보면 이곳 프랑스령 기아나의 모든 것을 알 수 있다. 얼마나 잔인한지, 얼마나 폭력적인지, 얼마나 마약이 넘치고 외국인이 어떻게 살아가는지, 어떻게 사금 캐석을 해서 돈을 버는지, 나는 이 드라마를 보고서야 새 노래 대회가 어떻게 진행되는지 알게 되었다. 이곳 사람들은 자전거를 타면서 한 손엔 새장을 들고 다니는데 그 이유가 새 노래 대회에 나가기 위해 늘 연습을 시킨다는 것이다. 2년 살면서도 그 대회를 볼 일이 없었는데 드라마에서 볼 수 있었다. 브라질 여자들이 왜 이렇게 드센가 했는데 드라마를 보며 '그들이 자라온 환경 때문에 그럴 수밖에 없구나' 하는 생각이 들었다.

유튜브에서 "Guyane la serie saison 1"으로 검색해보면 드라마를 볼 수 있다. 불어가 가능한 분들이나 기아나가 궁금한 분들에게 이 드라마를 강추한다. 인기가 많아서 현재 시즌 2도 촬영 중이다. 얼마 전 카옌 카니발Carnaval 때 드라마 촬영을 했고, 정글 촬영을 위해 외인부대원들이 촬영 협조를 하러 갔다는 이야기도 들었다. 시즌 2에는 또 어떤 이야기가 있을지 궁금하다.

살뤼섬

기아나에는 일 뒤 살뤼 îles du Salut라고 불리는
세 개의 섬이 있다. 일 호아얄 île Royale, 일 쌩 조젭 île Saint-joseph,
일 뒤 디아블 île du Diable로 구성되며 모두 우주로켓센터 소유다.
로켓 발사를 관찰하기 좋은 위치에 있기 때문이다.

관광지인 '호아얄 섬'은, 호텔 레스토랑 박물관 옛 감옥 등이 있다. 요트Catamaran는 왕복 45유로 정도(성인 기준) 하는데 연말 연초에는 가격이 오른다. 호아얄 섬 관광 후 쌩 조젭 섬에서 몇 시간 머무른 다음 다시 호아얄 섬으로 돌아오는 코스다.

'쌩 조젭 섬'은 외인부대가 관리하고 있는데, 외인부대원 한 명이 주둔하고 있다. 섬에는 옛날 감옥과 묘지, 아주 조그마한 해수욕장이 있다. 신청자에 한해 외인부대원 및 가족들은 정기적으로 부대 배를 타고 들어갈 수 있으며, 무조건 조젭 섬에만 머물러야 한다. 호아얄 섬처럼 관광지가 아니기 때문에 아무것도 없다. 물이며 먹을 것을 다 가져가야 한다.

'악마의 섬'이라 불리는 '일 뒤 디아블'은 빠삐용이 머물렀던 악명 높은 감옥이 있었던 곳으로, 특히 쿠데타를 반대하는 정치범들이 수용되었다고 한다. 출입금지 지역이라 관광할 수 없다.

프랑스 툴롱Toulon의 감옥을 없애면서 기아나에 있는 섬 세 곳에 감옥을 만들었는데 1851~1952년까지 100년 동안 10만 명 이상의 죄수들이 감금되어 죽었으며 1953년에 폐쇄되었다. 참 잔인하다. 죄수들을 이곳까지 보내서 감금시키고. 죽을 때까지 가족도 만나지 못하고 죽은 것 아닌가. 죄수들은 탈출을 시도하다가 바다에서 많이 죽었다고 한다. **우리는 죄수들이 묻힌 무덤을 관광하고 무덤 앞에서 해수욕을 즐긴다. 슬픈 섬이다.**

내가 살고 있는 쿠루에는 우주로켓센터Centre Spatial Guyanais가 있다. 한 달에 한두 번 로켓을 발사한다. 우주로켓센터는 1965 년에 생겼는데, 첫 발사는 1968년에 있었다. 유럽 로켓이 이곳 에서 처음 발사된 게 1979년이라고 한다. 한 해 벌어들이는 수입 만 1조 3천억원이 넘으며, 적도에 위치한 기아나가 로켓을 발사 하기 좋은 조건이기 때문에 많은 국가의 인공위성이 이곳에서 발 사된다. 이곳에는 프랑스의 아리안 쌩끄Ariane 5, 러시아의 소유 즈Soyouz, 이탈리아의 베가Vega, 이렇게 세 개의 로켓이 있다. 대 한민국 최초의 인공위성인 우리별 1호가 1992년 8월에 아리안 로 켓에 탑재되어 발사되었다고 한다. 우주센터 구역 안에는 국방부 소속의 파리 소방관들이 파견을 와 있는데 이곳의 화재는 일반 소방관들이 처리할 수 없는 위험도가 상당히 높은 화학물들이 많

기 때문이라고 한다. 우주센터 내 도로에서 외곽에 차를 세우면 보안 경찰차가 바로 출동할 정도로 안전문제에도 상당히 민감하다. 인터넷 사이트 www.cnes-csg.fr, 모바일 앱 Arianespace HD, 기아나 CNES TV 채널을 통해서 로켓 발사를 생중계로 볼 수 있다. 로켓 발사가 성공하면 그때부터 나는 남편을 위해 음식을 준비한다. 로켓 발사 며칠 전부터 우주센터를 지키며 씻지도 못하고 군식량 먹으며 지내기에 집밥을 준비하는 게 아내로서의 내가 할 일이다.

이곳에 온 지 얼마 되지 않았을 때, 2년 동안 살고 있는 마담에게 우주센터에 가봤는지 물어보았더니 안 가봤다고 한다. 남편은 자주 그곳으로 일하러 나가고 아이들은 학교에서 주기적으로 소풍가고 굳이 자기 혼자 그곳에 갈 이유가 없다며. 난 속으로 '그래도 동네에 있는 건데 왜 안 가지?' 이상하게 생각했다.

그리고 몇 달 지나 그 모습은 내 모습이 되었다. 남편은 로켓 쏠 때마다 경비업무 하러 가고 아이들은 학교에서 소풍간다. 그럼 난? 난 운전 연수하러 우주센터에 몇 번 간 게 다다. 우주센터의 박물관은 예약하고 정해진 시간에만 가야 하는데 남편 시간과 아이들 학교시간 때문에 아이들 방학과 남편의 휴가가 맞아야만 갈 수 있는 것이다. 쿠루에 온 지 1년 즈음 남편 휴가때 나 혼자 예약하고 관광을 했다. 휴가인 남편에게 같이 가자고 했더니 늘 가서 일하는데 휴가때마저 가야겠냐며 본인은 2008년에 4개월짜리 파견 왔을 때 이미 로켓 발사 장소 등 다 관광했다고 혼자 다녀오라고 했다. 싫다는 사람 끌고 갈 수 없어서 혼자 예약하고 집합장소로 갔다. 의외로 혼자 온 사람들이 많았다. 물론 그 많은 사람들 중 아시아인은 나 혼자였다. 집합장소에서 간단하게 내 정보를 기입하고 공항처럼 몸 검사 및 소지품 검사를 받고 관광버스에 탑승했다. 우주센터가 쿠루와 시나마리Sinnamary 두 마을에 걸쳐 위치해 있어 코스 간의 이동 시간만 버스로 40분씩 걸렸다. 총 관광시간이 약 네 시간이었는데 버스를 타고 로켓 발사 장소, 로켓 발사 명령을 내리는 본부 등 주요 장소를 관광했다. 가이드 설명 후 관광객들이 질문을 하는 시간, 한 분이 로켓 발사 후에 로켓 몸통을 회수하느냐는 질문을 했다. 로켓 발사 후 어느 궤도에 진입하면 거대한 로켓의 몸통이 바다 속으로 떨어지고 인공위성만 우주에 떠 있게 된다. 보통은 로켓 잔여물을 찾지 않는데 몇 년 전에 미국에서 처음으로 로켓 잔여물을 추적해서 수거했다고 한다. 그러나 많은 비용을 들여 다시 수거할 이유가 없다는 결론을 내리고 그 뒤로는 로켓 잔여물을 수거하지 않는다고 한다. 우주센터에서는 일부러 무겁게 로켓을 만들어서 물 속 깊은 곳에 잠기게 만든다고 하는데 바다 속에 얼마나 많은 쓰레기가 있을지 상상하니 끔찍했다.

투어버스에서 내리니 남편과 아이들이 마중 나와 있었다. 우리는 바로 옆에 위치한 박물관에 들러 함께 공부하고 왔다. 참고로 네 시간짜리 로켓 발사 장소 투어는 무료이며 전화나 이메일 예약을 해야 한다. 박물관은 늘 열려 있고 성인 7유로 어린이 4유로의 입장료를 내고 들어가면 볼거리가 많다.

남편이 속한 SAED 특수부대는 로켓 발사 전에 차, 카누, 사륜오토바이로 갈 수 없는 지역을 헬기를 이용해 경비한다. 헬기를 타고 정찰하면서 이상이 있는 지역에 줄 타고 내려가서 직접 정찰하는 업무다. 로켓 발사 전날과 발사일에 보통 6~10번 정도 헬기에서 뛰어내리는데 낙하 횟수가 연금 받는데 도움이 된다. 예를 들어 헬기에서 100번 뛰어내리면 1년 군 생활 더 한 걸로 계산이 되어 연금을 받는 것이다. 남편은 기아나에 3년 파견을 받았지만 헬리콥터에서 뛰어내린 횟수 덕에 4년 반 근무한 것으로 계산되었다.

어느 날, 남편이 헬기에서 뛰어내리다 무릎을 다쳤다. 그 부상으로 인해 로켓 발사 때 경비 업무에서 제외되었다. 덕분에 우리 가족은 처음으로 다 같이 로켓 발사를 보러 가게 되었다.

발사 예정시간 15분 전, 집에서 출발. 아니나 다를까 바닷가 근처 주차장이 꽉 차 있었고 겨우 빈자리를 찾아 주차했다. 바닷가로 걸어가 1,2분이 지났을까. 사람들이 소리를 지른다. 로켓이 발사되었다. 사진을 열심히 찍고 1,2분 후 로켓이 하늘에서 사라졌다. 바닷가에서 5분도 채 머무르지 않고 집으로 가려고 주차장으로 향하는데 그때서야 도착한 어느 차에서 시끄러운 소리가 난다. "벌써 발사된 거냐, 이미 끝났냐."고. 만약 이 현장을 보기 위해 다른 나라에서 관광 오는 사람이 있다면 오지 말라고 하고 싶다. 예정 날짜에 발사되지 않는 경우도 허다하기 때문이다.

2017년 여름, 우주센터 박물관에서 기아나 학생들, 쿠루 뿐 아니라 시나마리 마쿠리아 등의 여러 마을 학생들이 전시회를 가졌다. 만 6세 초등학생인 아들도 이 행사에 참여했다. 시청에서 지정한 학교와 학교 안에서 정해진 학급의 학생들이 주제에 따라 작품을 준비한다. 주제는 물론 시청에서 정해주는데 올해는 음료수병 재활용이었다. 빈병은 학부모들이 준비해서 학교로 보내야 했다. 전시회는 너무 예쁘고 의미 있게 잘 진행되었다. 이런 전시회가 아이들에게 자신감과 소속감을 주며 단합심도 생기게 해주어 참 좋은 것 같다. 우주센터 덕에 이곳의 삶의 질이 올라간 건 사실이다. 업무에 관련된 외국인들의 방문이 많고 관광객들도 많다. 관광객들 덕분에 돈을 많이 벌어들인 이곳이 꾸준히 개발되고 있다. 프랑스 본토에서 체인점들도 들어오고 가게들이 많이 생겼다. 특히 운동하는 사람들에게 우주센터는 최고다. 나와 딸은 우주센터 내 골프장에서 뛰어놀고, 남편은 달리기, 아들은 자전거를 탄다. 외인부대 내에 군인들과 군 가족을 위한 스포츠클럽이 있듯이 이곳도 로켓센터 직원들과 가족들을 위한 스포츠클럽이 있다. 운동장이나 골프장에 경기가 없을 땐 누구나 자유롭게 이용가능하다. 골프장에서 사진을 찍으면 우리가 완전 대자연 속에서 살고 있는 것 같다. 이곳을 떠나면 우주센터 골프장이 제일 그리울 것 같다.

아이가 일곱인 연대장은 가족모임때 늘 말한다.

"가정이 평안해야 남편이 밖에서 일을 잘할 수 있다."

부인들의 스트레스를 풀어주기 위해, 아이들을 즐겁게 해주기 위해, 가정 안에서 불만이 없도록 부대에서 엄청난 노력을 한다.

그 결과 가족모임이 많다. 실제로 군인들의 높은 이혼율이 프랑스에서도 큰 이슈가 될 만큼 군인 아내들의 불만이 많다.

이곳 기아나에 있는 부대는 가족들을 위한 서비스가 엄청 좋다. 저렴한 가격으로 부대에서 운동을 할 수 있는 스포츠클럽 카드가 있다. 이 카드만 있으면 마담들 불어 수업, 부대 내 수영장 이용, 폴리네시아 댄스와 줌바 댄스, 테니스를 무료로 배울 수 있다. 또 섬에 가는 부대 배를 타려면 이 카드를 지참해야 한다. 사고 시 카드가 없으면 보험혜택을 받을 수 없기 때문이다. 마담들을 대상으로 하는 패키지 수업도 있다. 요가·크로스 스텝·아쿠아 짐 등 패키지 수업이 1년에 45유로다. 우리 아들은 태권도 35유로 수영 30유로를 내고 1년 동안 배운다. 물론 수업은 일주일에 한 번이다. 장마기간에는 수영 수업이 없다. 참고로 수영장은 다 야외 수영장이다. 수업 횟수가 많지는 않지만 주기적으로 아이들이 운동을 한다는 데 의미가 있다. 부대 외 전문 클럽의 경우 1년에 300유로 정도 내야 하지만 부대원 가족은 저렴한 가격으로 이용 가능하다.

남편들이 자주 정글에 나가기 때문에 집에 무슨 일이 생기면 바로 부대로 전화를 하면 된다. 새벽에 도둑이 들었다든가 낮에 집에 무슨 일이 생겼을 경우 부대 내 경비 업무를 담당하는 순찰대 PLE Patrouille de la Légion étrangère로 전화를 하면 5분 안에 달려온다. 당연히 이들은 외인부대원이며 담당 업무가 경비다. PLE는 늘 차로 마을을 돌아다니며 각 지역을 순찰하고 군 가족들뿐만 아니라 마을까지 돌봐주니 안심이 된다.

진료 후 돈을 안 내도 되는 의무대도 있다. 이곳에 온 지 얼마 되지 않았을 때 이웃들에게 소아과를 물어보았다. 두 살 된 딸아이 예방접종 때문이었다. 그들은 왜 부대 의무대를 이용하지 않느냐며 의무대로 가라고 했다. 군 의무대에 전화예약을 하면 대부분 그날 오후 가족에게 정해진 한 시간 동안에 진료를 받을 수 있다. 첫날 의료보험카드와 돈을 냈더니 군 가족이므로 무료진료라고 했다. 굳이 다른 병원처럼 30유로를 내고 다시 의료보험공단에서 환불해주는 절차를 걸치지 않아 좋았다. 게다가 우리 가족의 기록을 한꺼번에 관리해주니 그것 또한 좋다. 남편이 의무병이라 서로 잘 아는 사이이므로 더 편하다. 단점은 웬만하면 항생제를 주지 않는다는 거다. 그래서 아이들이 정말 심각하게 아플 땐 일반내과로 가지만 간단한 진료를 받을 때는 되도록 의무대를 이용한다.

집안에 물이 새거나 공사할 일이 생기면 부대 내의 집 담당 사무실에 가서 공사 신청서를 기입하면 된다. 가구 오븐 세탁기 등 물품을 담당하는 사무실은 부대 내에 따로 있는데 전에는 마담들이 직접 사무실에 갈 수 있었다고 한다. 마담들이 하도 울고불고 빨리 달라 나 먼저 달라 난리를 쳐서 지금은 마담들 출입금지다.

기아나 레지나 지역에는 스프CEFE 라고 불리는 훈련장이 있다. 레지나 전체가 정글인데 그곳을 훈련장으로 만들어서 외인부대원들뿐만 아니라 프랑스 정규군, 미국 군인들까지 와서 훈련한다. 1년에 한 번 있는 마담들과 가족들을 위한 군 체험 캠프도 있어서 남편들이 훈련을 어떻게 받는지 맛보기로 체험할 수 있다. 이곳에서 잡은 악어고기나 대형 생선을 맛볼 수 있고 뱀이나 특이 동물들도 구경할 수 있다.

그 외 국방부에서 지원해주는 서비스도 있다.

신청할 경우 6세 미만의 아이가 있는 가정에 1인 400~700유로가 지원되며 남편이 21일 이상 미션을 나가 장기간 집을 비우게 되면 추가로 250유로를 신청할 수 있다. 돈으로 주는 건 아니고 티켓을 돈처럼 사용할 수 있는 제도다. 티켓을 사용할 수 있는 사무실에 연락해서 정원사나 아이돌보미를 부를 수 있다. 우리집의 경우 1인 700유로의 티켓을 신청할 수 있고 2015년 2016년 아이 지원 및 남편이 미션 나갔을 때 신청한 총 금액은 3천 유로였다. 우리나라 돈으로 360만원. 360만원어치의 티켓으로 에어컨 청소, 정원 관리, 집 페인트칠 등 아주 유용하게 사용했다.

군 가족을 위한 국방부의 지원 시스템이 난 아주 맘에 든다. 잦은 파병과 이사가 빈번한 군 가족에게는 특히 이런 혜택이 필요하다. 남편에게 부대 서비스가 참 좋다고 했더니 이렇게 안 해주면 누가 기아나에 오려고 하겠냐고 한다. 아부다비 연대처럼 돈을 많이 주는 것도 아니고 본토랑 급여 차이도 별로 없는데 이런 혜택이라도 없으면 아무도 이곳에 오려고 하지 않는다는 것이다. 엄청난 스트레스를 받으며 남미로 이사왔는데 고립된 생활을 하면 우울증에 걸릴 것 같기는 하다. **이렇게 서로 챙겨주고 도와주는 든든한 지원군들이 있어서 안심하고 살아갈 수 있지 않겠는가.** 님에서 살던 주택 단지는 프랑스 정규군 및 외인부대, 공무원들이 거주했는데 이웃집 마담들 중 두 명이 이미 기아나에서 거주를 해봤던 마담들이었다. 한 명은 외인부대원의 아내였고 다른 마담은 정규군인이었다. 다들 기아나가 너무 좋았다고 했다. 기아나는 유독 공동체 연대가 강하고 서로 엄청 챙겨준다고 전혀 외롭지 않을 거라고 나에게 걱정하지 말라고 했다. 그 말이 무슨 말인지 이해가 된다. 아마 나도 다음에 다른 사람에게 기아나에 대해 조언할 일이 생긴다면 그들과 똑같이 말해줄 것이다.

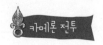

매년 4월 30일은 카메론 전투를 기념하는 행사가 열린다. 카메론 전투는 1863년 4월 30일 멕시코에서 금을 운반 중이던 프랑스 외인부대원 62명이 2천 명의 멕시코군을 상대한 전투다. 끝까지 항복하지 않고 견디는 모습에 감동한 멕시코군 지휘관이 외인부대원들의 시체와 생존자들을 프랑스로 돌려보내준 사건이다. 외인부대 연중행사 중 규모가 가장 크며, 이틀에 걸쳐 열린다. 주민들도 1년에 한 번 유일하게 외인부대를 방문할 수 있다.

2016년 4월 30일 아침, 우주로켓센터에서 외인부대원들의 행진이 있었다. 기아나에 있는 해군 및 정규군인들과 옆 나라 브라질 군대도 초청받아 자리에 함께했다. 우리 남편은 대체 어디 있는지 끝내 못 찾았다. 남편은 햇볕을 정통으로 받으며 두 시간 동안 총 들고 서 있느라 지치고, 아이들은 재미도 없는데 안 끝나서 지루해 죽으려고 했다. 그래도 나는 끝까지 비디오 촬영을 했다. 오후부터는 부대 안에서 카메론 행사가 시작되는데 각종 군 체험 및 게임이 이어지고, 놀이기구 등 아이들이 하루 종일 부대에 있어도 지루하지 않은 날이 바로 이날이다. 아이들은 놀이기구를 타고 몇십 분 동안 줄을 서서 솜사탕을 사먹고 부모들은 텐트에서 햇볕을 피해 시원한 맥주와 음식을 사먹는다. 부대원들은 각자 맡은 구역에서 게임할 수 있도록 진행을 맡는다. 총놀이, 승마, 산악자전거 등의 체험과 부대에서 운영하는 스포츠클럽에서 발표도 한다. 탱고 클럽에서 탱고를 추고, 복싱 클럽에서 시합을 하고 아침에는 럭비 클럽에서 럭비 시합을 하는 등. 첫째 날 저녁에는 각 연대에서 "미스 캐피 블랑miss képi blanc"이라는 미인대회를 해서 상금을 준다. 둘째 날 저녁엔 행운권 추첨이 있다. 님에서는 1등에게 자동차를 주었는데 쿠루는 오토바이다. 14년간 한번도 추첨된 적 없는 남편. 이번에는 내가 넣었더니 160유로짜리 상품에 당첨되었다. 나는 자전거나 오토바이 같은 큰 상품이 아닌 것에 실망했는데 남편은 14년 만에 처음 당첨된 것에 무지 기쁜 듯했다. 내가 받은 상품은 군인 티셔츠, 군인 모자, 기아나 대형 비치타월, 손전등, 샴페인, 전기 충전기 등이다. **내가 쓸 건 하나도 없다. 당첨되어도 하나도 안 기쁘구나.**

어제 쿠루 부대에 입장할 때였다. 외인부대 순찰대가 신분증 검사와 가방을 열어 소지품 검사를 하고 있었다. 남편과 함께 입장할 땐 검사를 안 받지만 남편 없이 아이들만 데리고 갈 때는 신분증 검사 및 가방 검사를 받는다. 그들 입장에서는 검사를 하는 게 당연하다. 또한 부대 안을 정찰하는 순찰대들이 엄청나게 많다. 분위기가 무서워서 소매치기 못하겠다 싶을 정도였다.

저녁 9시경에 부대에서 나오는데 부대 정문이 막혀 있다. 원래 새벽 1시까지 행사인데 너무 일찍 문 닫은 거 아닌가 생각했는데 PLE 순찰대원이 한 남자를 출입금지시켰다고 한다. 이유는 순찰대 검문을 거부했기 때문이다. 부대 정문을 나가는 우리도 무서웠다. 젊은 남자들 수십 명이 그 늦은 밤에 왜 무리 지어 부대에 들어오려고 한 걸까? 물론 잘 놀다 가면 좋지만 부대에서는 사고 위험이 높은 이들을 제지할 수밖에 없다. 그들은 차별이라 말할 수도 있겠지만 나처럼 겁이 많은 사람들은 부대에서 위험한 이들을 미리 걸러주면 참 고마운 일이다. 남자들은 대문 밖에서 욕을 하고 시위를 벌이고 있었다.

다음날 아침에 남편 하는 말이 출입금지 당한 이들이 화가 나서 부대 앞에 주차되어 있던 차 십여 대를 부쉈단다. 그 차 주인들은 대체 무슨 죄란 말인가. 이 일이 있고 다음해에는 젊은 청년들을 볼 수 없었다. 애초에 신분증이 없는 불법 체류자들은 부대에 못 들어온 것이다.

" Camerone 30 avril 1863 "
Le capitaine Danjou rend son dernier souffle
dans les bras du sous-lieutenant Vilain

　　나도 언젠가 부대 정문에 못 들어간 적이 있다. 마을에 있는
현금지급기 주변에 소매치기가 많아서 나는 부대 내 현금인출기
를 사용한다. 어느 토요일, 그날도 남편은 정글 미션 중이었고 나
는 아이 둘을 데리고 햇볕 쨍쨍 맞으며 부대로 갔다. 늘 그러하듯
내 체류증만 가져갔는데 군인은 날 동네 중국인 아줌마 취급하면
서 부대 현금인출기는 군인들을 위한 거라고 못 들어가게 하는
게 아닌가. 나는 너무 황당해서 "나 외인부대원 가족이고 2년 전
부터 이용했다. 부대에서 우리에게 되도록 부대 내 현금인출기를
사용하라고 했다. 지금 못 들어가면 다음 목요일에 우리딸 폴리
네시아 춤 수업시간에 와서 돈을 찾겠다, 왜 갑자기 못 들어가게

하냐, 규정이 바뀌었냐, 페이스북 마담들 모임에 이 사실을 공지하겠다," 말을 하다가 점점 화가 올라와서 나중엔 엄청 소리를 질렀다. 순간 놀란 군인이 나보고 군 가족 카드를 보여달라고 했다. "없다. 신청 안 했다. 1년 후에 떠나는데 그게 왜 필요하냐. 난 늘 신분증만 제시했다. 니네가 언제부터 가족카드 검사했냐?" 대꾸했더니 어쨌든 안 된단다. 집으로 돌아와 연대장 부인에게 연락을 해서 상황을 설명했다. 연대장 부인은 군 가족 카드만 제시하면 신분이 확실히 보장되니까 내일 당장 만들라고 조언해주었다. 그리고 너무 화가 나면 경비 책임자를 만나 항의하라고 했다. 연대장과 가족들이 현재 수리남이라는 기아나 옆 나라에 행사참석 차 와 있기 때문에 당장 도와주러 올 수는 없다면서.

월요일 아침에 바로 부대로 달려갔다. 부대 정문을 친구 남편이 지키고 있었다. 친구 남편을 보자마자 속사포 랩으로 토요일에 내가 당한 굴욕을 설명했다. 친구 남편은 내가 당한 일은 정상적이지 않으며 아마도 외인부대원이 아닌 정규군이었을 거라고 한다. 4개월 파견오는 정규군들은 이곳 사정을 잘 모르기 때문에 충분히 그럴 수 있다고. 맞다. 그날 그 군인이 쓰고 있던 베레모가 초록색이 아닌 남색이었던 게 생각났다. 경비를 담당하는 PLE 사무실에 가서 증명사진을 제출하고 군 가족 카드를 만들었다. 카드 담당자는 친구의 남편이었다. 물론 남편의 동료이기도 하고. 내 신분을 알기에 쉽고 빠르게 카드신청을 하고 돌아왔다. 나도 출입거부를 당해봐서 기분 나쁜 걸 잘 안다. 하지만 군인들 입장에선 무조건 의심하고 조심할 수밖에 없는 것도 맞다.

2017년 4월 30일. 3월부터 시작된 기아나 국가 파업이 계속되고 있어 분위기가 좋지 않았다. 부대 내에서 군인들 행사만 진행되었고 가족들을 위한 행사나 마을 행사는 이루어지지 않았다. 대신에 10월에 다른 행사 Fête de la fourragère를 카메론 행사처럼 크게 열었다. 이날 아들은 K후배가 담당하는 총 쏘는 게임도 해보고 밧줄로 안전장치를 한 후 코코넛 나무 위에도 올라갔다. 군복을 입고 얼굴에 군인 분장을 하고 장애물 경기도 하고 야간 투시경과 무릎 보호대를 차고 캄캄한 천막 속에 들어가 게임을 하고 나왔다. 딸아이는 얼굴에 하는 군인 분장이 안 예쁘다고 하기 싫다며 내 옆에 껌딱지처럼 붙어 있었다. 행사 이틀째 아이들은 부대에 또 가자고 조른다. 남편은 안 가겠다고 우리끼리 다녀오라고 한다. 우리가 부대에서 즐겁게 보내고 있는데 남편에게서 계속 전화가 온다.

"왜 집에 안 오냐? 뭐 하고 노냐?"

"우리 신경 쓰지 말고 집에서 편히 쉬세요. 우린 더 놀다 가겠어요."

부대에서 아이들은 한국인 삼촌 두 명과 즐겁게 놀았다. 집에서 애들도 마누라도 없이 홀로 외롭던 남편이 결국 저녁 6시에 부대로 왔다. 4개월 파견을 마치고 떠나는 후배와 마지막으로 저녁을 함께 먹으며 작별 인사를 나누었다.

카메론 날은 나에게도 잊을 수 없는 날이다. 2009년 4월 말, 나는 첫 아이를 유산하였다. 남편은 카메론 행사 때문에 집에 들어올 수 없는 상황이었다. 1년 중 제일 바쁘고 가장 정신없을 때가 바로 이때다. 남편은 카메론 행사가 끝나면 바로 집으로 오겠다고 했다. 5월 2일에 수술날짜를 잡은 상황이었는데 5월 1일 새벽 6시부터 엄청나게 많은 피가 쏟아져서 바로 병원 응급실에 가서 수술을 받았다. 수술 소식을 들은 남편이 5월 1일 낮에 상관에게 보고를 하고 집으로 왔다. 나도 이미 수술을 마치고 이제 막집에 돌아온 상태였다. 남편도 놀랐는지 얼굴이 창백했다. 우리 부부에게 큰 시련의 시간이었다. 그래서 카메론 기간이 되면 그때 기억이 난다. 남편 없는 날 도와준 S언니네 가족도 당연히 생각이 난다.

아이들이 커갈수록 카메론 행사가 중요하다는 걸 느낀다. 아빠가 어떤 일을 하는지 군인이 어떤 직업인지 몸으로 직접 체험할 수 있고 느낄 수 있으니까 카메론 행사는 아이들에게도 큰 의미가 있다.

2016년 12월, 이곳 수도 카옌에서 외인부대 악
단의 첫 콘서트가 있었다. 콘서트 며칠 전에 쿠루 외인부대 연대
에서 군인들과 군 가족을 초대해 작은 콘서트가 열렸는데 연대장
이 "기아나에서 열리는 외인부대 악단 첫 콘서트가 외인부대와

기아나 역사에 기록될 것이며 이 현장에 있는 여러분들도 축하한
다"라고 인사말을 했다. 그때 '아~ 맞다. 매년 외인부대 악단의
앨범이 나오고 방송에서 광고하는 건 봤어도 내가 실제 콘서트를
보긴 처음이구나… 기아나까지 순회공연을 왔나 보구나' 생각했
었다.

　공연 중간쯤 갑자기 악단장이 한국사람 없냐고 물었다. 내가
손을 번쩍 들었더니 나와서 아리랑을 불러달라고 부탁한다. 나
만 죽을 수 없단 생각에 무대 앞으로 나가지 않고 숨어 있는 K후
배를 불러내며, "저기 한국인 한 명 더 있다"고 악단장에게 알려
주었다. 주변을 보니 어느새 다른 부대원들이 K를 무대로 떠밀고
있었다. 악단장이 단원 중에도 한국사람이 있다며 누군가를 불렀
다. '일본인인줄 알았는데 한국사람이었어?' 악단에 한국사람이
있는 줄 몰랐다. 제대로 인사도 나누지 못하고 사람들 앞에 서게
되었고 K, 나 그리고 악단에서 북을 담당하는 S후배 이렇게 셋이
아리랑을 부르게 되었다. '대체 어디서 노래를 부르라는 건지. 어
쩐지 이래서 악단장이 움직이지 말고 가만히 있으라고 했구나.'
움직이지 않고 그대로 서 있은 지 2분 정도 지났을까 악단장이
노래를 부르라고 신호를 보낸다. 잘 부르진 못하고 염소처럼 노
래를 불렀지만 이 순간이 무척 영광스러웠다. 콘서트 후 친구들
이 나에게 와서 니 노래 잘 들었다고 내 소리를 흉내 낸다. 창피

했지만 이런 이벤트가 나는 즐겁다.

집에 가려고 보니 어마어마한 부대원들이 있는 게 아닌가. 내가 앞자리에 앉아 있어서 뒤에 사람들이 얼마나 있었는지 보질 못했던 거다. 순간 한 사람 얼굴이 머리를 스쳐갔다. 아! 우리 남편이 이 얘기를 들으면 또 뭐라고 하겠네. 얌전히 집에 있지 부대엔 왜 갔냐고 하겠지?

집에 와서 아들이 "엄마, 아까 노래 부를 때 창피했어" 한다. 노래를 너무 못 불렀나? 난 괜찮았는데… 왜 창피하지??

남편이 정글에서 돌아온 날, 내가 부대에서 아리랑을 불렀다고 했더니 예상과 다른 남편의 말. 본인이 정글 미션 나가서 다행이라고, 자기가 그 자리에 있었으면 같이 나가서 노래 불렀을 거 아니냐고 한다. "아! 그 생각까진 못했는데, 아마 그랬겠지?"

그리고 몇 달 후 악단에서 북을 담당하는 후배가 기아나로 4개월짜리 파견을 왔다. 우리의 3년 파견 중 두 번이나 마주치게 된거다. 함께 식사를 하다가 여행 얘기가 나왔는데 후배는 자기 돈으로는 프랑스 여행 안 다닌다고 한다. 음악대에 있으면 프랑스는 물론 외국까지 공연을 다닌다. 외인부대 악단은 몇 년 전 한국 강원도에서 공연을 했는데 그때 연주한 곡이 아리랑이라고 했다. 그 이후로도 파리 한인회 행사를 포함하여 외인부대 본부 행사 등 한국인이 있는 곳에서는 늘 아리랑을 연주한다고 한다. 내가 보기엔 그냥 악단장이 좋아하는 곡이다. 그러지 않고서 저렇게 자주 연주할 이유가 없다. 아리랑은 유네스코에 무형유산으로 등재되었고 평화를 기원한다는 의미가 있어서 우리에게 더 뜻깊다. 프랑스에서 그것도 외인부대 내에서 울려 퍼지는 아리랑은 가슴을 뜨겁게 만든다.

아들이 1년 동안 음악학교에서 배워온 건 도레미파솔라시도가 전부다. 이린 콘서트 한 시간 보는 게 아이에게 도움이 될 것이다. 연주하는 모습, 악기소리, 여러 가지 재미있는 연출 그리고 악단이 나갈 때 들어올 때 인사할 때 길게 박수를 쳐야 하는 공연 매너까지. 공연에도 예절이 있다는 걸 알려주어 뿌듯했다. 게다가 엄마가 사람들 앞에서 노래를 부르는 모습까지 보지 않았나. 남들이 시키면 빼지 말고 앞에 나가서 당당하게 노래 부르라고 알려주었다.

아이들은 한 시간이 넘는 공연을 움직이지 않고 잘 지켜봐주고 박수도 열심히 쳤다. 순간, 아이들이 어느새 이렇게 자랐구나 뭉클했고 본토로 돌아가면 공연장이나 미술관에 자주 데려가야겠다고 생각했다.

남편이 정글 미션을 나가면 꼭 무슨 일이 생긴
다. 전투중대 미션은 보통 4주, 길면 6주 정도다. 남편이 특수부
대로 소속을 바꾼 뒤엔 보통 2주, 길면 한 달이다.

　2015년 11월에 남편이 미션 나갔을 땐 하수도에서 물이 역류해
부엌이 난장판이 되었다. 주변 이웃들에게 물어보니 그냥 기다
리라고 했다. 자기네 집도 그렇다고. 성격이 급한 나는 배관공을
불렀다. 하수도 뚫는 철사를 2m 집어넣었는데도 걸리는 게 없다
며 물이 왜 역류하는지 배관공도 모르겠단다. 그리고 그는 여기
서 한 시간 거리 카옌에 일하러 가서 다음주에 돌아온다고 한다.
"뭐? 난 지금 물이 차올라서 설거지도 빨래도 못하는데 다음주
에 온다고?" 해결도 못하고 돈만 날렸다. 다음날 토요일에 남편
들 없는 3중대 마담들이 중대장 집에 모였다. 남편들이 없는 동

안 집에서 모이기도 하고 바닷가나 카페에서 만나기도 한다. 내가 마담들에게 하수도 문제없냐고 우리집은 하수도가 말썽이라고 했더니 다들 고치라는 말은 안 하고 기다리란다. 기다리다 보면 해결된다고 자기네 집도 황토색 흙물이 역류한다며 이곳은 기다리는 것만이 답이라고 한다. 다들 미쳤나 보다. 문제가 생기면 빨리 고쳐야지 뭘 기다리라는 건가. 한국인 중에서도 성격이 제일 급한 나는 주말을 버티고 월요일이 되어서야 부대 집 관리 담당 준위를 만나러 갔다. 내 얘기를 듣던 준위는 직접 와서 보겠단다. 그러면서 문제가 생기면 부대로 와야지 왜 배관공을 불러서 개인 돈을 썼냐고 묻는다. "아무도 부대에 가서 문의하란 말을 안 해줬다, 다들 기다리라고만 했다"고 했더니 한심하다는 듯 그가 고개를 절레절레 저었다. 집에 도착하고 잠시 후 군인들이 도착해서 상황을 살폈다. 우리집 문제가 아니고 도로 하수도관이 문제라며 수도공사에 전화를 해야 하는데 오늘은 너무 늦었으니 내일 전화하겠다고 한다. 다음날 소식이 없어 부대에 전화했다. 담당자가 바빠서 전화를 못했다고 또 내일 전화해보겠노라고 한다. 또 며칠을 기다렸다. 금요일 아침 일찍 도시공사 차와 그 옆엔 부대 차가 바삐 움직이고 있었다. 물이 고인 도로 쪽 하수관에서 물을 퍼내고 있었다. 그리고 부대 담당자가 오더니 "됐지?" 하고 간다. 그렇게 하수도 문제는 일주일 만에 해결됐다.

또 언젠가 남편이 미션 나가 있는데 비가 엄청나게 왔다. 시골은 비가 올 때는 TV가 잘 안 나온다. 비가 와서 일주일 동안 TV가 안 나오나 보다 했다. 그런데 이게 웬 일인가. 옆집에 놀러갔더니 TV를 보고 있는 게 아닌가. 딸아이 생일파티를 한다고 마담들이 우리집에 모였는데, 친구 남편이 임신한 아내를 데려다주러 우리집에 왔다. 친구 남편도 우리 남편처럼 의무병이고 우리가 의무대 진료를 보러가면 늘 친절히 맞아주었기에 그를 보자마자 말했다. "나 좀 도와줘. 우리집 TV가 안 나와!" 그는 우리집 Orange TV box를 확인하더니 안테나 문제라고 전문가를 불러야 한다고 해서 우선 부대에 전화를 했다. "이번엔 안테나 문젠데 부대에 문의해야 해? 아니면 내가 전문가를 불러야 해?" 준위가 대답하길 나보고 부르란다. 어떤 건 부대에서 해주고 어떤 건 안 해주고. 내가 어찌 아냐??

이웃집 남편을 우연히 만났다. 그집도 같은 문제가 있었는데 전문가를 불렀더니 선만 연결하고 10유로를 냈다고 한다. 그러면서 자기가 저녁에 우리집에 와서 봐주겠다고 했다. 자기 선을 직접 가져와서 기아나 TV를 연결해주고 두 시간 허비하고 돌아갔다. 우선 남편 오기 전까지는 몇 개 안되는 채널의 기아나 TV를 보며 견디라고. 남편이 돌아온 후 대리점에 가서 문의했더니 수리공 전화번호를 주었다. 전문가가 집에 와서 직접 안테나를 보더니 Orange TV를 보기 위한 위성안테나가 오래돼서 부식되어 새로 바꿔야 한다고 했다. 어쩔 수 없이 220유로를 들여 안테나를 바꾸었는데 가격에 비해 볼 만한 채널이 없어서 불만족스럽다. 우기가 지나면 동네에 버려진 안테나를 쉽게 볼 수 있다. 10년은 사용가능하다는데 비가 얼마나 많이 오면 저렇게 자주 고장 날까 싶다. 그 사람이 우리집 안테나를 바꾸면서 옆집 6번 집도 곧 바꿔야 할 거라고 엄청 오래됐다고 했다. 그리고 실제로 루마니아 이웃이 본토로 돌아간 후 브라질 이웃이 새로 이사 오고 한 달 만에 안테나를 바꿨다.

남편이 6주 미션을 떠나 있는 동안 바나나를 사러 시장에 갔다가 주차되어 있던 옆 차와 살짝 부딪쳤다. 왜 하필 새 차인 거니? 16년 전에 한국에서 운전면허를 땄고 장롱 면허다. 면허를 딴 뒤에도 운전연수는 여러 번 했다. 그리고 이곳 남미로 이사 오기 전 휴가때 한국에서 열 시간 1종 스틱 트럭 연수도 받고 왔다. 이 마을에서도 몇 시간 연수를 했다. 난 차 보험에 가입되어 있지도 않은데 옆 차를 부딪쳤으니 멘붕에 빠졌다. 주변에 있는 사람들은 별거 아니니 걱정 말라고 했고 상대방 차 주인도 우선 차를 사준 남편에게 물어보겠노라고 우리집 위치와 내 전화번호를 받아갔다. 몇 시간 후 피해자가 보험처리를 하자고 했고 결국 난 멘붕 상태로 사진도 찍지 않고 차 번호판과 사고신고서를 비교해볼 겨를도 없이 사인을 하고 말았다. 내 이웃들이 차 사진을 요구해

보라고 해서 전화로 상대방에게 사진을 요구했고 피해자 쪽에선 휴대폰으로 보내주겠다고 약속했지만 저녁까지 보내주지도 않고 전화도 꺼놓았다. 그쪽에서야 사고신고서 사인까지 받았으니 더 이상 신경 쓸 일이 없었다. 불안해진 나는 저녁에 부내 내 경비를 담당하는 외인부대 순찰대 PLE에게 전화를 했고 그들은 1분 만에 우리집 앞에 도착했다. PLE가 보기에 피해자들이 별것도 아닌 걸 보험처리하자고 한 게 수상하다며 나에게 군경찰Gendarmerie에 신고하라고 조언해주었다. 밥도 안 먹히고 잠 한숨 못자고 아침 일찍 사고신고서에 적힌 주소를 따라 피해자 집에 찾아갔다. 사진을 찍으러 왔노라 했더니 여자가 대문을 열어주었다. 그리고 사고 난 부분 사진을 세 장 찍고 그 집을 나왔다. 그리고 몇 분 후 전화가 왔다. 여자가 "자기 남편이 날 고소하러 경찰서에 갈 거라고 남의 집 무단침입해서 사진은 왜 찍어갔냐"며 고래고래 소리치는 게 아닌가. 난 무단침입을 하지 않았다. 문 앞에서 그 마담에게 허락을 받고 들어가서 사진을 찍었다. 심지어 그 마담은 사진 다 찍은 나에게 "이제 됐어?"라고 물어보기까지 했다. 나도 너무 황당해서 바로 경찰서에 가서 사진을 보여주고 이런저런 상황을 설명했다. 경찰은 사진을 보더니 나한테도 상대방한테도 내가 찍은 사진은 아무 효력이 없단다. 사고 당시 찍은 사진만 효력이 있으니 상대방 차번호가 나온 사진들은 지우라고 했다. 상대방도 이 사진 때문에 나를 고소하지는 못한다고 되도록 피해자를 만나

지 말고 보험처리하라고 조언했다. 그리고 그 이후로 그 사람도 경찰서에 다녀왔는지 더 이상 집으로 쫓아오진 않았다.

차 사고 이틀 후 여전히 나는 멘붕 상태였다. 아이를 학교에 데려다주고 집에 오는 길에 사람도 한 명 없고 차도 한 대도 없는데 나 혼자 우리 차로 우리집 대문을 들이박았다. 정신이 딴 데 팔려 브레이크를 늦게 밟은 것이다. 사람 안 다쳐 얼마나 다행인가 싶으면서도 수리비가 걱정되고 남편이 오기 전에 해결해야 한다는 압박감도 있었다. 곧바로 부대 집 담당 준위에게 달려갔다. 내 성격이 급하고 불안해하는 걸 잘 아는 다른 군인도 나보고 울지 말란다. 나 안 울었는데… 내가 차 사고 내고 멘붕 상태로 대문을 들이박아 대문이 이 지경이 됐다는 걸 아는 준위는 오히려 기분을 풀어주려고 장난을 치다가… "나 지금 패닉상태야. 장난치지 마"라는 내 한 마디에 책상에 쌓여 있는 모든 서류를 제쳐두고 나를 차에 태우고 바로 우리집으로 와서 대문 상태를 확인했다. 다행히 대문을 고정하는 액세서리만 교체하면 된다고 했다. 우리집 앞이 시끌시끌하자 또 이웃들이 삼삼오오 나온다. 준위가 이웃들에게 "니 남편 있니?" "니 남편 있니??" 다 물어보는데 모든 남편들이 정글 미션을 나갔다. 장소는 다 다르다. 심지어 브라질 친구 남편은 브라질로 3개월 교육 나가 있다. 브라질 친구가 준위에게 한마디 한다. "남편들이 없는 동안 이곳은 전쟁터"라고.

준위는 대문수리 건에 대해 내일 연락을 주겠노라고 말하고 떠났는데 10분 후에 기술자를 직접 데려와 대문을 보여주고 내일 아침에 교체하러 오겠다 약속했다. **마담들이 나만 엄청 빨리 해준다고 다들 질투를 한다.** 사실 남편이 아프리카에서 준위를 도와준 적이 있기 때문에 신경써준다는 걸 나도 잘 안다. 내가 준위에게 고맙다고 말하고 우리 남편이 나 때문에 창피해서 그쪽 건물 피해 다닌다고 말했더니 웃음바다가 되었다.

한 달 미션을 마치고 정글에서 숙소로 돌아온 남편과 연락이 닿았다. 차 사고 상황을 설명했더니 남편이 엄청 놀란다. 이번 사고로 돈도 나갔지만 앞으로 계속 이런 꼴을 봐야 하는 거 아니냐고 자기 오래 못 살겠다고 한다. 그리고 전화 끊기 바로 전에 내일 부대 들어간다고 말하는 게 아닌가. 그 얘기는 다시 말해 내일 집에 돌아온다는 얘기다. 전화 끊고 바로 슈퍼로 달려갔다. 음식 준비를 해놓아야 한다. 늘 그렇듯 8kg 정도 빠져서 올 테니 잘 먹여야 한다. 남편이 돌아온 다음날 아침 바로 보험회사에 가서 내 보험을 들었다. 남편 말이 내가 차로 언제 사람을 칠지도 모르니 보험은 가지고 있어야 한다고 했다.

페이스북에 외인부대 마담들의 비밀 그룹이 있다. 남편들이 없을 땐 페이스북이 난리가 난다. 우리집 대문이 고장났다, TV가 안 나온다, 열쇠가 부러졌다, 차 시동이 안 걸린다 등등. 남편들이 있으면 이 정도로 요란스럽진 않을 텐데 **남편들이 없을 땐 작은 일도 큰 일이 된다.**

나도 이 생활 2년 넘게 하다 보니 남편이랑 한 달 떨어져 있는 것도 이제 적응이 된다. 경험에서 쌓인 노하우 덕분일까? 이젠 대충 돌아가는 상황을 알고 문제해결능력도 생기니 덜 무섭다. 역시 사람은 어떤 환경에서도 적응하게 된다. **그저 우리는 경험할 시간이 필요할 뿐이다.** 남편 말대로 나만 힘들게 사는 거 아니고 다른 마담들도 다 비슷하게 산다는 것에 위로를 받는다.

어제는 호수 Lac de crique crabe에 다녀왔다. 부
대에서 행사를 하기 위해 가끔 빌려서 사용한다. 1년 전 처음 이
호수에 갔을 때 걱정이 먼저 앞섰다. 다른 사람들은 신나서 높은

절벽에 올라가 다이빙하고 마담들은 각자 카누를 타고 즐겁게 즐기는데 나만 혼자 걱정이었다. 물속에 카이만Caïman 악어가 산다는데 사람들은 전혀 신경 쓰지 않고 수영을 한다. 심지어 어린이들까지도. 악어에 물리면 어떡하지? 남편은 카이만 악어는 밤이 되어야 나오지 낮에는 안 나온다고 했다. 믿을 수 없는 말이다. 재수 없으면 물릴 수도 있다는 생각이 들었다. 게다가 네팔인 이웃은 미션 중에 정글에서 뱀에 물려 병원까지 다니지 않았던가. 아이들이 수영하다가 물에 빠지면 어쩌나 걱정했더니 남편이 하는 말이 여기 널린 게 군인이라 구해줄 사람 넘쳐나니까 걱정 말란다. 그건 그렇다. 남편도 수상구조사 자격증이 있다. 한국 자격증 프랑스 자격증 둘 다. 여기 군인들은 늘 수영 시험을 봐서 수영을 잘한다. 내 주변을 둘러보니 폴리네시아 군인들도 여럿 있다. 걱정 안 해도 되겠다 싶기는 했다.

남편은 절벽에 올라가 다이빙하고 아이들은 어깨에 튜브를 끼고 수영을 한다. 나는 남편과 함께 카누를 탔다. 구명조끼를 입고 있는데도 왠지 악어가 신경 쓰인다. 수영을 안 하고 의자에 앉아 있는 나에게 타이티 이웃이 묻는다.

"넌 수영 안 해?"

"여기 너무 깊어서 무서워."

날 한심하게 쳐다본다. 내가 소심하게 변명을 늘어놓았다. "나

접영까지 할 줄 아는데 여긴 깊어서 못해."

폴리네시아 군인이 우리 남편에게 아시아인들은 다 그렇다면서 대체로 호수나 바다 수영은 못한다고 말한다. 기분이 살짝 나쁘다. 내가 못하는 거지 아시아 사람들이 다 못하는 건 아니다. 섬나라에서 자연스럽게 바다에서 산 그들과 잠깐 휴가때나 되어야 바다를 보는 우리와 같은가. 생각해보니 기분이 더 나쁘다. 타이티 섬 사람들도 결국 동양인인데 왜 자기는 마치 동양인이 아니란 듯이 말하는 건가? 어이가 없다.

걱정되는 건 이 호수는 마을에서 한 시간 떨어진 외딴 곳이라 전화 자체가 안 된다는 거다. 악어에 물려도 구급차 SAMU를 부를 수도 없다. 그런데도 아무도 걱정하는 이가 없다.

아이들이 물속에 있으면 나는 무슨 일이 생길까 봐 꼼짝 않고 아이들만 봤다. 호수뿐 아니라 쿠루에서 시나마리로 가는 길도 전화가 안 되고 라디오도 안 잡힌다. 사실 이 부분은 지금 기아나의 큰 문제이기도 하다. 왜냐면 전에는 사고가 많지 않았지만 요즘 차량이 늘면서 교통사고로 다치고 사망하는 사람들이 생기기 시작했기 때문이다. 기아나는 기본적으로 마을에 진입해야 전화 통화가 가능하다. 마을과 마을 사이에서 사고가 날 경우 전화가 아예 안 되기 때문에 구급차를 부를 수 없다. 나는 호수에 있는 동안 무슨 사고라도 날까 봐 불안불안했다. 다행히 아무 일도 없었고 아이들은 신나게 놀았다.

　1년 만에 이 호수를 다시 방문했다. 이번 모임은 의무대 소대장이 주관하는 행사로 의무대 가족들 모임이다. 도착했더니 2중대 중대장 가족부터 서비스 중대 배담당 운전담당 별별 사람들이 다 와 있었다. "뭐야? 이거 의무대 단합대회 맞아?" 모두 소대장이 초대한 사람들이란다. 소대장은 군인 한 명에게 말했겠지만 그들은 그의 가족들 심지어 여행 온 장인 장모 가족들까지 총 동원해서 오니 인원이 어마어마해진 것이다. 소대장도 자기가 계산을 잘못했다고 음료수도 술도 음식도 다 모자라는 상황이 되고 말았다. 그래도 나는 마음이 놓였다. 의무대 모임이라 의무대 앰뷸런스가 와 있었다. 게다가 의무대 소속 군의관도 여러 명이고 대부분 간호사들 의무병들 아닌가. 전화가 안 되어도 응급처치가 가능하니 마음이 편안했다. 친구들과 웃고 떠들며 이야기를 하고 남편은 아이들과 수영 축구 배드민턴도 하며 즐겁게 보냈다.
　그후 호수에 다녀온 이들이 페이스북에 사진을 올리기 시작했다. 다른 마담들은 다 "아름다운 하루였다" "최고였다" 등의 멘트를 다는데 나 혼자만 "전화가 안 되는 곳이지만 앰뷸런스, 의사, 간호사가 있어서 걱정없는 하루였다"라고 썼다. 나만 불안해하는 것 같아 기분이 이상했다. 엄마에게 동영상을 보내드리며 이런 호수에 다녀왔다고 말씀드렸더니 아이들 다치면 어떡하냐고 난리 난리가 났다. 사실 엄마뿐 아니라 내 한국 친구들도 놀랄 만한 이야기다. 그래서 내가 혼란스럽다. 나만 이상한 건가. 친구가 "넌 완전 도시여잔데 거기서 그렇게 살고 견디는 거 보면 너무 신기하다"고 말했다. 사실 적응한 건 아니고 어쩔 수 없이 사는 거다. 한국에선 나에게 "사막가서도 소꿉놀이 할 사람이다. 너의 적응력은 무궁무진하다" 라고들 하지만 이곳에서 나는 엄청 겁이 많은 사람일 뿐이다.

친해질 수 없는 이구아나

기아나에 오기 전에 몽골 친구에게서 이미 얘기를 들었다. 바게트빵 가루가 식탁에 떨어져 있으면 그 다음날 아침 식탁 위에 개미가 꽉 찰 거라고. 그 광경을 오자마자 보게 되었고, 어마어마한 개미떼를 보고 소름이 돋아서 그후로 몇 개월 동안 바게트빵을 먹지 않았다. 개미는 죽여도 죽여도 끝도 없이 나왔다. 개미가 먹으면 죽는다는 액체를 집에 뿌려놨더니 그 액체를 먹겠다고 어마어마한 개미떼가 집 안으로 몰려왔다. 기절하는 줄 알았다. 이것도 시간이 지나니 적응이 되었다.

베란다 앞에 개미약 먹고 죽어 있는 개미들을 치우고 도마뱀이 밤새 싸놓은 똥과 오줌자국을 물티슈로 지우는 게 아침에 일어나자마자 하는 일과가 되었다. 아이들이 밟고 다니기 때문에 아이들이 움직이기 전에 미리 치워놔야 한다. 언젠가는 아이들 간식과 쌀 봉투를 다 갉아먹은 게 아닌가. 지금도 정확히 쥐가 그랬는지 아기 이구아나가 갉아먹었는지 범인을 찾지 못했다. 나는 아직까지 우리집 정원에서 뱀이 발견되지 않았다는 것에 감사한다.

어느 날, 아이들에게 정원에 가서 놀라고 문을 열어주었다. 아이가 소리를 지른다. "엄마, 문 앞에 카멜레온이 있어!" 달려갔더니 열린 문 바로 앞에 아이들 바로 15cm 앞에 이구아나의 몸통이 있지 않은가. 하마터면 아이가 이구아나 몸을 밟고 정원에 나갈 뻔했다. 다행히 이구아나 얼굴은 모기장을 통해 우릴 쳐다보고 있었다. 딸아이는 신기한지 만지려고 했고, 놀란 나는 아이들을 잡아당기고 빠르게 정원 문을 닫았다. 그리고 남편을 불렀다. 시끄러운지 이구아나가 슬렁슬렁 기어서 옆집으로 넘어간다.

이웃인 네팔 친구네 집에는 이구아나 세 마리가 들어와서 난리가 났었는데, 친구 남편이 화가 나서 정원에 모든 나무를 잘라서 불태워버렸다. 보통 이구아나들이 나무 위에서 쉬기 때문이다. 파리에서 살다 온 네팔 친구는 가뜩이나 모기 때문에 정원에 안 나가는데 그날 이후로 정원은 아예 나가질 않는다고 했다. 옆집 루마니아 친구도 정원에 있던 이구아나가 집 안으로 들어오려고 모기장에 머리를 자꾸 들이받아서 빗자루로 밀어냈다고 했다.

실제로 방에서 커튼을 걷으면 갑자기 이구아나가 창문에 붙어있어서 놀랄 때가 많다. 여기선 흔한 일이다. 브라질 친구네 집에는 변기에서 가끔 개구리가 튀어나오기도 한단다.

1년만 살고 이사를 간 옆집 브라질 마담은 집에 남겨놓은 짐을 가지러 잠깐 들렀다가 소리를 지르며 나에게 전화를 했다. 자기 집 베란다에 큰 이구아나 두 마리가 들어와서 놀고 있다고 나보고 도와달란다. 다행히 우리집 정원에 정원사가 와서 일하고 있었던 터라 도와줄 수 있었다. 어떻게 쇠철창과 모기장을 뚫고 그 큰 이구아나가 집 안으로 들어왔는지는 아직도 모르겠다. 나와 브라질 마담은 소리를 질렀고, 시끄러운 소리를 듣고 달려온 폴리네시아 마담은 "귀여운 우리 새끼들이 여기 왜 들어왔냐"면서 이구아나들을 내보냈다. 대체 어디가 귀엽다는 건지?

어느 토요일, 정원을 치우는데 똥이 얼마나 많은지 성질이 확 나는 게 아닌가. 똥을 몇 개 주워서 고양이가 사는 옆집으로 넘겼다. 이걸 대체 왜 내가 치워야 하나. 열심히 똥을 치우고 있는데 내 바로 앞으로 무언가가 우두두둑 떨어진다. 하늘에서 똥이 내려온다. 뭔가????? 나무 위를 보니 이구아나가 똥을 싸고 있었다. 아! 이게 다 고양이 똥이 아니었구나. 그

네나 트램폴린 밑에 똥을 싸고 흙으로 덮은 건 고양이 똥이고 하
얀 건 새 똥이고 이 냄새나는 거대한 똥은 이구아나 똥이었구나.
고양이를 키워봤어야 고양이 똥을 알지. 그리고 똥이 내 머리 위
에 떨어지지 않은 것만으로도 감사할 일이었다.

이웃집 브라질 마담네 아들 생일파티가 있어서 외인부대원 마
담들 30여 명이 정원에 모였는데 이번엔 하늘에서 오줌과 똥이
동시에 떨어진다. 어느 마담 팔에 비가 떨어지듯 무언가가 떨어
져서 다들 하늘을 보니 이구아나였다. 브라질 마담은 자신이 준
비한 음식 테이블 위로 오줌이 떨어졌을까 봐 소리를 질렀다. 다
행히 음식 위로는 떨어지지 않았다. 사람들 머리 위에 있는 나무
위에서 볼일을 마친 이구아나는 유유히 사라졌다.

새로운 정원사 아저씨가 일하러 왔다. 외모는 이곳 현지인처럼
생겼는데 정원을 정리하다 말고 이구아나 사진을 찍고 동영상을
찍으며 나보고 좋은 집에 산다고 축복받았다고 한다. 이곳 사람
이 아니라고 직감했다. 아니나 다를까 마르세유에 사는 사람인데
이곳에 3년 파견 와서 두 가지 일을 병행하고 있다고 했다. 자연
을 사랑하는 사람들이 보면 나는 축복받은 사람이구나, 우리 정
원에 이구아나들이 많으니 말이다. 주어진 환경에 감사하며 살아
야 하는데 그게 잘 안 되는 게 문제다. 분명 이곳을 떠나면 이곳
의 자연과 야생동물이 생각날 것이다.

한때 프랑스 양육방식이 소개된 책과 방송이 한국에 쏟아져 나왔다. 나 역시 그런 책들을 읽었다. 프랑스에서 외국 가정들을 보며 사는 나는 어떤 양육방식을 선택하고 있는가. 나는 어느 나라 방식이 아닌 그냥 우리 아이들의 성격에 맞춰 양육하고 있다. 프랑스 양육방식이 아무리 좋아도 한국에서는 실현 불가능한 게 있고 한국인 정서와는 안 맞는 게 있기 때문이다.

친구와 보이스톡을 하는데 아기를 업어 재워서 허리가 너무 아프다고 한다. 그냥 침대에 눕혀놓고 재우라고 좀 울어도 내버려두라고 했더니 아기가 울면 바로 윗집에서 문자가 온다는 거다. 맞다. 한국에서는 프랑스식으로 아이를 키웠다간 경찰서 갈 거다. 지금 우리는 밤마다 아기 울음소리를 들으며 잔다.

왼쪽집은 8개월 쌍둥이들이 미친 듯이 운다. 처음에는 두 아이를 한 방에서 재웠는데 한 놈이 울면 다른 한 놈이 따라 울어서 엄청 요란했다. 요즘은 엄마 아빠가 각각 한 명씩 맡아서 따로 재우는 것 같다. 보통은 침대에 아기를 눕히고, 노래를 불러주고, 책 한 권 읽어주고, 인사를 하고 방을 나간다. 애가 미친 듯이 울면 간간이 엄마가 진정시키는 목소리가 들리지만 절대 안아주지는 않는다. 결국엔 울다 지쳐 잠이 들어 새벽 내내 잘 잔다.

오른쪽집엔 6개월된 아기, 2살, 6살 여자아이가 있다. 문제는 2살 여자아이인데 밤마다 울고불고 문을 두드리고 엄마아빠 부르고 소리를 지른다. 프랑스는 아이를 따로 재우는 교육을 할 때 방 안에 위험한 것들은 다 치우고 램프를 켜주고 책을 읽다가 스스로 자게끔 한다. 아이가 잠잘 시간이 되어 방에 들어가면 부모가 방문을 잠그는 것이다. 이게 습관이 되면 아이는 모든 것을 포기하고 알아서 혼자 방에 들어가 책을 보다 잠이 든다고 한다.

우리집 아이들은 어떤가. 첫째땐 나도 한국에서 아기를 업어 키웠다. 한국 아파트에서 어찌 아기를 울리겠는가. 아기를 하도 업어 재워서 허리가 망가져 30분도 걸을 수 없을 만큼 약해졌다. 프랑스에서 둘째를 출산하고 절대 아이를 업지 않겠다고 다짐했고 침대에 눕혀놓고 재웠다. 여자아이라 그런지 혼자 손가락 빨고 놀다가 그냥 잠들더라. 덕분에 허리가 많이 좋아졌다. 아들이 5살때 취침교육을 시키려고 아들을 방에 두고 문을 잠가보았다. 언니들 말로는 일주일만 고생하면 아이가 포기하고 혼자 잔다고 했다. 방문만 잠그면 기절할 듯 우는 아이를 내가 이기지 못했고 결국 딸아이는 나와 함께 자고 아들은 아빠와 잔다. 프랑스에 살지만 프랑스 방식대로 못 키우고 있는 것이다. 내가 아는 프랑스 친구는 아이들과 한 침대에서 잔다고 한다. 각 가정마다 다른 방식을 선택하고 있고 어떤 방식이 정답이라고 정의 내릴 수 없다.

한국의 어린이 지도 교육 프로그램을 보면 모든 게 부모의 양육방식이 잘못되었기 때문이라고 비난한다. 그러나 프랑스의 교수는 모든 걸 부모의 탓이라고 말하지 않는다. 어느 부모가 자식에게 못해주고 싶겠는가. 프랑스 교수는 "이 아이는 이런 아이이며 이런 성격을 타고났다. 그러니까 이런 아이들은 이런 방식으로 양육을 시켜야 한다"고 한다. 결국 한국이나 프랑스나 사랑을 듬뿍 주어야 하고 훈육도 해야 한다는 건 똑같다. 대신에 부모에게 죄책감을 주는 부분은 완전히 다르다. 엄마가 행복해야 하고 엄마도 자기 생활이 필요하다고 말하는 프랑스 사람들이다. 매일 아침에 임산부나 아기 엄마를 위한 프로그램이 있다. 임산부들에게 담배와 술이 아기에게 주는 영향에 대해 수시로 소개한다. 그러면서도 제일 마지막에 하는 멘트는 "그러나 엄마가 스트레스를 받는다면 아주 조금은 해도 괜찮다"이다. 외국에서는 임산부 혹은 아기와 함께 다니는 엄마가 담배 피우는 모습을 많이 볼 수 있다. 아기도 중요하지만 아기 때문에 엄마가 모든 걸 희생해야 한

다고 생각하지 않는다. 엄마도 스트레스를 풀어야 한다. 절대희
생은 아이에게도 엄마에게도 좋지 않다.

어느 방송을 보니 프랑스 엄마들은 절대 식사시간에는 태블릿
이나 장난감을 식탁 위에 못 가져오게 한다고 설명하고 있었다.
내가 아는 프랑스 엄마들은 어느 나라 사람들인가? 내 친구네 가
정은 우리집처럼 아이들이 휴대폰을 가지고 놀고 밥 먹으면서 장
난감도 가지고 놀고 엄마가 아이 입에 밥도 넣어준다. 프랑스 가
정은 식사시간이 유일한 대화시간이기에 텔레비전을 켜지 않고
대화를 나눈다고 한다. 내가 아는 프랑스 친구네는 저녁식사시
간에 TV를 본다. 이런 집도 있고 저런 집도 있는데 좋은 점만 보
여주고 프랑스는 다 이렇게 한다더라 하면 우리는 지금 잘못하고
있는 것 같은 죄책감이 든다. 우리도 충분히 잘하고 있는데 프랑
스의 교육방식이 우월한 것처럼 포장하는 데에 불만이 많다. 한
국 뉴스에서 프랑스 아이들은 산으로 직접 가서 벌레를 만지며
자연체험 교육을 한다고 소개했다. 유럽은 이렇게 열린 교육으로
아이들을 교육하고 있다고 말이다. 영상을 보고 순간 생각했다.
저 영상에 나온 학교는 분명 지방의 학교일 텐데 파리에 있는 학
교도 평소에 저렇게 교육을 할까? 우리나라 엄마들한테 아이들
데려가서 벌레를 만지게 한다면 엄마들이 살아 있는 교육해줘서
고맙다고 할까? 바로 학교에 전화할 거다. 아이들 위험하고 병
걸리면 책임질 거냐고. 학원 스케줄이 많아서 산에 갈 수 없을지

도 모른다. 우리나라 엄마들도 아이들을 데리고 여기저기 체험교육을 많이 시킨다. 주말이나 방학 때 엄마들이 아이들 데리고 여기저기 가느라 얼마나 바쁜가. 할 건 다 한다. 대신에 우리는 유럽의 방식처럼 여유롭게 자유롭게 느긋하게 스트레스 없이 교육할 수 없다. 엄마들이 그걸 원하지 않기 때문이다.

아들이 CP(초등학교 1학년)에 들어갔을 때 걱정이 되었다. 집에선 한국말을 쓰니까 아이가 불어능력이 떨어지는데 수업을 잘 따라갈 수 있을까 늘 조마조마했다. 그래서 집에서 미리 예습을 하기 시작했다. 책을 여러 권 사서 집에서 미리 준비를 하고 학교에 보낸다. 집에서 미리 해보면 학교에서 불어로 설명을 들어도 잘할 수 있으리라. 나중에 학교 선생과 면담시간에 "나는 우리 아이 언어 부분이 걱정이다. 그래서 집에서 예습을 많이 한다"라고 했더니 선생이 깜짝 놀라면서 집에선 공부를 시키지 말라고 했다. 학교 수업만으로도 충분히 머리 아프니 집에서는 쉬어야 한다고. 집에서 미리 예습을 하면 학교 수업을 시시하게 생각하고 집중하지 않는다고 조언한다. 그 이후로는 조금 공부량을 줄였다. 내가 한국에 있었으면 우리 아이들도 저녁까지 학원을 다녔을 거다. 왜? 엄마가 바빠서, 엄마가 불안해서, 정부에서는 사교육을 하지 말라고 해도 사교육을 할 수밖에 없을 것이다. 프랑스도 사교육에 신경을 많이 쓴다. 악기 하나 운동 하나 정도는 기본으로 시키고 부족한 수학이나 외국어는 과외를 시킨다. 한 번에 500유로

하는 스키캠프에도 보낸다. 경제 사정이 안 좋은 가정은 국가에서 일부 지원해준다. 어느 나라든 자식교육에는 신경을 쓴다. 대신 스트레스를 얼마나 받느냐가 문제다. 우리나라 아이들은 미래를 위해 지금의 스트레스를 감당해야 한다. 프랑스는 아이가 싫어하면 안 시킨다. 한국 아이들의 공부량을 보면 프랑스 아이들 기절할 거다. 각자 아이의 성격과 수준에 맞게 가르치면 되고 우리가 사는 환경에 맞게 가르치면 될 것이다. 방송에서 자꾸 유럽 교육방식이 좋다고 하는데 내가 보기엔 유럽 교육방식대로 하자고 말하기보다는 외국이 좋으니까 이민가라는 소리로 들린다.

같은 나이의 한국 엄마와 프랑스 엄마를 비교해놓은 인터넷 기사를 보았다. 한국 엄마는 결혼과 출산 후 경단녀가 되었고 프랑스는 복지가 잘 되어 있어 근무하기 좋다고 표현되어 있었다. 그래서 곰곰이 생각해봤다. **복지가 문제인가 문화가 문제인가.**

난 육아와 관련된 우리나라 복지가 나쁘지 않다고 생각한다. 한국은 출산하면 돈을 주고 정해진 나이까지 육아수당을 지원한다. 내가 한국에 있을 때 첫아이가 어린이집을 다녔는데 한 달 40만원의 어린이집 수업료를 정부에서 내주었다. 수업료가 아닌 현금으로 받을 시엔 7세까지는 10만원이 지원된다. 프랑스도 각 가정의 소득에 따라 지원되는 금액이 다르다. 출산하기 바로 전 달에 육아용품 사라고 900유로 정도의 돈이 나왔고 세 살때까지 180유로의 육아수당PAJE – Prestation d'accueil du jeune enfant을 지원받았다. 우리는 아이가 둘이라 둘째아이가 세 살이 되면서 육아수당이 끊겼는데 아이가 셋 이상이면 아이가 성인이 될 때까지 가족수당Allocation familiale이 나온다. 이 외에 다른 할인혜택 등도 지원되어 아이가 많아도 돈이 없어서 힘들지 않도록 정부에서 이런저런 지원을 해준다고 들었다. 초등학교 학생을 둔 부모입장에서 설명하자면 한국에선 초등학교 저학년은 오전 수업만 한다. 이후엔 학원들이 알아서 아이들을 픽업해서 집 앞까지 데려다준다. 프랑스는 픽업 문화가 존재하지 않는다. 엄마들이 학교에서 찾아서 학원으로 데려다줘야 한다. 프랑스에서 아이를 봐주는 아줌마, 누누NOUNOU를 부르려면 한 시간에 8~10유로를 줘야 한다. 프랑스는 오후 수업이 있지만 급식신청을 하지 않은 아이들은 집에 가서 밥을 먹고 와야 한다.

내가 현재 거주하는 기아나는 일을 하는 엄마들만 시청에 급식신청을 할 수 있다. 일 안 하는 나는 자격이 없는 거다. 그래서 아이를 아침에 데려다주고 11시 30분에 찾아서 집에서 밥을 먹이고 다시 13시 30분에 데려다주고 15시 40분에 아이를 데려온다. 내가 운전을 시작하기 전 2015년에는 하루에 걷는 시간만 한 시간이었다. 나는 한 시간 걸어도 괜찮은데 아이들이 땡볕에 언제 비가 올지도 모르는 불안감으로 평균 40분을 걸어야 했기 때문에 운전을 시작했다. 기아나는 일주일에 이틀은 오후 수업이 없다.

선생님이 아프면 수업이 없다. 선생님들이 파업하면 1~2주일 동안 수업이 없다. 이럴 때 보면 한국이 더 나은 것 같기도 하다. 그럼 일하는 엄마들은 어떻게 해야 하나. 며칠 전에 작은아이 어린이집에서 선생의 부재로 인해 갑자기 일주일 동안 수업이 없었다. 엄마들은 아이 돌봐주는 아줌마를 찾고 동네 이웃들에게 부탁을 하느라 바빴다. 오후 수업이 없을 때는 탁아소 같은 곳에 돈을 내고 아이들을 맡긴다. 이것도 한자리 차지하기가 엄청 어려워서 탁아소 원장 만나서 사정해야 한다. 우리 아들은 세 곳의 학교를 다녔는데 학교마다 좀 다르다. 어느 학교는 일하는 엄마들을 위해 아이들을 데리고 있어 주기도 하고 어느 학교는 아예 집으로 돌려보내기도 한다. 한국보다 훨씬 더 환경이 열악하다. 그럼에도 불구하고 왜 프랑스 여자들은 육아 때문에 취업하기 힘들다는 말을 하지 않는가? 왜 육아가 일에 방해가 되지 않는가? 내가 보기에는 문화가 다르다.

첫째, 한국 회사는 기혼에 아이 있는 엄마를 선호하지 않는다. 젊고 어리고 말 잘 듣고 야근시켜도 문제가 없는 미혼을 선호한다. 프랑스 회사는 그런 것에 연연하지 않는다. 경력이 있고 능력이 충분하면 그냥 채용한다. 한국 사무실에 젊고 예쁜 아가씨들이 많다면 프랑스 사무실에는 푸근한 아줌마들이 많다.

둘째, 프랑스 회사는 한국만큼 일하지 않는다. 대한민국이 OECD 국가 중 근무시간이 가장 길고 수면시간이 가장 짧다는 연구결과가 발표되었다. 한국사람만큼 야근을 하라고 하면 다들 회사를 안 다닐 것이다. LG전자 프랑스 법인 사장을 지낸 에릭 쉬르데쥬 Eric surdej가 《그들은 미쳤다 한국인들! Ils sont fous, ces Coréens!》이란 책을 출간하여 자신의 10년 한국 기업 생활과 한국 기업의 경영방식을 비판했다. 나는 두통약 먹는 게 너무 자연스러운데 이 책의 저자는 왜 두통약을 먹으면서까지 업무 스트레스를 받아야 하는지 이해하지 못하는 것 같았다. 개인주의 나라에서 한국 회사처럼 목숨 걸고 일하지 않고 상사의 눈치를 보며 회사에 남아 있어야 하는 일 따윈 없다.

브라질 여행을 갔을 때 브라질 현지 한국 회사에서 근무하는 한국인 부부는 남편 회사 때문에 자주 다툰다고 했다. 평일엔 술자리가 많고 주말에는 부장님 따라 산에 가야 한다는 것이다. 나라만 브라질이지 결국 한국 문화 그대로 살아가고 있었다. 프랑스 회사는 퇴근시간 이후는 가족과 함께다. 회사모임도 가족과 함께다. 주변 친구들을 보면 회사 때문에 스트레스 받는다고 하는 친구들을 보지는 못했다. 자기 자신을 위해 회사에 나가 일을 하고 돈을 번다. 일을 하기 위해 아이돌보미를 쓸 경우 돈을 지출해야 해서 결과적으로 남는 돈은 많지 않지만 그래도 일을 선택한다. 루마니아 친구는 파트타임으로 일해서 1,000유로, 즉 120만원을 번다. 파트타임이기에 아이들이 학교가 끝나는 시간에 퇴근할 수 있다. 혹시 아이가 아파서 학교에 못 가게 되면 아이돌보미를 부른다. 돈이 나간다. 그래도 일을 하는 것이 더 나은 선택이다. 사회생활도 하고 돈도 벌고 경력도 쌓고 은퇴 후 퇴직금도 받을 수 있으니 남는 돈이 얼마 안 되더라도 일을 하는 것이다. 돈을 적게 버는 사람들은 세금혜택을 받는다. 재밌는 건 프랑스의 젊은이들은 적은 월급을 받으니 차라리 정부보조금 받으며 집에서 편히 놀겠다고 하는데 아이 엄마들은 집이 불편한지 적은 월급에도 무조건 일하고 싶어 한다. 이 글을 쓰면서 드는 생각은 내가 서울과 가장 흡사한 파리에서 회사를 다녔다면 비교가 더 쉬웠을 텐데 프랑스 지방이나 기아나의 경우를 예로 들어서 좀 아쉬움이 남는다. 어쨌든 확실한 건 나이에 상관없이 아이가 있느냐 없느냐에 상관없이 아줌마에게도 일할 기회가 주어진다는 것이다.

셋째, 이곳 여자들은 "여자이기 때문에" 라는 말을 하지 않는다. 각자 자기 짐이 있으면 자기가 드는 게 맞다. 여자이기 때문에 남자가 도와주길 바라지 않는다. 물속에 뛰어들라고 하면 남자 여자 할 것 없이 다 뛰어내린다. 여자라 무서워서 못 뛰어내린다는 말을 하는 여자가 없단 말이다. 여군들도 여자이기 때문에 못한다는 말은 절대 하지 않는다. 애초에 그런 생각 자체를 안 한다. 프랑스는 여성의 파워가 상당하다. 역사적으로 보더라도, 1789년 파리의 수많은 여성들이 무기를 들고 베르사유 궁전에 난입하여 생존권을 위해 투쟁했다. 프랑스에서 애국주의의 상징인 잔 다르크를 보라. 그녀 역시 여성이다. 역사적으로도 여성의 파워가 강한 나라라 절대 여자라는 핑계를 대지 않는다.

기아나에 온 첫 해인 2015년, 남편이 한 달 정글 미션을 나갔는데 갑자기 가스가 떨어졌다. 가스가 없으면 밥을 못한다. 친구에게 전화해서 어떻게 해야 하는지 물었더니 바로 달려왔다. 친구는 집 근처 슈퍼에 가스통을 판다고 알려주었다. 바꿀 줄 모른다고 했더니 왜 모르냐고 한다. 무서워서 못 바꾸겠다, 가스통 무겁지 않느냐, 내가 어떻게 드냐, 남편 기다려야 하지 않냐,고 했더니 친구가 어이없어 하며 물었다. "너 운전 못해?" "아니" "너 팔 없어서 가스통 못 들어?" "아니" "너 돈 없어서 가스통 못 사?" "아니" "근데 왜 니네 남편을 기다려? 아이들 밥 먹어야 하는데?" 그때 좀 충격을 받았다. 사실 나는 여자이기에 남편에게 바라는 게 많았다. 남편이 이것도 좀 해주었으면… 저것도 해주었으면… 그래서 남편을 기다리다 지쳐서 싸우는 일이 빈번했다. 기대지 말고 그냥 내가 해버리면 싸울 필요도 없는데 말이다.

그날 이후로 남편에게 기대지 않기로 했다. 오히려 '너 없어도 나 혼자 잘할 수 있다'며 막 나가기 시작했다. 그랬더니 내 삶이 바뀌었다.

저녁 행사가 있다면 한국 엄마들은 아이 때문에 못 간다고 한다. 프랑스 엄마들은 아이돌보미를 불러놓고 행사에 간다. 한국 엄마와 프랑스 엄마는 정서도 다르고 문화도 다르다. 한국 엄마들이 "너무 아이에게 기댄다. 아이가 인생의 전부다. 너무 아이한테 휩쓸린다" 말하지만 우리가 그렇게 자랐기 때문에 우리도 그렇게 키우는 거다. 서로 다름을 인정하지 않고 한국은 후진국인 것처럼 프랑스는 선진국인 것처럼 말하는 기사를 보면 좀 황당하다. 한국이 프랑스처럼 아이 엄마들이 일하기 쉬운 곳이 되려면 우선 야근부터 없어야 한다. 술자리 회식을 없애야 한다. 말 잘 듣는 젊은 여자를 선호하지 말아야 한다. 엄마들은 아이들 핑계를 대지 말아야 한다. 아이도 중요하지만 나 자신의 삶도 중요하다는 걸 잊어선 안 된다. 이런 점들이 개선된다면 우리 엄마들도 일과 육아를 동시에 하며 행복도가 높아지지 않을까 생각해본다.

프랑스라고 문제가 없겠는가? 복지천국인데 파업은 왜 그렇게 많이 하나? 원래 자기 자리에서 만족하는 사람은 없다. 남의 떡이 커 보인다. 내가 보기엔 한국만큼 서비스가 좋은 나라도 없다. 학원에서 아이들 픽업 해준다고 하면 여기 사람들 다 한국 가서 살겠다고 할 거다. 프랑스에 사는 나는 고민이 없겠는가? 걱정 없고 불만 없는 사람이 어디 있나? 어디든 장단점이 있다.

우리는 충분히 최선을 다해서 잘하고 있다. 엄마들 화이팅!

여섯 살 아들의 첫 캠프

　　아이가 여섯 살(한국나이 일곱 살)때 유치원Grande section de maternelle 선생이 2박 3일 캠프 신청서를 주었는데 나는 당연히 보낼 생각이 없었다. 캠프를 보내기엔 너무 어린 나이라고 생각했다. 그런데 선생이 말하길, 더 어린 아이들도 간다고 했다. 본인은 늘 해오던 캠프라 전혀 걱정되지 않으니, 혹 엄마가 걱정이 많이 되면 3일 동안 집에서 아이를 돌보라고 캠프를 강요하지는 않겠다고 한다. 다른 엄마들한테 물어보니 원래 캠프 한번 보내려면 참가비가 비싼데 학교에서 공짜로 가는 걸 왜 안 보내냐고 오히려 성화다. 그래도 걱정이 앞섰다. 버스 타고 세 시간이나 가야 하는데(아왈라AWALA 라는 마을) 괜찮을까? 왜 군이 멀리까지 가는 거지? 바다거북이를 보기 위해서라는데 사실 바다거북이는 우리가 사는 쿠루에도 있고 수도인 카옌에도 밤에 가면 볼 수 있다. 많은 의심을 하며 남편과 상의 하에 아이를 캠프에 보내기로 결정하고 아들의 신분증, 예방접종 기록, 의료보험 등 등 필요한 서류를 복사해서 선생에게 제출했다. 브라질쪽 방향으로 가는 마을을 통과할 때 군경찰이 신분증 검사를 한다. 마약 운반하는 차량들이 많고 불법체류자들이 많기 때문이다.

드디어 여행을 떠나는 날, 학교에서 모두 다 함께 가는 줄 알았더니 6세 반 세 반 중 한 반, 5세 반, 4세 반에서 각각 한 반만 참여하는 캠프였다. 한마디로 참가한 게 행운이었다. 아이들이 관광버스에 오르자 엄마들은 사진찍기 바빴다. 성격이 엄청 강한 브라질 친구가 "딸이 어느덧 커서 혼자 캠프를 간다"고 울기 시작한다. 뭘 또 울기까지… 아들의 제일 친한 친구는 안 가겠다고 울고불고 입이 삐쭉 나왔는데 우리 아들은 친구들과 여행 간다고 신나셨다. **버스가 출발하는데 잠깐 뭉클했다가 후련했다가 걱정됐다가 만감이 교차했다.**

아이가 셋인 담임선생은 수시로 엄마들에게 사진과 문자를 보내주었다. 아이들과 함께 캠프에 동행한 엄마들의 페이스북에도 사진이 수시로 업데이트되어 우리는 실시간으로 아이들이 무얼 하는지 알 수 있었다.

캠프 3일 후 아이들이 돌아오는 날 아침. 남편, 딸아이와 함께

학교에 마중을 나갔다. 3일 만에 보는 아들이 그새 부쩍 자란 것 같았다. 뭔가 듬직해지고 책임감도 생긴 것 같고 잃어버린 물건 하나 없이 안 다치고 잘 도착했다. 거북이 박물관에 가서 거북이 뼈도 자세히 관찰하고 모래로 거북이도 만들고 바닷가에서 친구들이랑 뛰어놀았다고 쉴 새 없이 조잘조잘댔다. 아이가 떠날 때 울었던 브라질 친구는 딸아이를 만나 또 울었다. 그 친구 성격을 잘 아는 나는 어리둥절했다. "쟤 또 왜 저래???" 평소에 그렇게 센 척하면서 아이한테 만큼은 부드러운 엄마인가 보다.

남미에 사니까 이런 경험도 하는구나. 바다거북이 보고 싶으면 바닷가에 가면 되고, 악어 보고 싶으면 호수에 가면 되고, 로켓 발사 장면도 직접 보고, 좋은 추억을 만들어가고 있구나… 감동스러웠다.

2015년 한국에 휴가 갔을 때 아들은 두 달 동안
태권도 학원을 다녔다. 주말에도 특강이 있어서 두 달 동안 태권
도 수업횟수는 50회가 넘었다. 기아나에선 몇 번 했나 세어 보았
더니 2015년 한 해 동안 30회. 주 1회 수업에 학교 방학때는 수
업이 없다. 프랑스는 중간중간에 2주 방학이 있다. 할로윈데이가
있는 만성절 방학Les vacances de la Toussaint, 12월 크리스마스 방
학Les vacances de Noël, 2월 카니발 방학Les vacances de Carnaval(본

토에서는 스키 방학이라고도 한다), 4월 부활절 방학Les vacances de Pâques, 7월 여름방학Les vacances d'été. 이렇게 다섯 가지의 방학이 있다. 두 달 동안의 여름 방학이 끝나면 9월에 새로운 학기가 시작된다.

첫해 2015년에는 심지어 승격심사도 없었다. 왜냐하면 부대에서 운영하는 스포츠클럽 중 하나로 1년 수업료가 35유로였기 때문이다. 1년에 5만원짜리 수업이니 맘에 안 들어도 무료봉사하는 사범에게 항의조차 할 수가 없다. 한국에선 2년이면 따는 빨간띠를 프랑스에선 6년이 걸린다는 말이 이해가 되었다. 검은띠 따려면 10년은 걸릴 거다. 3년차 되던 해에는 수업료를 180유로로 올리고 주 2회 수업을 진행했다. 문제는 공식 태권도 클럽 수업시간이 평일 저녁이라는 거다. 오후 다섯 시 이후에는 모기가 많아진다. 몇몇 아이들은 커다란 모기를 잡느라 수업을 듣지도 못한다. 모기가 엄청 크고 몸을 움직이지 않으면 얼굴이고 몸이고 마구 달라붙는다. 약을 뿌려도 소용없다. 모기 때문에 수업에 가고 싶지 않을 정도다. 어느 날, 아들에게 물었다. 부대에서 배우는 태권도 친구들과 공식 태권도 클럽 아이들 중에 어느 쪽이 더 잘하는 것 같냐고. 부대쪽 친구들이 훨씬 잘 한단다. 공식 태권도 아이들은 초록띠 보라띠로 수준은 높지만 선생님 말을 안 듣고 하고 싶은 대로 한단다. 부대 아이들이 말도 잘 듣고 집중해서 잘 한다고 한다. 그럴 수도 있다. 아이들이 부대 내 수영 수업을 들을 때도 말을 안 들으면 바로 '앉았다 일어났다 10회' 벌을 준다. 좀 큰 아이들은 때때로 "우리는 군인이 아니다"라고 항의하기도 한다. 아무래도 군 가족들이 좀 권위적으로 키우진 않을까 하는 생각이 든다. 공식 클럽에서 한 번 수업, 부대 클럽에서 한 번 수업을 하다 보니 이 동네 태권도 하는 아이들을 다 알 수 있어 연대감도 형성되고 좋았다. 태권도 클럽인데도 '태권기도'라고 해서 태권도 합기도 유도 복싱 주짓수 호신술까지 골고루 가르쳐준다. 그러니 태권도를 3년차 하고 있어도 태권도를 잘한다고 말할 수 없다. 아들은 수영도 음악학교도 안 가고 싶고 그저 태권도만 하고 싶다고 말할 정도다. 아파도 태권도 수업을 가야 한다고 하길래 아픈데 왜 수업에 가려고 하느냐 물었더니 사범님이 인사를 자기에게 시킨다고 했다.

어느 날, 태권도 사범이 이 마을의 유일한 한국사람인 나에게 와서 발음을 알려달라고 했다. 처음에 무슨 단어를 말하는지 아예 못 알아들었다. 나중에 알고 보니 "사범님" 발음이었다. 아… 프랑스 사람에게는 불가능한 발음이다. 사범님이 웬 말인가, 프랑스인에게 받침 있는 발음은 어렵다. 몇 번 나를 따라하더니 결국은 매번 수업 후 인사를 한국인인 아들에게 시켰다. 사범은 내가 있으면 한국어 발음이 신경 쓰이는지 아들에게 숫자를 세라고 시킨다. 아들이 한국어로 하나 둘 셋 열까지 셌더니 "액센트가 전혀 없이 완벽한 한국말을 구사한다"고 칭찬해주어 엄마들이 한바탕 웃었더랬다. 한국아이에게 액센트가 없다니. 사실 아들 발음도 이상하다. 불어와 한국어가 섞인 데다가 사범이 말하는 대로 따라서 말을 하니 단어가 변형되는 거다. 수업 전에 사범이 날 붙잡더니 '벙달차기' 발음이 맞냐고 물어본다. 그게 뭐냐고 물어봤다. 난 태권도를 배우지 않았기 때문에 용어를 모른다. '벙달'이 뭐냐고 물었다. 본인도 모르겠단다. 자기발음도 이상하고 자기를 가르쳐준 선생은 아프리카 사람이라 자기보다 발음이 더 이상하단다. 수업 끝나고 아들에게 아까 발차기를 뭐라고 부르냐고 했더니 '벙달차기'라고 한다. 인터넷으로 태권도 발차기 종류를 찾아봤다. 아~ 반달차기Bandal chagi구나. 불어에선 an은 '엉' 발음이 난다. 그래서 벙달차기가 된 거다.

아들에게 한국 시범단 비디오를 보여주면서 이렇게 하는 거라고 알려주었더니, "엄마는 태권도도 안 배웠으면서 나한테 얘기하지 마" 라고 말하는 것이 아닌가. 그래서 심각하게 생각했다.

39세에 태권도를 시작해야 하나. 에잇, 불어공부나 잘하자!

일주일에 한 번, 외인부대 10여 개국의 마담들 불어수업이 있다. 2016년에는 부연대장 아내가 초급반을 맡았고 불어교사로 30년 넘게 일하다 은퇴한 D가 우리를 가르쳤다. 2017년 여름, 우리 불어선생의 남편은 우주로켓센터 엔지니어로 3년 파견을 마치고 러시아로 발령받았는데 D는 러시아가 아닌 자식들이 있는 파리 근교로 간다고 했다. 부연대장 역시 파견을 마치고 본토로 돌아갔다. 2017년부터는 고등학교 프랑스어 교사를 하던 러시아 마담이 우리를 가르치기로 했다. 외인부대 마담은 아니고 남편이 고등학교 교사여서 8년 전부터 기아나에서 살고 있고 그 전에는 프랑스령 타이티 섬에서 살았다고 한다. 내가 늘 이 모임에 참여하는 이유는 공부보다는 대화를 하기 위함이다. 내가 하루 동안 사용하는 불어는 이웃들과 하는 고작 몇 줄의 대화가 전부이기 때문이다.

내 불어공부의 시작은 결혼식이 있던 해 2007년 1월 1일에 처음 시작되었다. 회사가 종각역에 있었다. 그 근처에 있던 신중성 어학원 주 5일 아침 7시 반을 등록했다. 수업 후 바로 출근하면 되었다. 지금은 외국어 학원이 많아지고 인터넷 강의도 많아져서 선택의 폭이 넓지만 그때만 해도 불어학원이 많지 않았다. 그때 불어를 가르쳐주신 선생님은 현재 라벨프랑스 불어 사이트를 운영하고 계신다. 결혼식 전까지 몇 달 불어를 배우고 A2 수준의 불어 실력으로 프랑스에 갔다. 한국에서 비자를 받기 위해 몽펠리에 3대학 내 어학원과 알리앙스 프랑세즈 학원에 등록한 상태였다. 프랑스에 도착하고 며칠 후 7월에 알리앙스 학원에 가서 테스트를 받고 A2 반으로 배정 받았다. 문법은 따라가겠는데 도무지 귀가 안 뚫렸다. 스트레스가 엄청났다. 9월에 몽펠리에 3대학 어학원이 개강했다. 선생님이 질문이라도 하면 굳어버렸다. 1년 동안 공부를 했는데 확실히 나의 언어실력은 남들보다 느리다는 걸 알았다. 어학원을 1년 반 다닌 후엔 한인교회 집사님들이 불어 스터디반을 만들어서 무료로 가르쳐주셨다. 나도 기아나에서 무료로 한글을 가르쳐봤지만 무료 수업을 한다는 건 쉬운 일이 아니다. 몽펠리에 한인교회 교인들이 만든 불어성경 읽기 그룹은 2년에 걸쳐 성경 1독을 완료했다. 이때 읽는 연습을 많이 해서 자신감이 붙었다. 그후에 성경 쓰기 모임을 4년째 하고 있는데 나는 초반에 불어성경으로 쓰다가 이사를 하고 바빠지면서 불어 읽기로 변경하였다. 이 모임을 하면서 이사를 두 번이나 했지만 다른 교인들도 상황은 마찬가지였다. 현재 모임원들은 한국, 캐나다, 미국, 프랑스 여러 지역 등 뿔뿔이 흩어져 카카오톡으로 서로의 진행상태를 확인한다.

공부는 좋아하는 걸로 배워야 한다. S언니에게 내가 좋아하는 책 《창가의 토토》를 빌려줬다. 그리고 얼마 후 언니가 불어판 책을 선물해주었다. 이리도 고마울 수가. 프랑스에 와서 나름 불어공부를 해보겠노라고 2년간 한국 TV를 절대 보지 않았다. 불어 TV만 보는데 나중에는 알아듣지도 못하는 소리라 소음으로 느껴졌다. 남들은 귀가 뚫린다는데 난 언어에 재능이 없는지 언어가 왜 이렇게 안 느는지 모르겠다. 프랑스 생활 2년 차에는 불어도 못하고 한국말도 단어가 생각나지 않는 어눌한 말투로 변해 있었다. 난 대체 뭔가.

영화를 안 좋아하는 내가 언제부턴가 매일 밤 유튜브로 불어로 된 영화를 보기 시작했다. 프랑스 문화도 알 수 있고 언어도 듣고 아주 좋은 방법이다. **귀가 좀 뚫린 것 같았다. 문제는 입이 안 뚫린다는 데 있었다.** 늘 한인교회 한글학교 한국인들만 만나니. 게다가 외국인 친구들끼리는 말이 다 통한다. 정작 프랑스 선생님이 우리의 언어를 못 알아들으셨다. 외인부대원들 아내들끼리도 얼마나 말이 잘 통하는지 모른다. 다 알아듣고 의사소통이 다 된다. 우리끼리 웃고 난리가 났는데 정작 프랑스 마담들은 우리말을 도통 이해하지 못한다.

요즘은 SNS에 올라온 프랑스 기사를 보고, 보고 싶은 영화가 있으면 혼자 극장에도 간다. 우리 마을 극장엔 프랑스 책들이 기증되어 있다. 본인 책을 기증해도 되고 책을 자유롭게 가져가도 된다. 마담들끼리 금요일 모닝커피 모임이 있는데 이곳에서도 서로 책 교환을 한다. 불어 과외를 받을 때 선생이 숙제로 늘 책을 가져다주었다. 어느 날엔 내가 책을 요약해서 이야기하자 책이 그런 내용이었냐고 선생이 오히려 나에게 물어본 적도 있다. 본인도 사놓고 읽지는 않았다는 것이다.

요즘도 인터넷 사이트를 통해 불어 공부를 하고 있다.

https://savoirs.rfi.fr/fr/ 혹은 http://www.tv5monde.com/ 를 통해 불어를 공부한다. 휴대폰 앱으로는 프랑스 라디오Radio France나 프랑스 신문 Journaux Français를 본다. 프랑스 신문 앱에는 France 2 채널에 매일 저녁 뉴스도 동영상으로 볼 수 있고, 지역이나 분야별 신문이 있어서 선택해서 보기 편리하다. 나는 신문기사를 읽으면 대충 어떤 내용인줄 알겠는데 그걸 정확히 한 줄 한 줄 번역하지는 못한다. 공부도 해본 사람이 한다고 아직도 갈 길이 멀고도 멀다. 누구는 1년 만에 DELF B2도 딴다는데 나는 그 누구는 아닌가 보다. 어느 강사 말대로 프랑스에 오래 산다고 말 잘하는 거 아니다. 공부하지 않으면 한국에서 사는 것과 다르지 않다. 내가 몽펠리에서 살 때 프랑스 안의 작은 한국에서 사는 느낌이었던 것처럼 말이다. 불어가 어렵기는 하지만 다행히 공부하는 게 재밌다.

내가 불어로 많은 사람들과 접촉한 건 ebay 중고 사이트 덕이다. 내 계정에 100개 이상의 후기가 남겨져 있다. 물건을 판 돈으로 내게 필요한 물건을 구매한다. 그리고 다시 판다. 얼마나 좋은 시스템인가. ebay는 이메일로 대화를 주고받고 Paypal로 돈을 받고 우체국을 통해 물건을 발송한다. ebay 이후로 봉꾸앙Boncoin 중고 사이트도 시작했다. 이 사이트는 동네주민들끼리 물건을 사고파는 거라 직접 통화하고 만난다. 우리는 이사를 자주 다녀서 금액이 큰 물건들은 다 봉구앙을 통해 판매했다. 남미 기아나는 아프리카와 다를 바 없다. 그래서 본토에서 가져온 물건들이 엄청 잘 팔린다. 물건을 사서 1~2년 실컷 쓰고 다시 판매한다. 물건을 굳이 판매하는 이유는 분명 누군가에게는 그 물건이 필요하기 때문이다.

이곳에서 살기 위해서는 자연스럽게 불어를 사용할 수밖에 없다. 이곳에선 도움을 요청할 한국인이 없기 때문이다. 덕분에 무조건 몸으로 부딪치며 불어를 배울 수 있다. 이곳에서의 경험들이 미래의 나를 만드는 좋은 밑거름이 되리라 믿어본다.

기아나에 거주한 지 1년 반이 되었다. 그리고 아직도 1년 반이 남았다.

나와 같은 해에 이곳에 도착한 마담들은 이미 떠날 준비에 맘이 바쁘다. 물건을 시시때때 정리해서 팔고, 본토로 돌아갈 것을 대비해서 교육도 받으며 취업준비를 한다. 떠나려면 1년 반이나 남았는데 본토에 집을 알아보고 미리 서류를 보내려는 마담도 있다. 본토에 집을 얻으려면 우선 부대에서 주는 최종파견증명서 OMI가 있어야 한다. 그래야 아이들 학교도 접수할 수 있고 집도 구할 수 있다. 이번 여름에 본토로 들어가는 루마니아 친구는 스트라스부르그Strasbourg로 가기로 되어 있었다. 명단이 2월에 나와서 이사 준비를 하고 있는데 최종파견증명서에는 파리로 나왔다. 마지막에 행정본부 오바뉴Aubagne(불어발음 오바니으)에서 발령지를 바꾼 것이다. 화가 난 친구는 자기와 두 아들은 스트라스부르그에 거주할 거고 남편은 우선 파리에서 근무하다가 1년 후에 다시 옮길 거라고 한다.

외인부대는 모두 남부에 있다. 님, 오바뉴, 아비뇽, 카르피안, 생 크리스톨, 카스텔노다리 등등. 대도시에 모병소가 있는데 파리, 스트라스부르그, 리옹, 니스, 보르도에 있다. 군대가 아닌 지원자들을 관리하는 사무실이라 근무자가 많지 않고 훈련도 없다. 굳이 왜 스트라스부르그인가? 이미 남부에서 오래 산 루마니아 친구는 프랑스 남부에서 자동차로 루마니아까지 가려면 11시간이 걸리는데 프랑스 북부 스트라스부르그에서 루마니아까지는 6시간이라는 거다. 루마니아 가족들이 프랑스에 휴가 오기도 좋은 거리다. 그 친구는 이사 걱정, 아이들 학교 걱정, 집 걱정으로 밤새 잠을 못자고 있었다. 심한 스트레스로 갑작스럽게 울기도 해서 옆에서 보기 안쓰러웠다. 나도 예민한 사람이라 충분히 친구의 마음을 이해한다. 곧 나도 겪게 될 일이다.

보통 사람들의 이사와 외국인 가족인 우리가 이사하는 방식은 좀 다르다. 예를 들어 이 루마니아 친구의 이사과정을 보면, 원래 남편이 떠나는 날은 2017년 6월이다. 보통 마담과 아이들이 프랑스 본토 혹은 본인들 나라로 먼저 떠나고 남편이 나중에 집 정리를 하고 떠난다. 그래야 덜 복잡하다.

물론 가족이 함께 떠나는 경우도 있지만 굳이 남편이 끝날 때까지 이곳에 함께 머무르며 소중한 휴가를 날려버릴 이유가 없다. 우선 엄마와 아이 둘만 먼저 루마니아로 들어간다. 기아나에서 프랑스 본토 파리 오를리공항으로 입국 후 기차역으로 이동해서 루마니아행 기차를 타야 하는데 기차를 기다리는 대기시간만 8시간이라고 한다. 밤늦게 본인들 나라에 도착하여 집을 찾아가겠지. 그리고 3개월 휴식을 취하면서 스트라스부르그에 집과 차, 가구, 아이들 학교 등을 알아봐야 한다. 그동안 그의 남편은 기아나 집 반납, 물건들을 정리하고 프랑스로 돌아간다. 집 주소가 결정되면 기아나에서 보낸 물건들과 3년 전에 본토에 남겨두었던 짐들을 새로운 집으로 받는다. 한마디로 이사 전 반 년, 이사 후 반 년은 이사 때문에 정신이 나간다고 보면 된다. 이사 전에는 어느 곳으로 배정받을지 몰라 불안한 마음, 분주한 짐 정리, 이사 후에는 새로운 곳에서의 적응, 짐 정리 등등. 그래서 마담들은 늘 떠날 준비를 하고 있다.

　2017년 크리스마스때 루마니아 친구가 스트라스부르그에서 카드를 보내왔다. **기아나가 너무 그립단다. 이곳이 싫다고 남들보다 빨리 떠나놓고는 이곳이 그립다고 한다.** 사계절 내내 여름인 이곳에서 세 번의 크리스마스를 보내고 북프랑스, 바로 독일 옆에 붙어 있는 마을로 갔으니 얼마나 춥겠는가. 이 친구만 봐도 지금 현재에 만족하는 이는 아무도 없다는 걸 알 수 있다.

불가리아 마담도 2017년 여름에 본토로 돌아간다. 근데 교육 formation 받느라 너무 바쁘다. 작년까지 아무것도 안 하다가 이곳을 떠나기 1년 전부터 고용서비스공단Pole-emploi에 가서 교육 신청을 한 것이다. 이곳에서 교육받고 본토 들어가자마자 취업을 하려는 거다. 불가리아 마담이 엑셀 워드 교육을 받는데 국가기관이 이 마담에게 교육비를 지원한다. 마담은 아이가 둘이 있어서 한 달에 400유로의 지원금을 받는다. 만약 내가 지원금을 받는다면 아마 아이들 보모를 부르는 돈으로 다 나갈 것이다. 3개월 동안 교육을 받고 한 달 실습을 한다. 그리고 취업이 되어야 하는데 취업이 안 되자 그 다음 단계의 교육을 또 신청해서 계속해서 공부만 하고 있다.

사실 우리에게 필요한 건 취업이다. 월 1500유로라도 받는 게 400유로 지원받으며 교육받는 것보다 훨씬 낫다. 이 마담이 받은 첫 번째 교육은 회계 수업이었는데 교육 후에 대형수퍼마켓에서 계산원으로 일했다. 외국인이 프랑스에서 일을 갖게 하기 위한 프로그램이기 때문에 수준이 높지 않다. 이 마담도 불가리아에서 석사까지 공부했지만 아무리 유럽 사람이라고 해도 프랑스에서 일을 얻기란 쉽지 않다. 루미니아에서 약사를 하다 온 마담이 있는데 언어 때문에 취업이 안 돼서 열심히 언어 공부해서 불어자격증 델프Delf B2를 땄는데도 여전히 취업이 안 된다고 한다. 나는 보육교사 1급 자격증이 있다. 문제는 한국자격증이라 이곳에서 인정이 안 되므로 다시 교육을 신청해서 2년이란 교육기간을 이수해야 근무할 수 있다. 나는 프랑스인이 아니기 때문에 메인 교사는 될 수 없고 보조교사 정도나 할 수 있을 것이다. 루마니아 마담은 대학에서 보육학을 전공해 4년 동안 공부했음에도 프랑스에서 다시 2년 교육을 받았다. 현재 중학교에서 장애아 한 명을 돌보며 수업보조를 맡고 있다고 하는데 본인 일에 꽹장히 만족하고 있었다. 재미있는 건 불어도 잘 못하는 네팔 친구는 쿠루에 도착한 지 얼마 안 돼서 쿠루 시청에 컴퓨터 수리 담당으로 취직을 했고, 어렸을 때부터 파리에서 자라 프랑스인처럼 자란 페루 친구는 취직을 못 했다는 거다. 다시 말해 딱히 언어의 문제가 아니라 능력에 따라 일을 구할 사람은 구한다는 건데, 평균적으로 실업자가 많은 프랑스에서 취직하기란 쉽지 않다.

프랑스 실업률이 얼마나 높은가. 프랑스 영화 〈아버지의 초상 La loi du marché〉을 보면 주인공이 가족을 지키기 위해 일을 찾아다닌다. 고용서비스공단에서 추천해준 교육을 8개월 만에 수료 후 취업해보려 하지만 이런저런 이유로 취업이 안 된다. 주인공이 고용서비스공단에 강하게 항의하자 다른 교육을 받아보지 않겠느냐 제안을 한다. 교육기간 동안 매달 500유로 지원금을 받으며 가정을 꾸려가기는 쉽지 않다. 영화 속 주인공은 돈을 벌지 못해 집을 팔아야 했다. 정부는 취직을 시켜주지 못하니 신뢰할 수 없다. 결국 고용공단의 도움 없이 혼자 슈퍼마켓 경비로 취직하게 되는데 모든 사람들을 감시하고 의심해야만 돈을 벌 수 있다는 쓸쓸한 내용이다. 이 영화는 실제 프랑스인들의 삶을 현실적으로 표현했다. 실제로 이런 일들이 비일비재하다. P언니는 고용보험공단에 접수하면 사람 귀찮게만 하고 제대로 된 일자리를 추천해주지도 않는다고 개인이 혼자 알아보고 취업하는 게 더 빠르다고 말해주었다.

기아나는 정확히 갈린다. 남미 기아나가 너무 좋아서 여행 왔다가 눌러 앉는 경우도 많다. 또 이곳이 안 맞는 사람들은 이유 없이 아프기 시작한다. 우리 이웃 네팔 친구네의 경우 남편 목에 알 수 없는 큰 혹이 생겨서 결국 기아나 도착 1년 만에 다시 짐을 싸서 본토로 돌아갔고 수술까지 받았다. 니카라과 친구는 이유 없이 눈이 안 보이고 근육에 힘이 빠지는 증상이 나타났다. 바이러스에 의한 병이라는데 약 먹는 것 외에는 치료법이 없다고 한다. 가끔 만나면 이 친구가 날 쳐다보고 있는 건지 아닌지 한 쪽 눈이 사시처럼 보여서 도통 알 수가 없다. 세네갈 마담은 쿠루에서 가장 큰 병원에서 진료를 받고 약을 먹었는데 갑자기 호흡곤란이 와서 수도인 카옌 병원으로 이송되었다. 결국 아이 다섯을 남겨두고 약 알레르기로 사망했다. 그녀의 막내 아이는 고작 3살이었다. 쿠루에서 1년 반 살면서 아픈 사람도 많이 봤고 암이나 사고로 세상을 떠난 사람도 여럿 있었다.

이곳이 좋다는 마담들은 우선 여름을 사랑하고 자연과 야생동물을 사랑하는 사람들이다. 루마니아 친구는 3년 살고 너무 좋아서 1년 더 연장신청해서 총 4년을 살았다. 그러면서도 이곳을 떠나는 게 너무 슬퍼서 울면서 갔다. 여러 마담들이 이곳을 떠나고 싶다고 투덜대면 몇몇 마담은 3년 여행 왔다 생각하라고 얼마나 아름답냐고 말한다. 비가 오면 마을 곳곳에 있는 호수가 넘쳐 악어가 길거리나 학교에 기어다녀서 군경찰이 출동하는 일들이 발생한다. 이 어찌나 아름다운 광경이냐.

나는 어떤가. 나는 반반이다. 시골이라 이동거리가 짧다는 장점이 있다. 집에서 슈퍼, 부대, 학교 등 웬만한 곳은 걸어서 다닐 수 있다. 그러나 나는 차를 타고 다닌다. 강한 햇볕 때문에 몇 분만 걸어도 아이들이 지치고, 갑자기 비가 쏟아진다. 비가 온 후엔 모기가 온몸에 붙어 있고, 골목에 숨어 있는 강도들도 무섭기 때문이다. 뭐 걸어다니려고 하면 충분히 걸어다닐 수 있는 거리라는 걸 말하고 싶었다.

쿠루 마을에는 신호등이 없다. 지금은 차가 많아졌지만 도시에 비해 차량이 많지 않다. 그래서 공기도 좋다. 5층 이상의 건물도 없다. 그래서 엘리베이터도 볼 수 없다. 천지가 드넓은 벌판이라 아이들 놀기엔 좋다. 진짜 시골 중에 시골이다. 물론 있을 건 다 있다. 도서관, 극장, 영화관, 옷가게 등등. 그러나 수준이 도시만 하겠는가. 이곳도 이곳만의 장점이 있으니 이곳에 사는 동안은 그냥 만족하고 살아야지 생각한다. 프랑스 본토로 들어가면 이곳이 그리울 것이다. 그러나 여기서 오래 살고 싶지는 않다. 더 큰 곳에서 많은 문화적 혜택을 누리며 살고 싶다. 페이스북을 보면 누가 떠나는지 쉽게 알 수 있다. 떠나는 마담의 SNS는 1년 전부터 인테리어 사진으로 도배가 된다. 우리는 늘 떠날 준비를 하며 설레는 마음으로 산다. 그렇지 않으면 이 작은 시골 마을에서 미쳐버릴지도 모른다.

보통 병원 약속을 잡으면 큰 병원은 두 달 기다려야 한다. 대학병원이 아닌 일반 내과 치과 안과인데 말이다. **기다리다가 스스로 자연치료가 되기도 한다.** 이런 상황은 캐나다 같은 외국도 마찬가지라고 들었다. 그냥 약국 가서 내 돈 내고 약 사먹는 게 나을 때도 있지만 항생제가 필요할 때도 있다. 몇몇 동네 병원들은 한국의 병원들처럼 몇 시간 기다려 치료를 받을 수 있는 곳이 있다. 큰 병원은 내가 돈을 안 내도 되지만 동네 병원은 현금으로 30유로를 계산하고 나중에 의료보험공단에서 환불해준다. 외국은 의료보험이 잘 되어 있다. 그렇다고 다 공짜는 아니다. 의료보험이 있고 내 개인보험이 있으면 지원을 많이 받는다. 우리집의 경우 매달 4인 사보험비가 130유로 자동이체된다.

안과 이야기

한국에서 가져온 안경이 오래돼서 바꿔야 했다. 보험회사마다 규정이 다른데 나는 180유로를 지원 받을 수 있었다. 우선 안과를 예약했다. 늘 그렇듯 한두 달 기다려야 했다. 남편이 세 곳에 전화를 해보았는데 두 곳은 두 달 기다리라 하고 한 곳은 한 달 기다리라고 해서 한 달 기다리는 안과로 예약을 했다. 시내에 위치한 안과에 가서 시력 검사를 받고 안경을 사기 위한 진단서도 받았다. 의사가 내 눈을 보더니 두통 없냐고 큰 병원에 가서 다시 검사를 받으라고 했다. 예약하면 너무 오래 기다리니까 자기 친구가 그 병원 응급실에 있으니 자기 소견서를 가지고 내일 당장 응급실에 가라고 했다. 그때 나는 둘째를 출산하고 4개월 됐을 때라 모유수유를 하고 있었다. 응급실에 갔더니 눈에 문제가 있어서 뇌 스캔부터 여러 가지 테스트를 할 텐데 약이 너무 독해서 일주일 정도는 모유수유를 중단하라고 했다. 결국 이 일로 모유수유를 아예 끊었다. 신기했다. 주황색 액체를 주사기로 팔에 주입하니까 눈알과 뇌까지 다 이동이 되고 눈커풀에 크림만 발랐는데도 크림이 신경으로 전달되는 게 내 눈 앞의 장비를 통해 다 볼수 있었다. 여러 가지 테스트 후 뇌 시신경에는 별 문제가 없고 특별히 이상한 점이 발견되지 않았다는 결과를 받았다. 다행이었다. 이렇게 큰 검사를 받고도 나는 돈 한 푼 내지 않았다. 그저 내

의료보험과 개인보험증을 보여줬을 뿐이다.

안과의사가 써준 진단서를 가지고 안경점으로 가서 일반 안경과 선글라스를 골랐다. 일반 안경은 끌로에 제품. 안경테만 200유로가 넘었다. 알까지 하니까 거의 300유로다. 그래서 선글라스는 좀 저렴한 레이벤 제품으로 골랐다. 테와 알 가격이 150유로 정도 되었다. 총 450유로가 나왔고 내 보험에서 180유로가 지원되어 실제로 내가 낸 금액은 270이다. 안경 두 개에 한국 돈으로 35만원 정도. 싸게 산 건 맞는데 기분이 썩 좋지는 않다. 게다가 안경을 바로 주는 것도 아니고 일주일 후에 다시 찾으러 오라고 한다. 매장을 나오면서 내가 남편에게 너무 비싼 거 아니냐 했더니 남편 말이 진짜 돈이 없는 사람들은 명품을 사지 않는다고 만원짜리 테에 알을 구입하면 180유로면 충분히 살 수 있다며 멋을 위해서 명품을 사는 사람들은 자기 돈 내고 사는 거라고 했다. 가만 생각해보니 그 말이 맞다. 안경점에 한쪽 구석에 만원짜리 테가 다섯 종류 있었다. 테는 만원이지만 안경알이 거의 100유로 한다. 만원짜리 테 외에는 모두 브랜드 안경테인데 내 느낌으로는 한국의 일반 가격보다 훨씬 비싸다. 비싸도 선택의 폭이 많지 않기 때문에 구입할 수밖에 없다. 면세점에서 테를 저렴하게 30만원 주고 사도 안경에 도수가 안 들어 있다. 안경점에 가져가서 안경알에 도수를 넣으면 또 다시 돈이 나간다. 50만원 정도는 줘야 도수 들어간 선글라스 하나를 가질 수 있다. 그에 비하면 내

보험으로 2년에 한 번 180유로를 지원받으면 좀 저렴하게 구입할 수 있으니 그건 좋다. 대신에 한국에서 바로 몇 시간 안에 혹은 안과 진료 후 길어야 일주일 걸리는 안경구입을 이곳에선 안과 예약하고 한두 달 기다리고 안경점에서 안경 맞추고 다시 일주일을 기다려야 한다.

남미인 이곳은 밀할 필요 없이 햇빛이 엄청 강하다. 겨울이 없으니 사계절 내내 선글라스가 필요하다. 물론 프랑스 남부에 살 땐 겨울에도 바람차단용으로 많이 착용했지만 말이다. 쿠루에 이사 와서 선글라스 다리가 부러졌다. 친구에게 안과를 가야 하는데 어디 있냐고 물었더니 이곳은 굳이 안과를 갈 필요 없이 내과 의사에게 진단서 써달라고 하면 써준다고 했다. 대신 시력 정보를 가져가야 한다고. 그리고 이곳은 본토보다 안경 금액이 기본 100유로가 더 비싸다고 했다. 본토에서 받았던 안과 진단서를 다행히 보관해두었다. 내과에 예약했더니 2주 후로 약속날짜를 잡아준다. 2주 후에 찾아갔더니 바로 과거 진단서를 그대로 복사해서 새 진단서에 쓴다. 내과 안에는 시력을 측정할 만한 장비도 없다. 당연히 못한다. 그래서 내 정보를 가져가지 않으면 진단서를 받을 수 없다. 몇 분 만에 진료 끝. 30유로 현금을 냈다. 이 의사는 세금을 덜 내기 위해 현금만 받으신다. 의사 진단서를 가지고 선택의 폭이 넓은 카옌 수도의 상업지역으로 갔다. 정말 눈만 보호할 마음으로 저렴한 걸 사자 다짐하고 갔다. 디자인도 나름 괜찮고 가격도 저렴한 안경테를 구입했다. 안경테만 170유로다. 안경알을 고를 때 안경점 직원이 묻는다. 청록으로 할래 검정색으로 할래? 햇빛보호 되는 걸로 할래?? 당연히 좋은 걸로 한다고 대답했다. 안경알 금액만 180유로가 나왔다. 깜짝 놀라서 가장 기본적인 것으로 해달라고 했다. 알 두 쪽에 70유로로, 총 금액 240에 내 지원비 180유로를 빼고 내가 계산한 금액은 60유로다. 싼 게 비지떡이라고 했던가, 착용 1년도 채 되지 않아 플라스틱 선글라스가 엄청나게 틀어졌다. 어디에 짓밟힌 것처럼. 결국 지금은 본토에서 5년 전에 산 선글라스를 쓰고 있다. 다시 사야 하는데 그냥 본토 가서 사련다. 기꺼이 한두 달 안과 예약 기다리고 좀 비싸더라도 선택의 폭이 넓은 본토에 가서 하련다.

어느 날, 친구들과 라식수술에 관해 얘기하다가 라식수술 후에 다시 시력이 나빠져서 렌즈 삽입술을 하려고 하는데 프랑스는 예약 잡기 힘들어서 우리나라에서 수술을 하려고 한다고 했더니 친구들 말이 도시마다 상황이 다르다고 했다. 당연히 파리는 안과가 많으니까 예약 잡기 쉬울 것이다. 큰 도시에 살았던 친구들은 오래 기다리지 않았다고 했다. 나처럼 님에 살았던 친구도 안과를 옆 도시인 몽펠리에로 다녔다고 했다. 님 그 큰 도시에 안과가 3개밖에 없으니 오래 기다릴 수밖에 없다. 신기한 건 내가 한국에서 2002년에 라식수술을 했는데 그쯤 수술한 친구들은 지금 대부분 안경을 다시 쓴다. 수술은 한 번뿐이다. 프랑스에서 라식 수술한 친구들은 두 번 수술을 한다고 한다. 그리고 프랑스에서 수술 받은 친구들은 지금까지도 안경을 쓰지 않는다. 그럼 뭐지? 우리나라가 빠르긴 한데 기술이 부족한 건가? 이렇게 되면 프랑스에서 수술을 해야 하나? 갑자기 고민이 되었다. 친구가 마지막으로 던진 한마디에 빵 터졌다.

"기아나에는 수도 카옌에 안과가 두 곳 있는데 일반예약을 하면 7개월을 기다려야 해."

나 이런 곳에 사는 여자다!

치과 얘기

우리가족은 보통 바캉스때 한국에 들어가면 치과 치료를 다 받고 온다. 이곳 진료방법을 믿지 못해서다. 예를 들어 몽펠리에에 살 때 남편이 프랑스에서 치료받은 치아에 문제가 생겼다. 충치에 때워놓은 레진 덩어리가 떨어진 거다. 집 바로 옆에 치과가 있었기에 예약하고 다녀왔는데 며칠 후에 빠져버렸다. 다시 치료 받은 후에 또 빠졌다. 우리 상식으로는 있을 수 없는 일이다. 게다가 우리가 계속 돈을 지불해야 한다니. 우리 아들도 똑같았다.

앞니 충치 치료를 했는데 바로 다음주에 빠져버렸다. 다시 치과 예약을 하고 두 달을 기다려 치료를 받았다. 의사는 자기 잘못이 아니라는 듯 아이들이라 쉽게 빠진다고 했다. 앞니 한 개 두 번 치료해서 총 240유로를 지불했고 그후에 의료보험공단과 개인보험사에서 거의 대부분 환불받았다. 5세때는 국가에서 전액지원해주는 치과검진도 있다. 재밌는 건 그렇게 힘들게 치료를 받았는데 몇 달 뒤에 유치가 빠져버렸다. 어찌나 허무하던지. 아이들은 거의 무료로 치료받으니 그 점 하나는 좋다. 하여간 남편은 죽을 만큼 아프지 않은 이상 한국에서 치료를 받기 원한다. 한국에 한 번 들어갔다 오면 치과비용만 몇 백만원 나온다. 그래도 한국에서 치료해야 한다. 왜? 여기는… 속 터진다. 어른의 경우 돈도 많이 지불한다. 나뿐만 아니라 다른 친구들도 자기나라가 비싸더라도 믿을 만하고 빨리 치료받을 수 있다고 똑같이 말한다.

기아나로 이사 오기 전 2015년에 한국에서 이 치료를 다 하고 왔음에도 불구하고 2016년 1월에 갑자기 이가 너무 아픈 거다. 예약을 잡고 한 달을 기다렸다. 2월 약속날 치과에 갔더니 10여 년 전에 씌워놓은 금니에 문제가 있다고 금니를 빼고 신경치료를 다시 해야 한다고 했다. 바로 해주는 줄 알았다. 한 달 후에 치료를 시작하자고 그때 다시 오란다. "나 지금 아픈데?? 한 달 후까지 참고 기다리라고?" 진통제와 가글액을 진단서에 써주면서 "아플 테니까 약 사먹어. 약 먹으면서 기다려. 한 달 후까지."

이 의사 뭐라는 거니? 지금! 어쩔 수 없다. 기다리는 수밖에. 주변 마을엔 치과조차 없어 세 시간 떨어진 마을에서 이곳까지 치료를 받으러 온다고 한다. 내가 선택할 수 있는 건 오직 하나였다. 기다리는 것뿐.

첫 방문 후, 비용 결제를 하는데 간호사가 치료 견적서를 뽑아 줬다. 처음에 내층 뽑아준 금액이 900유로였다. 그걸 내 개인보험사에 보내서 얼마나 지원 받을 수 있는지 물어보라고 했다. 치료부분에 따라 보험사마다 환불금액이 다르기 때문이란다. 다음에 올 때 내가 받은 결과를 가지고 오라는 말도 덧붙였다. 환불금액 문의 내용을 적은 편지와 치과에서 준 견적서를 개인보험사에 보냈다. 답장이 오길, 견적서에 내 담당의사의 고유번호가 없다며 어떤 의사가 하는 진료인지 알아야 하기 때문에 의사 번호를 다시 기입해서 보내라고 한다. 치과 가서 편지를 보여주고 의사 번호를 물어 다시 편지를 보냈다. 본토로 편지가 전달되는 데 일주일, 그들이 일처리하는 데 며칠, 그리고 다시 내가 답장을 받는데 일주일. 이걸 두 번이나 한 거다. 벌써 한 달이 넘는 기간이 지나갔다. 외국은 참을성이 없으면 살아갈 수 없다는 걸 다시 한 번 느꼈다. 보험회사의 편지를 기다리면서 이 치료가 시작됐다.

3월 첫 진료. 내 원래 금니 떼어내는데 30분 걸렸나 보다. 어찌나 느린지 이 의사가 대체 뭘 하나 싶을 정도였다. 진료 후에 내 금니를 보석함에 넣어 나에게 돌려주었다. 치료를 시작한 지 얼마 되지 않아 의사가 갑자기 당황하더니 어디론가 간다. 그리고 누군가를 데리고 와서 그와 상담을 하면서 날 치료한다. 알고 보니 내 담당의사의 남편이었다. 어느 순간부터 그녀의 남편이 내 이를 치료하고 있었다. 내 신경이 한 쪽만 염증이 생긴 게 아니고 U자 형으로 염증이 생긴 거다. 한 이빨 아래 두 개의 구멍을 뚫어 염증 치료를 해야 하는 건데 이 여자 의사는 경험이 없단다. 그녀의 남편은 아내에게 설명해주며 쉽고 빠르게 치료를 했다. 마지막에 인조 이를 만들어 끼워주는데 또 몇십 분이 걸렸다. 속으로 "그게 그렇게 어렵니?" 의사에게 묻고 싶었다. 내가 왜 이 실력 없는 여자 의사한테 걸렸을까 속이 답답해져 왔다.

한 달 반 후인 5월에 두 번째 신경치료. 6월에 이 상태 확인하고 금니 본을 떴다. 7월이 되어서야 마지막 진료를 받았다. 이 하나 치료하는데 총 7개월이 걸렸다. 신경치료 비용과 금니 비용 합해서 총 1,130유로가 나왔다. 환불 받은 금액은 730유로. 내 돈 400유로가 나갔다. 한화로 50만원 돈이다. 한국에서 이 치료하는데 원래 50만원 하지 않나. 7개월 걸려 50만원 내고 이 하나를 치료받았다. 이러니 한국에서 몇 백만원 나와도 치료받고 와야 하지 않겠는가. 100% 치과보험을 환급받게 들어놓거나 개인보험의 등급이 높은 사람은 더 많은 지원을 받는다. 대신에 그만큼 비싼 보험료를 지불해야 할 것이다.

그럼, 정말 치료가 급한 경우는 어떻게 할까. 딸아이가 뛰다가 넘어져서 앞니에서 피가 났다. 아무리 생각해봐도 병원에 바로 가야 하는 상황이라 저녁 6시가 넘은 시각에 급히 치과에 갔다. 이미 문이 닫혀 있었지만 우연히 병원 접수 담당자를 만났다. 사정을 설명했더니 진정하라면서 지금 상황에선 병원 응급실 가도 특별한 방법은 없다고 우선 약국 가서 아이 잇몸 소독약과 턱에 비를 연고를 사고 아이가 놀랐을 때 먹는 자연치료약을 먹이며 오늘 밤을 보내란다. 내일 아침 7시 반에 오면 아침에 응급환자 세 명을 받으니 그때 치료받을 수 있을 거라고 한다.

다음날 아침, 치과에서 세 시간을 기다려 이 엑스레이를 찍었다. 다행히 잇몸에는 아무 문제가 없다고 했다. 대신에 한 달 후에 또 봐서 검사를 받아야 한다고. 남편도 이에 붙였던 금 조각이 떨어졌는데 치과에 전화해서 조각을 가져갈 테니 붙여달라 했더니 응급 환자 세 명만 받으니 일찍 오라고 해서 치료를 받고 왔다. 이렇게 응급의 경우는 간단한 진료 상담만 가능하다. 나처럼 금니를 한다든가 신경치료는 무조건 예약을 하고 한 달 두 달 마냥 기다려야 한다.

이번엔 산부인과 얘기

애 둘을 프랑스에서 출산했다. 첫째는 몽펠리에에서 출산했는데 출산할 때만 쌩 혹Saint Roch이라는 클리닉에서 낳았다. 임신기간 중 다닌 산부인과는 뽈리곤 백화점 내에 위치해 있어서 집에서 걸어서 5분 걸렸다. 만약 대학병원의 산부인과를 다녔다면 당시 25유로라는 저렴한 비용으로 내 돈 거의 안 들이고 진료를 받았을 것이다. 25유로 진료비는 후에 환불받을 테니 말이다. 물론 예약 후 두 달 기다리는 건 기본이다. 나는 집 근처에서 다니고 싶어 조금 비싼 45유로짜리 산부인과를 다녔다. 이곳도 마찬가지로 예약하면 기본 한 달은 기다려야 한다. 매번 20유로 정도를 내가 더 지불하지만 그래도 편한 게 좋았다. 첫째 출산할 땐 1인실이 없어서 2인실을 썼다. 병원 퇴원할 때 출산비용 1,000유로가 넘는 돈을 먼저 계산하고 서류를 보험사에 보냈더니 환불해주었다. 다 환불받았으니 출산비용은 제로였다.

둘째 임신했을 땐 님 시내에 있는 유일한 산부인과에 갔다. 첫 진료를 했는데 65유로다. 의사의 등급이 높아서 진료비가 비싸단다. 보험공단에서 20유로를 환불해주었으니 한 번 진료할 때마다 40유로 정도를 개인적으로 지출했다. 나중에 큰 검사를 받을 일이 있어서 아이를 출산할 큰 병원에 가서 마지막 진료를 받았는데 25유로였다. 꼴랑 25유로. 환불받으면 내가 내는 돈은 하나도 없는 거였다. 순간 내가 그동안 지출한 진료비를 머릿속으로 계산했다. 하지만 그땐 어쩔 수 없었다. 운전을 하지 않았기에 버스를 타야 했고, 그러다 보면 첫째를 학교에서 못 찾을 수도 있어서 불안했다. 남편이 산부인과를 같이 다녀줄 만큼 한가로운 사람도 아니었기에 나 혼자 걸어 다닐 수 있는 시내 산부인과가 나에게 가장 좋은 곳이었다. 둘째 아이를 뽈리클리닉Polyclinique에서 출산했을 땐 1인실에서 지냈다. 심지어 침 놓는 간호사가 있어서 침까지 맞고 호텔처럼 편안히 지내다 왔다. 1인실이라 병원비가 비쌀 줄 알았는데 결과적으로 우리가 낸 돈은 하나도 없었다. 둘째 아이를 낳고 나서 산부인과에 진찰 받으러 갔는데 아기를 계속 원하는지 피임시술을 할 것인지를 묻길래 피임시술을 하겠노라고 했다. 한국에선 30만원짜리 피임시술이 이곳에선 정부의 지원으로 무료였다.

2015년 여름, 한국으로 휴가 나와 있는 동안에 한국 집으로 자궁암 검사를 받으라는 편지가 왔다. 이왕 받을 거면 프랑스에서 검사를 받는 게 나을 것 같아서 (프랑스에 있는) 남편에게 전화해서 산부인과 예약을 하라고 부탁했다. 지금 예약하면 한두 달 후에 진료를 받을 수 있으니 지금 약속을 잡아 놓으라고. 남편이 산부인과에 전화를 했더니 내가 몇 달 전에 약속을 잡고 취소 전화도 없이 일방적으로 진료를 받으러 오지 않았기 때문에 괘씸죄가 적용돼서 3개월 후에나 진료를 받을 수 있다고 했다. 원래는 기본 두 달 기다리는데 한 달 더 기다리라는 거다. 2015년 3월 약속을 잡아 놓았었는데 당시에 남편이 없는 상황이라 누군가에게 부탁하거나 택시를 타야 했다. 당시 몸에 특별한 이상이 없고 별로 중요한 것 같지 않아 한국에 가서 확인하려는 생각으로 취소전화도 안 하고 병원도 안 갔다. 내 잘못인 건 맞지만 그걸로 저렇게 화를 낼 줄은 몰랐다. 어차피 예약을 잡아도 내 예약 시간에 바로 진료를 받는 것도 아니다. 병원에서 30분 정도는 기본으로 또 기다려야 한다. 괘씸죄라니… 어이가 없다. 전화 끊고 바로 집 근처 산부인과로 달려갔다. 몸 상태도 확인했고 자궁암 검사도 받았다. 대기자가 없어서 병원에 도착하자마자 바로 진료를 받았고 채 30분도 걸리지 않았다. 진료비는 겨우 3천원이었다. 왜냐면 자궁암 검사를 받으라는 편지를 받았으니 검사비는 무료다. 만약 내가 오늘 프랑스 병원을 예약했다면 석 달 후에 진료를 받고 25유로를 내고 몇 주 후 환급받는 일을 반복해야 한다. 지금은 자동으로 환급해주지만 2012년만 해도 돈을 내면 의사가 종이에 사인을 해서 나에게 준다. 난 그걸 의료보험공단에 우편으로 부쳐야 했다. 얼마나 속 터지는 시스템인가. 프랑스 병원에 비하면 한국 병원은 얼마나 진료가 빠른가.

내과 이야기

2014년에 둘째 아이 출산 후 몸이 너무 아팠다. 땅이 흔들려서 걸을 수가 없었다. (한국에서도 종종 있었던 일이다. 한국에서는 내과에 가면 알약을 처방해준다. 그리고 비타민제를 탄 포도당을 몇 시간 맞고 나면 힘이 생긴다) 내과에 가서 몸이 피곤하고 힘이 없으니 포도당을 투약해달라고 했더니 프랑스 의사 눈이 동그래진다. 우선 피검사부터 하잔다. 피검사 받으라고 진단서를 써준다. 그걸 가지고 피검사하는 곳에 공복상태로 아침 일찍 가야 한다. 그리고 며칠 후 그 결과물을 가지고 또 내과 의사를 만나야 한다. 그럼 그때 내과 의사가 "철분이 부족하니까 비타민제 처방해줄게, 비타민 D도 부족하니 비타민 처방해줄게," 말한다. 프랑스에서 사는 8년 동안 출산 후에 맞은 링거 빼고는 주사를 맞은 적이 없다. 아이들도 예방접종 외에는 주사를 맞은 적이 없다. 이런 곳에서 피곤하니까 포도당을 놔달라고 하면 미친 여자 보듯 할 수밖에 없다. 이래서 한국 가면 미리 영양제도 맞고 와야 한다.

결혼 전 서울에서 살 때 나는 늘 병원에 다녔다. 회사를 다니다 보니 빨리 나아야 했고 그러려면 주사가 최고였다. 약이 낫지 않으면 이 병원 저 병원 돌아다니며 나한테 맞는 병원을 찾아다녔다. 강도가 센 항생제를 주는 병원을 찾아다닌 것이다. 그러나 프랑스 남부 시골에서 살면서 나는 서울에서 만큼 병이 나지 않았다. 언어 때문에 정신적으로는 힘들었어도 일을 안 하니 육체적으로는 피곤할 게 없었다. 혹시 감기라도 걸리면 되도록 병원 안 가려고 버텼다. 불어가 안 통했던 초반에는 의사를 만나는 것도 스트레스였다. 약국에 가서 몇 유로 내고 진통제 같은 약 돌리프란Doliprane을 사 먹으며 버텼다. 여기서 살면서 느낀 건 감기같은 건 병원 가도 별다른 방법이 없다는 거였다. 아이들은 열 내리는 좌약 정도를 처방해준다. 약국에 가서 아이들 감기약 달라고 하면 그냥 소금물 세럼을 준다. 눈병이 있으면 소금물 세럼으로 눈을 씻으라고 하고, 코감기든 목감기든 코에 소금물 세럼을 넣어 호흡기 청소를 깨끗하게 해주라는 거다. 그럼 낫는다고. 바로 어제도 아이를 데리고 병원에 다녀왔다. 의사하는 말이 목이 아프면 꿀을 먹이란다. 콧물 나면 풀고 열이 나면 미지근한 물로 샤워하라고. 시간이 지나야 낫는다고. 진짜 그렇게 해서 약 없이 치료가 될 때가 있었다. 근데 강도가 심할 땐 이런 자연치료는 소용이 없었다. 확실히 프랑스에서 사는 동안은 한국에 있을 때 비해 약을 먹지 않았다. 감기주사는 프랑스 생활 10년 동안 맞아본 적이 없다. 그러나 휴가때 한국 가면 10년치 먹을 약과 주사를 두 달 동안 몰아서 맞고 온다.

프랑스의 의료제도는 좋은 점도 있고 나쁜 점도 있다. 큰 병에 걸려도 큰 돈이 나가지 않는다는 건 확실히 좋은 점이다. 그거 하나는 최고다! 대신에 오진이 많고 의사가 병명을 찾지 못하는 일이 많다.

프랑스의 원격진료가 5년 안으로 정착될 거라고 한다. 이미 2015년에는 26만 명이 원격진료를 받았고 2019년에는 50만 명이 이용할 거라고 정부가 예상했다. 안과 등의 대면진료를 해야 하는 진료도 있지만 매번 똑같은 약을 받아야 하는 재검 환자들이나 산간지역에 거주해서 병원에 가기 불편한 사람들을 위해선 이런 진료가 필요하다고 생각한다. 처방전은 집에서 인쇄해서 약국에 가져가면 된다. 이곳 기아나에 사는 동안에 원격진료가 가능했다면 이곳 생활이 더 편했을지도 모르겠다.

2017년 3월 21일에 브라질 인공위성과 한국 KT sat 통신용 인공위성을 띄운다는 공지가 떴다. 발사 예정일이 금요일이었다. 남편은 목요일 오후에 출발해서 금요일 저녁 로켓 발사 이후 돌아오기로 되어 있었다. 하루 일정이라 갈아입을 옷도 안 가져갔다. 금요일에 부대에서 '로켓 발사가 토요일로 연기됐다'는 공식 이메일이 왔다. 그리고 토요일엔 남편한테서 전화가 왔다. 일요일로 연기됐다고. 일요일 저녁 6시 15분 발사 예정이라 아이들이랑 대문 앞에 나가 기다리는데 로켓이 발사되지 않는다. 조용하다. "아! 또 연기됐구나." 아니나 다를까 남편한테서 전화가 왔다. 원래 발사하기로 했는데 갑자기 로켓에 문제가 생겨서 월요일로 밀렸다는 것이다. 오늘은 확실히 로켓을 쏘는 줄 알고 군인들이 짐 다 싸고 집에 돌아갈 준비를 마쳤고 심지어 몇 명은 장비를 부대에 반납하기 위해 이미 출발했는데 발사가 취소되면서 부대 내 반납한 장비를 가지고 다시 로켓센터로 돌아와야 했다고 한다.

드디어 월요일, 갑자기 EDF 전기공사가 파업에 들어가면서 CSG 로켓센터 입구를 막아버리고 전기를 끊었다. 로켓센터 직원들이 출근을 못해서 로켓 발사를 할 수 없었고, 우주센터 입구를 막아버렸기 때문에 우주센터 내에 머물던 군인, 경찰 및 일부 직원들은 집으로 돌아갈 수 없는 상황이 발생했다. 월요일 전기공사의 파업은 국가 전체 파업으로 급속하게 번져나갔다. 파업 시작 며칠 후 금요일 우주센터 입구를 트럭 바리케이트로 막아놓고 사람들이 주말에 쉬러 갔다. 그 사이 로켓센터에 갇혀 있던 사람들은 집으로 돌아올 수 있었다. 로켓센터에서 부대까지 차로 10분 거리인데 이날 군인들은 다른 마을로 빠져 나가서 쿠루로 돌아오는 길을 찾느라 한 시간 넘게 걸렸다고 한다. 어쨌든 남편은 일주일 만에 집에 돌아왔다.

한국 KT 인공위성은 결국 모든 파업이 정리된 2017년 5월 4일에 발사되었다. 유튜브에서 볼 수 있다.(https://youtu.be/syYb-JQ__2fc)

우리는 발사 현장을 직접 보기 위해 바닷가로 나갔다. 한 시간이 지나도 발사가 안 된다. 저녁 6시 반이 넘어가면서 어두워지길래 아이들을 데리고 집으로 돌아왔다. 돌아오자마자 컴퓨터로 로켓 발사 생방송을 틀어놓고 아이들 샤워시키고 나오는데 집이 흔들린다. 한 시간 반이 지연된 것이다. 발사 후 한국 대표와 브라질 대표에게 발표시간이 주어졌다. KT sat CEO가 단상에 올랐다. 그리고 불어로 인사를 했다. 생중계로 보니 현장에 있던 분들이 사장님의 불어실력에 다들 놀라워했다. 나도 순간 놀랐다. 당연히 영어로 발표할 줄 알았는데 한국에서 온 사람이

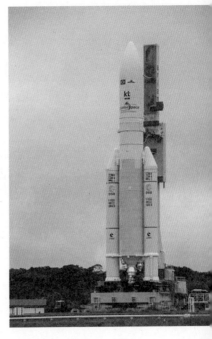

불어를 외워서 하는 형식적인 문구가 아니라 자유롭게 구사했기 때문이다. 불어로 인사를 하면서 현장에 함께 있던 외인부대원 K 후배도 소개하셨다. 여기에 한국인 외인부대원이 와 있다고 반갑게 손을 흔드셨다. 서비스 중대에 근무 중인 K는 의미 있는 날 휴가를 내서 현장에 함께 있었는데 K후배 말이 "한 시간 반이 지연되길래 오늘 못 보는 게 아닌가 내심 걱정했는데 다행히 볼 수 있었다"고 한다. KT sat 사장은 불어인사 후 영어로 10분 정도 발표를 했다. 속담 "고진감래"를 언급하며 파업으로 힘든 시간을 보냈지만 결국 발사되어 기쁘다고 하셨다.

프랑스 한인사이트 〈프랑스존닷컴〉에 한국 인공위성 발사에 대한 광고를 부탁드렸었다. 편집장은 여러 차례 발사가 지연됐는데 이번에는 발사하는 게 확실하냐고 물으셨다. 사이트에 공지까지 되었는데 발사가 또 지연되면 어떡하나 내심 걱정했는데 다행히 예정된 날에 발사되었다.

2015년 이후 2년 만에 발사하는 거라, 이곳에 사는 3년 파견 기간 동안 처음이자 마지막으로 볼 수 있는 한국 인공위성 발사 장면이었다. 가슴이 뭉클했다.

2017년 3월 27일, 나라 전체가 파업 중이었다. 기아나 출신의 전 법무부 장관 크리스티안 또비하Christiane Taubira 는 인터뷰에서 말했다. "기아나 주민들이 원하는 것은 이곳에서 공부하고 이곳에서 일자리를 찾고 위험하지 않은 곳에서 평화롭게 살고 싶을 뿐이다. 정부가 그런 환경을 만들어주어야 한다"고.

일주일 전부터 시작된 전기공사 파업은 사실 '이러다 말겠지' 싶었다. 전기공사는 수시로 파업을 하며 파업 중에는 하루에도 대여섯 번씩 전기가 나가서 저녁에는 촛불을 켜고 식사준비를 하곤 했다. 그런데 이번에는 평소와 달리 전기가 끊기지 않았다. 왜냐하면 공격 대상을 주민이 아닌 로켓센터로 잡은 것이다. 기업들과 관공서까지 다 같이 파업을 시작하면서 규모가 커지더니 카옌 쿠루 각 마을마다 파업이 진행됐고 분위기가 험악해졌다. 결국 국가 전체 파업으로 커져버렸다. "외국인들 다 떠나라! 우리 땅이다. 국무총리, 대통령, 복지부장관 다 와서 대화하자." 이들은 많은 조건을 내걸었다. 병원은 급여가 많음에도 불구하고 급여 올려주고 사람 더 뽑아주고 퇴직 후 보장해달라고 하고, 전기공사도 비슷한 근무조건 개선을 외쳤다. 국가에는 실업률을 낮춰줄 것을 요구한다. 기아나 모든 마을이 바리게이트로 인해 들어갈 수도 나갈 수도 없게 되었다. 처음엔 다른 도시로 나가는 큰 도로만 막아놓았다. 마을 안에서는 편히 다닐 수 있었는데 며칠이 지나서 분위기가 고조되자 마을 곳곳에 바리게이트로 길을 다 막아놓았다. 물론 작은 골목길로 돌아가면 되지만 분위기가 험해져서 밖에 나가기도 무서웠다. 월요일 파업을 시작한다는 소식과 함께 SNS에는 곧 주유소 및 슈퍼도 문을 닫는다는 소식이 쏟아졌다. 설마 별일 있겠어? 했는데 로켓센터CSG에 갇혀 있는 남편이 전화로 빨리 차에 기름 넣고 슈퍼 가서 장을 보라고 했다. '미리 사둬서 나쁠 것도 없지' 하는 맘에 슈퍼에 갔는데 사람들이 전쟁

을 준비하는 사람들처럼 어마어마하게 사재기를 하고 있는 게 아닌가. 분위기가 정말 이상했다. 바로 주유소에 가서 기름을 가득 채웠다.

그리고 며칠 후 주유소에 기름이 바닥나서 사람들이 난리가 났다. 슈퍼도 다 문을 닫았다. 우리 옆옆집 알제리 마담네는 하필 이때 가스가 떨어져서 밥을 못 해먹고 있었다. 지난주부터 가스통은 구매 불가능하며 언제 가스통이 가게로 들어올지 아무도 모르는 상황이었다. 쿠루는 그나마 나은데 뉴스를 보니 수도 카옌은 시위하는 사람들이 차를 다 부수고 불 지르고 난리가 아니었다. 미국정부는 남미 프랑스령 여행금지를 발표했고, 결국 일주일 만에 국무총리가 권한대행을 보내겠다고 공문을 발표했다. 주말에 사람들이 쉬러간 틈을 타 로켓센터에 갇혀 있던 군인들이 집으로 돌아왔다. 남편은 금요일 자정이 넘어 집에 도착했고 비상대기 상태였다. 새벽 1시에 일주일 동안 입은 군복을 빨고 건조기로 말렸다. 언제 다시 전화 받고 부대로 들어갈지 모르는 상황이었다. 아니나 다를까 하루 쉰 다음날 일요일 오후 1시에 갑자기 일주일 미션을 나갔다. 파업은 계속되었고 부대에서는 월요일부터 물과 전기가 끊길 수 있다고 군 가족들에게 알려주었다. 아이들 장난감통을 다 비워 그곳에 물을 받았는데 이건 오직 화장실용 물이다. 전기, 물 다 안 되면 저녁 내내 촛불켜고 있어야 하는데 아이들이 무서워할까 봐 인터넷으로 미리 애니메이션들을 다운받아 놓았다. 컴퓨터 배터리가 있는 한 볼 수 있을 것이다. 에어컨 없이 또 어찌 자나, 아이들 땀띠 나겠다. 파업 후에 다시 약속 잡겠다고 월요일 병원 약속도 취소했다. 일요일 대청소에 빨래 목욕 모든 준비를 다 하고 잠이 들었다.

 예고된 월요일 아침, 누군가가 잔디를 깎는다. "엥? 전기 들어오는 거야?" 아들은 일찍 일어나 TV를 보고 있었다. SNS에 들어가 봤더니 마담들이 오늘 슈퍼도 문 열었고, 빵집도 문 열었다고, 주요소에도 기름이 들어왔다고 정보를 공유하고 있었다. 그래도 밖에는 사람들도 차도 없다. 언제 무슨 일이 벌어질지 몰라 다들 조심하는 눈치다. 이제 파업 일주일을 겪었는데 빨리 이곳을 떠나고 싶다. 물론 본토도 IS 테러 때문에 무섭긴 하지만 말이다.
 타이밍이 안 좋았다. 런던 테러 때문에 이곳의 일주일 파업은 본토 뉴스에서는 볼 수조차 없었다. 이곳에서 파업이 먼저 시작되었음에도 불구하고 큰일이라 여기지 않았기 때문이다. 일주일이 지나 점점 분위기가 고조되고 비행기가 모두 취소되고 상가들이 문을 닫아 분위기가 심각해지자 그제서야 뉴스에 등장하기 시작했다. 40일 후면 프랑스 대통령 선거다. 대통령 후보인 에마뉘엘 마크롱이 기아나를 "섬"이라고 표현했다. 이곳 사람들은 난리가 났다. 아프리카 프랑스령 마요트랑 헷갈린 것이다. 여긴 섬이 아닌데 대통령 후보가 기본조차 안 되어 있구나, 기아나 사람들한테 표 받기는 틀렸다!

　이곳은 보안 문제도 심각하다. 기아나는 옛날 네덜란드 식민지였던 수리남과 브라질 사이에 위치해 있는 이유로 남미의 모든 못 사는 나라 사람들이 다 들어온다. 본토 프랑스의 경우 입국하려면 프랑스 비자가 있어야 하고 그러려면 통장내역서까지 제출해야 한다. 명확한 이유가 있어야 프랑스 입국이 가능하다. 그러나 이곳은 아무도 관리하는 사람이 없다.

　내 레게머리를 해주는 니콜이라는 아이티 아가씨가 있다. 레게머리를 하려면 기본 여섯 시간 정도 소요되기 때문에 이런저런 얘기를 많이 나눌 수 있다. 니콜 말에 따르면, 남미의 모든 사람들이 카누를 타고 강으로 넘어오고 차로도 넘어와서 자리 잡고 산단다. 들어와서 도청Préfecture에 신고하고 가족수당지원국Caf에 신고하면 아이들 지원비도 그냥 준단다. 프랑스인이 아님에도 불구하고 이들은 아무것도 제출하지 않고 남의 땅에 들어와 지원비를 받으며 프랑스 학교에서 교육을 받으며 산다. 기아나 주민들은 수리남 브라질 페루 콜롬비아 에콰도르 등 남미 전역에서 들어오는 외국인, 아프리카 아이티에서 넘어오는 난민들로 골치가 아플 지경이다. 이곳이 대체 어느 나라인가. 정부에서 이들을 관리해달라고 외치고 있는 것이다. 못사는 나라의 사람들이 들어와 마약을 팔고 도둑질을 일삼고 아이들을 학교에 보내지도 않고 이곳의 삶의 수준이 이들로 인해 더 안 좋아진다는 것이다.

니콜은 쿠루 음악학교 옆에 있는 아파트 단지에 산다. 작고 낡은 아파트에 아이티 난민들, 수리남 사람들, 브라질 사람들이 모여 사는데 늘 시끄러운 음악소리, 싸우는 소음 등으로 난리도 아니다. 밤에 경찰서에 전화를 해도 경찰은 늘 오지 않는다. 경찰들도 이 지역을 무서워한다고 한다. 작년 크리스마스에는 시민들이 이유 없이 총에 맞았다. 누군가가 경찰서장 차를 공격하다가 벌어진 일이라고 한다. 어느 날 바리게이트에 길이 막혀 있을 때가 있었는데 그 이유를 다음날 기사를 통해 접했다. 누군가 머리에 총을 맞고 사망했다고 한다. 어제 본 기사는 동네 아줌마가 좋은 휴대폰을 가지고 있어서 그걸 뺏으려고 총으로 위협했다는 거다. 프랑스에선 총기를 구입하기 위해 사격수업을 듣고 허가증을 받아 도청에 총기 소지를 신청해야 한다. 이곳에서 일어나는 사고는 어디서 총이 운반되었는지 누가 한 것인지조차 알 수 없다.

프랑스 정부에서 발표하길, 기아나에 들어오는 외국인들을 정부에서 관리할 수 없다고 한다. 이곳은 어마어마한 정글지역이다. 숲으로 강으로 들어오는 불법체류자들을, 아이티에서 넘어오는 난민들까지 오각형으로 되어 있는 기아나를 누가 어떻게 다 막아낼 수 있겠냐고 오히려 묻는다.

2009년에 중남미 프랑스령 과들루프Guadeloupe에서도 44일간의 대규모 파업이 있었고, 프랑스령 마르티니크Martinique에서는

38일 파업이 있었다. 이곳 기아나는 2017년 3월 20일~4월 22일 까지 프랑스 대통령 1차 투표 전날 2조원을 기아나에 긴급 투입 하는 조건으로 파업이 마무리되었다. 이번 파업으로 우주로켓센 터의 피해액이 200억이 넘는다고 한다. 확실히 타깃을 잘 잡아 싸움에서 승리했다. 그러나 EDF 전기공사는 여전히 파업을 계속 진행해서 하루에 몇 번씩 전기가 나가고 인터넷 속도가 느려지는 등 불편이 계속되고 있다.

카카오 흐몽족 마을

　　쿠루에서 차로 두 시간 걸리는 곳에 있는 카카
오 마을Cacao Village에 다녀왔다. 순간 동남아시아에 온 줄 알았
다. 이 마을은 1977년 베트남 전쟁 이후 라오스에서 넘어온 흐몽
족 300여 가족이 거주하면서 형성됐다. 이후 태국에서 흐몽족의
입국을 거절하면서 흐몽족은 자기 나라로 돌아가지 못하고 전 세
계에 흩어져 살고 있는데 현재 기아나 흐몽족은 1,500명 정도 된
다고 한다. 카카오 마을은 기아나의 관광명소 중 하나인데 축제
를 여는 날에는 관광객들이 많이 몰린다. 2017년 9월에는 정착
40주년을 기념하며 일주일 동안 흐몽족 문화를 알리는 큰 행사를
했다. 전통 춤과 의상을 소개하고 직접 만들어 파는 전통물건들,
직접 재배한 농산물과 간식거리 등을 판매했다.

어느 날, 갑자기 남편이 이번 일요일에 카카오 마을을 가자고
했다. 산책 가나 보다 하고 따라갔는데 남편이 자꾸 사람들한테
장수풍뎅이를 물어보는 것이 아닌가. 아들이 몇 주 전부터 장수
풍뎅이 얘기를 하더란다. 남편이 정글에 미션 나갔을 때 찾아봤
는데 하필 그쪽 지역에서는 장수풍뎅이를 구할 수 없었다고 한
다. 지난주에 동물원에 갔을 때 직원에게 장수풍뎅이가 동물원에
없냐고 물었더니 카카오 마을 박물관에 가면 볼 수 있고 그곳에
서 구매도 할 수 있을 거라고 말해주었다고 한다. 그래서 이곳에
왔다. 아들 장수풍뎅이 보여주려고. 좋은 아빠다. 평일에는 마을
사람들이 농사나 가내수공업 등 본업에 집중하고 일요일에만 관
광객을 위한 시장이 열린다. 시장에서 흐몽족 전통 물품들을 구
매할 수 있고 이런저런 음식들도 사 먹을 수 있다. 또 기아나에서
직접 잡아 박제한 곤충들을 볼 수 있는 박물관이 일요일에만 문
이 열린다. 다시 말해서 관광객을 위한 날은 오직 일요일뿐이다.

카카오 마을에서 먹는 쌀국수는 다른 곳에서 먹은 것보다 훨씬
맛있었다. 흐몽족이 기아나 곳곳에 살기 때문에 어느 마을을 가
든 쌀국수를 쉽게 먹을 수 있다. 한국에서 먹는 베트남 쌀국수와
도 다르다. 쌀국수에 보쌈을 올리거나 라면스프 맛도 많이 난다.
상권을 중국인들이 다 잡고 있기 때문에 중국 레스토랑도 넘쳐난
다. 이곳은 프랑스 땅이지만 프랑스식 레스토랑보다 중국인이 하
는 레스토랑이 훨씬 많다. 재밌지 않은가? 기아나의 특산물인 아

사이베리 주스도 맛있었다.

이 작은 곳에서 또 군 가족을 만났다. 그들은 우리와 동일한 주소의 집에 산다. 참고로 쿠루에는 우리집뿐만 아니라 동일한 집 주소를 가진 사람들이 많다. 그래서 집을 설명해 줄 때 어디에 위치한 집이라고 다시 설명해야 한다. 이 마담은 나의 친한 친구이며 그의 남편은 우리 남편과 같은 소대에서 근무 중이다. 그의 첫째 딸은 우리 딸아이와 같은 반이며 옆자리에 앉아 과자를 나눠먹는 제일 친한 친구다. 하루에도 몇 번씩 보는데 카카오 마을에서 또 만났다. 이 작은 기아나에서 가는 곳이 거기가 거기지 싶다.

입장료를 내고 박물관에 들어갔다. 곤충의 크기가 대부분 손바닥만했다. 나비, 거미, 무당벌레 등등 아마존 곤충들이 여기 다 잡혀 있다. 크기가 정말 어마어마하다. 박물관 가이드에게 장수풍뎅이를 사고 싶다고 했더니 자기들은 냉동밖에 없다고 박제된 건 박물관 앞 기념품가게 가면 살 수 있다고 알려준다.

기념품 가게에서 기아나 기념 볼펜을 여러 개 사려고 했더니 주인이 볼펜에 달린 거북이나 앵무새가 떨어질 수도 있다고 말한다. 이게 웬 솔직함인가? 사라는 건가 말라는 건가? 남편의 눈을 보아 하니 사지 말라는 사인을 보내고 있다. 아니, 저 주인아줌마는 왜 쓸데없는 소릴 해서. 사실 이런 기념품이 튼튼하면 얼마나 튼튼하겠는가, 다 거기서 거기지. 쓸데없는 솔직함 때문에 아줌마도 돈 못 벌고 나도 사고 싶은 거 못 사고. 기념품은 나중에 남편 없을 때 사야겠다.

45유로를 주고 장수풍뎅이 박제를 사왔는데 크기가 아들 얼굴만하다. 아들은 아주 만족했고 그 아들을 바라보는 아빠 표정 또한 흐뭇했다.

몇 주 후 남편이 정글로 미션을 나갔다. 남편은 가자마자 동료들한테 아들 얘기를 하면서 장수풍뎅이 보이면 자기한테 말해달라고 했단다. 동료들 덕에 손바닥만한 장수풍뎅이 세 마리를 잡아왔다. 내가 봤을 때 아들보다 아빠가 더 흥분한 듯했다. 재밌는 건 남편 동료들 반응이다. 박제된 걸 45유로에 샀다는 말에 다들 박제를 해볼까 하더란다. 아들은 선생님의 허락 하에 제일 큰 장수풍뎅이를 학교에 가져가서 친구들에게 보여주었다. 세 마리 장수풍뎅이를 2주 정도 집에서 키웠는데 이들의 모습을 보고 있자니 너무 불쌍했다. 이게 웬 곤충 학대인가. 도망가고 싶어서 버둥대다가 벌러덩 뒤집어져 있고 돌려놓으면 또 뒤집어지고. 집 안에 그들의 분비물 냄새도 나는 것 같았다. 아이들에게 풍뎅이 불쌍하니까 자연으로 돌려보내주자고 했다. 아이들은 싫다고 했지만 우린 설득했다. 원숭이 산에 풀어주기로 하고 산 높은 곳에서 보내주었다.

딸아이는 장수풍뎅이 집에 가져가야 한다고 울었지만 사진이랑 비디오로 찍어놨으니 집에 가서 그걸 보자고 달랬다. 풍뎅이를 자연으로 돌려 보내주니 마음이 편했다.

장수풍뎅이 덕에 카카오 마을도 관광하고 원숭이 산으로 운동도 왔다. **아빠가 아들을 생각하는 마음도 알 수 있는 시간이었다.**

기아나 쿠루에는 카누대회les maîtres de la pagaie 가 1년에 한 번 열린다. 2002년에 처음 시작된 이 경기는 여성팀 남성팀 혼합팀으로 진행된다. 쿠루 마을에 도착하자마자 볼 수 있는 조형물에는 무지개와 앵무새, 로켓과 카누가 설치되어 있다. 이곳을 대표하는 상징물이다.

각 팀마다 화려하게 꾸민 카누와 팀원들의 분장이 이곳의 문화를 말해준다. 신석기 시대부터 사용되었다는 카누는 아마존 강을 건너고, 물고기를 잡아 생계를 유지하기 위한 중요한 수단이다. 이들의 전통 이동수단을 오늘날에는 레저로 즐기고 있는 것이다. 기아나에는 폴리네시아 사람들도 많이 거주한다. 각 팀마다 폴리네시아인이 포함되어 있을 정도다. (보라보라 섬이 있는 프랑스령 폴리네시아에도 카누대회가 있다) 남미와 아프리카 문화가 섞인 이곳에서 흔히 볼 수 있는 레게머리, 화려한 분장, 타투, 햇볕에 그을리고 운동으로 다져진 단단한 몸, 경기에 임하는 사람들도 보는 사람들도 신난다.

이곳은 대서양 바다와 붙어 있으며 마을 중간중간에 여러 개의 호수가 있다. 어느 작은 호수에서 아나콘다가 나와서 낚시를 금지한 적도 있었다. 주말 오후에 호수로 산책을 나가면 카누 타는 사람들을 쉽게 볼 수 있다. 이 마을 중고 거래 사이트에는 보트, 카누, 스카이 서핑 등 레저 용품들이 많다. 그만큼 개인이 소유하고 늘 즐긴다는 얘기다.

카누 대회가 끝나면 저녁에 불꽃놀이가 진행되며 행사가 마무리된다. 이곳 사람들은 축제를 위해 산다고 해도 과언이 아니다. 하나의 행사가 끝났으니 또 다음 행사를 준비하며 설레는 마음으로 지낼 것이다. 프랑스 사람들이 한 달 여름휴가를 위해 1년을 기다리듯이 말이다.

기아나와 수리남 국경쪽, 브라질 국경쪽에 아메리카 원주민Les Amérindiens de Guyane만 거주하는 지역이 있다. 5천년 전 기아나에 처음으로 거주한 민족으로, 현재 1,500명의 원주민이 전통문화를 유지하며 생활하고 있다. 얼마 전 이들의 성인식이 되는 행사 영상을 보게 되었는데 붉은 개미를 몸에 올려놓거나 장갑을 낀 손을 호랑이에 물려 고통을 이겨내 성인이 된

다는 내용이었다. 평상시에는 우리와 같은 평범한 옷을 입고 다녀서 딱히 이들이 원주민인지 아닌지 구분할 수 없다. 가끔 쿠루시와 함께 전통 공연을 선보이기도 하고 전통 물건을 만들어 판매하기도 한다.

이들이 현재 안고 있는 두 가지 문제점 중 하나는 젊은이들이 한 달에 한 명꼴로 자살을 한다는 것이다. 이곳 젊은이들은 학교가 있는 다른 마을로 떠나고 싶어 하지만 경제적으로나 문화적으로 쉽게 벗어나지 못한다. 또 다른 한 가지는 기아나에 금 캐러 오는 사람들 때문에 마을이 피해를 본다는 것이다. 땅을 여기저기 함부로 파놓고 버려놓은 화학물질로 인해 병이 생기기도 한다. 자연이 계속 파괴되기 때문에 식량도 줄어들고 있다. 현재 거주하는 땅도 조상들이 살던 곳에서 그대로 살고 있는 거라 합법적인 게 아니다. 어느 회사가 이 땅을 사서 건물을 짓는다면 국가는 원주민들의 허락 없이 회사에 양도할 수 있다고 한다. 기아나 땅의 금을 합법적으로 채취하는 프로젝트가 18개 기관과 함께 2020년까지 진행될 거라고 한다. 이로 인해 아메리카 원주민들의 삶은 더 공격받게 될 것이다. 그들의 마을은 기아나의 관광지 중 한 곳이다. 이들의 삶을 구경만 할 것이 아니라 정부차원에서 전통을 유지하고 살아갈 수 있도록 지원을 해주어야 할 것이다.

이들에 대한 방송 중 기억에 남는 장면 하나. 브라질에 사는 아

메리카 원주민들이 브라질 리우 올림픽 행사에 초대받아 전통의
식을 선보였다. 그들이 며칠 동안 머물렀던 리우를 떠나면서 말
했다.

"드디어 우리집에 간다. 이런 고층 건물이 있는 곳은 사람 살
곳이 못 된다. 우리집이 있는 자연으로 돌아가 기쁘다."

나는 문명과 떨어져 사는 그들의 삶이 걱정스러운데 그들은 도
시에 사는 우리를 불쌍히 여기고 있었다. 그들의 삶과 전통을 사
랑하는 마음이 있었기에 그 긴 시간 동안 전통을 이어올 수 있지
않았나 싶다.

2016년, 브라질 포르탈레자Fortaleza와 기아나 카옌Cayenne 직항이 생겼다. 그만큼 가는 사람이 많아졌다는 얘기다. 이곳에 다녀온 군 가족들 이야기를 많이 들었다. 남미 기아나의 생활이 이제 10개월 남았기 때문에 본토로 돌아가기 전에 브라질 여행을 다녀오기로 계획했다.

기아나 카옌공항에서 두 시간 45분 만에 브라질 포르탈레자에 도착했는데 저녁 6시밖에 안 됐음에도 불구하고 밤처럼 어두웠다. 알고 보니 이곳은 새벽 3~4시에 해가 뜨기 때문에 새벽 조깅하는 사람들이 많고 밤도 일찍 시작된다고 한다. 택시를 타고 숙소에 도착해서 짐을 풀고 숙소 아저씨가 알려준 집 근처 레스토랑에 저녁을 먹으러 갔다. 동네 식당이라 영어로 된 메뉴판이 없었다. 사실 브라질에 있는 2주 동안 영어로 된 메뉴판은 호텔과 아웃백 레스토랑에서만 볼 수 있었다. 포르투갈어를 모르는 우리는 너무 당황스러웠고 종업원들은 영어와 불어를 몰랐다. 남편은 언어 때문에 스트레스 받는 게 오랜만이라며 10년 전에 불어 때문에 힘들었던 기억이 난다고 했다. 나는 늘 언어 때문에 힘들어서 손발짓하는 게 익숙해져 있었고, 프랑스에 있으나 다른 나라에 있으나 나한텐 다 똑같다고 웃으며 대답했다. 종업원이 주문을 받으러 왔길래 내가 근처 테이블을 돌며 맛있는 음식을 손가락으로 가리켜서 주문을 했고 배터지게 잘 먹었다. 브라질 물가가 싼 덕분에 배 불리 먹었는데도 50유로밖에 나오지 않았다. 프랑스에선 상상할 수 없는 가격이다. 특히 물가가 비싼 기아나에선 말이다. 숙소로 돌아와 전자사전에 나온 여행용 포르투갈어도

다시 한 번 보고 인터넷으로 이것저것 찾아보며 대책을 세웠다. 휴대폰에 통역 앱, 우버택시 앱을 깔았다. 밖에서 사용하기 위해 남미에서 사용가능한 3G 카드도 40유로 주고 구입했다.

다음날, 포르탈레자 시내를 돌아보기 위해 숙소를 나섰다. 오전에는 숙소 근처에 있는 성당과 동대문상가 같은 쇼핑 지역을 다녀왔다. 브라질이 싸다고 해서 여기서 아이들 옷이랑 신발 수영복 등 다 사려고 별렀는데 하나도 안 싸서 놀랐다. 어린이 티셔츠가 10유로 한다. 그 정도 가격은 프랑스에도 많다. 저렴하지도 않고 딱히 예쁘지도 않고 굳이 이곳에서 살 이유가 없다. 결국 아무것도 사지 않고 돌아왔다. 오후에는 숙소에서 걸어서 해변가를 가보았다. 성당과 의류 상가가 숙소의 북쪽에 위치해 있다면, 해변은 남쪽으로 걸어가면 된다. 내려가는 길에 극장과 문화센터가 있어서 볼거리가 많았다. 근데 분위기가 좀 이상했다. 십대 아이들이 많고 남자아이들이 십여 명씩 몰려다녔다. 좀 무서웠다. 해변가에 갔는데 대마초 냄새가 확 지나간다. 담배는 냄새가 진하고 탁한데 마리화나는 정말 풀냄새처럼 맑고 깨끗하다. 그래서 구분이 간다. 프랑스에도 마약하는 사람들이 많지만 남미 아마존에서는 더 쉽게 볼 수 있다. 그래서 내가 사는 쿠루에서도 늘 차량 수시검문을 한다. 프랑스에서 마약하다 잡히면 무조건 구속을 시켰었는데 최근에 마약하는 사람들 때문에 감옥이 부족하고 경찰들은 다른 업무를 못볼 지경에 이르렀다. 2017년 5월에 내무부 장관이 발표하길, 경찰들의 업무량이 너무 많은 관계로 마약범들은 구속하지 않고 벌금만 내고 만약 벌금을 내지 않을 경우 구속한다고 했다.

포르탈레자 해변, 관광객은 없고 분위기가 이상해서 우리는 계속 긴장하고 있었다. 우아해 보이는 아줌마가 애완견과 산책을 하고 있길래 가족사진을 부탁했다. 사진을 열심히 찍어주던 아줌마가 휴대폰을 돌려주며, 이곳은 아주 위험하니까 사진 부탁하지 말라고 말해주었다. "너한테 총을 겨눌 수도 있고 돈을 요구할 수도 있어." 유튜브에서 보기는 했지만 이런 얘기를 직접 들으니 너무 무서웠다. 아이들은 바다를 보고 그 자리에 앉아 놀고 싶어 했지만, 남편은 저 멀리 보이는 파라솔과 관광객이 많은 곳으로 가야 안 위험하다고 계속 걸으란다. 한 20분 걸었더니 백인들이 보이기 시작했다. 경찰들도 많고 관광지역에 들어온 듯 했다. 나중에 알게 된 사실인데 그쪽이 고급호텔 밀집 지역이라 사고가 나면 관광객들이 끊기기 때문에 경찰이 늘 경비를 선다고 한다. 아이들이 바다에서 놀기 시작했는데 불안한 남편이 갑자기 집으로 들어가자고 한다. 지갑을 가지고 나온 게 맘에 걸려서 불안하다고 했다. 지갑 잃어버리면 여행이고 뭐고 집으로 돌아갈 수도 없다. 집으로 돌아가는 길에도 십여 명의 남자아이들이 남편을 힐끔힐끔 쳐다보았다. 옆에 우리 아이들이 없었다면 한꺼번에 남편

에게 달려들 분위기였다. 집에 가는 길에 슈퍼에서 아이들 간식을 사고 문화센터 공원에서 샌드위치를 먹었다. 공원 앞에 서 있는 경찰들이 우리를 보호해줄 것 같았다.

그러다 갑자기 경찰들이 소리를 치며 버스에서 내리는 청소년 여덟 명을 잡았다. 아이들은 머리 뒤로 손을 올리고 다리를 벌려 섰다. 경찰은 몸을 수색했고 십여 분이 지나서야 아이들을 다 보내주었다. 그리고 바로 차를 향해 총을 겨누더니 다 내리라고 소리쳤다. 중형차에서 20대 초반으로 보이는 청년 일곱 명이 우루루 내렸다. 도로 한복판에 차와 사람들을 세워놓고 몸을 수색하고 차를 조회하고 있는데 다른 차들은 자연스럽게 알아서 비켜간다. 프랑스에서도 대한민국에서도 상상할 수 없는 일이다. 길 한복판에서 아무 이유도 없이 사람을 세워놓고 몸수색을 하다니.

이 나라는 인권이 없나 보다. 결국 십여 분 후에 사람들을 보내주었다. 사람들은 아무렇지도 않게 차를 타고 떠났다. 우리의 여행 첫날은 불안하고 무섭고 당황스러웠다. 여기저기 보안경비 서는 사람들이 총을 들고 있다. 누가 여기가 좋다고 했던가, 무서워서 여행 못하겠다고 생각했다. 여기는 바로 포르탈레자에서 제일 큰 공연장과 극장이 있는 곳이다. 젊은이들의 모임장소이며 사건사고가 많은 곳이다. 갑자기 한국 노래가 들려온다. 뒤를 보니 우리를 쳐다보며 열심히 춤을 추고 있는 게 아닌가. 남미 브라질에 K-pop 열풍이 불었다더니 맞긴 맞나 부다.

셋째 날 월요일, 한인 식당 K-BaB을 찾았다. K-BaB 사장님 말이 우리 숙소가 있는 곳이 굉장히 위험한 지역이란다. 십대들이 모이는 곳이라 사건사고가 많다고 조심하라고 했다. K-BaB 바로 아래 있는 해변가를 가보았더니, 관광지역 냄새가 풀풀 풍긴다. 그제서야 안심이 되었다. 이날 이후론 이동할 때마다 우버택시를 사용했다. 시내만 다니는 거라 3유로면 이동 가능했다. 애 둘 데리고 땀 흘리며 불안에 떨며 걷느니 택시를 타련다. 포르탈레자에 머무는 9일 동안 할 일이 없어서 가장 큰 두 곳의 백화점 쇼핑을 했다. 백화점에 가면 시원한 데다, 쇼핑과 식사도 해결되며 무리지어 다니는 십대들이 없어서 무섭지 않았다. 포르탈레자는 부산 해운대와 분위기가 비슷하다. 우리가 사는 쿠루도 대서양 바다고, 전에 살던 프랑스 남부는 지중해 바다다. 포르탈레자 바다가 뭐가 그리 신선하겠냐만은 물 색깔은 예뻤다.

K-BaB에서 붕어빵과 제육덮밥 양념치킨 간장치킨을 시켜서 엄청나게 먹고 배탈이 났다. 사장님 부부가 저녁에 집으로 초대해주셨는데 밤 10시에 시작된 술자리는 맥주 위스키 소주 다시 맥주로 이어져 새벽 2시 반이 되어서야 끝났다. 고로 다음날 우리의 스케줄은 다 취소. 비치파크 가기로 했는데 다른 날 가기로 계획을 변경했다. 술 안 마시는 나로서는 이해할 수 없는 행동이다. 무책임하기 그지없지만 늘 술 먹은 자는 떳떳했다. 시간 많은데 비치파크야 나중에 가면 되지 않냐고 당당히 얘기하는 우리 대왕. 맘대로 하세요! 언제는 내 맘대로 했나요???

스케줄을 급 변경해서 화요일에 가기로 한 비치파크는 금요일로, 목요일에 가기로 한 모로 브랑코Morro branco 해변을 수요일에 가기로 했다.

모로 브랑코의 멋진 자연물을 감상하고 다음 해변으로 이동하는데 인터넷으로만 보던 그 바닷속의 그물침대가 보이는 게 아닌가. 모래 위를 달리는 차에서 내리자마자 자리를 잡기 위해 뛰었다. 아들도 뒷좌석에서 내려 달려왔다. 근데 남편과 딸아이는 오지 않는다. 가봤더니 딸아이가 혼자 내려오다가 차 뒤에 튀어나온 머플러에 허벅지 화상을 입었다. 남편은 완전 멘붕상태였다. 다행히 바로 흐르는 바닷물에 열을 식히고, 주변에 있던 브라질 남자가 화상크림을 주었다. 내가 가지고 있던 의약품으로 급한 불은 껐다. 차 운전기사도 너무 놀라서 우리 가이드에게 설명을 해주었고 가이드는 약국에 들러 약을 함께 사 주었다. 우리는 완전 패닉상태인데 딸아이는 조금 울더니 또 멀쩡하다. 이날 이후 딸아이는 물가 근처에도 가지 못했다. 바닷가 수영은 물론이며 비치파크에서도 입장하지 않고 비치파크 앞 해변가에서만 놀았다. 하루에 아침 저녁 두 번씩 소독하고 약 바르고 붕대감아 이물질 안 들어가게 신경 썼더니 생각보다는 금방 나았는데 화상 자국이 남을까 걱정이었다. 남편이 의무대원이 아니었다면 아마 브라질 어느 응급실에 가서 난리를 치지 않았을까 싶다.

수요일 화상 사고로 마음의 안정이 되지 않은 상태에서 목요일 아침, 갑자기 남편 아이폰이 충전이 안 되었다. 오래 써서 바꿀 때가 지나긴 했는데 그게 왜 하필 지금인가. 우린 우버택시도 불러야 하고 밖에 나가서 휴대폰으로 통역 앱도 사용해야 하는데 말이다. 브라질이 전 세계에서 아이폰이 제일 비싸다는데 이곳에서 다시 살 수는 없다. 내 휴대폰을 우선 남편이 쓰기로 했다. 나야 집으로 돌아가면 굴러다니는 옛날 폰들이 많으니 아무거나 써도 된다. 지금 그런 걸 따질 때가 아니다. 오전 내내 휴대폰 포맷하고 앱을 다시 다운받았고, 오후에 밖에서 잘 사용했다.

여행 일주일 만인 토요일, 남편이 폰으로 내 페이스북 메신저를 우연히 보고 있는데 마침 이웃집 마담이 "너네 집에 물이 새고 있다"고 알려주었다. 사실 여행 이틀 전 부엌에서 물이 흘렀었다. 점점 심해지더니 비행기를 타야 할 토요일엔 부엌에 물이 쫙 깔렸다. 벽에서 물이 밤새 흘러나와 부엌이 다 젖어버린 거였다. 우선 집 밖에 있는 수도관 밸브를 잠가놓고 여행을 왔는데 집안으로 못 들어간 물이 정원 아래쪽에서 터진 모양이었다. 이웃집 마담이 자기 남편을 우리집에 보내서 확인해보니 정원에는 물이 없고 우리집 대문 앞으로 물이 철철 흘러 넘친다며, 월요일에 남편을 부대 수리 담당자에게 보내 설명하겠다고 했다.

그리고 월요일, 담당자가 우리집에 와서 상태를 보고 수도공사에 연락하고 사람들이 와서 작업을 했는데 더이상 대문 앞으로 물이 흐르지 않는다고, 맘 편히 휴가 즐기고 오라고 연락해주었다. 술 좋아하는 마담을 위해 포르탈레자 술을 한 병 샀다.

여행 시작 며칠 만에 예상치 못한 일들이 발생했다. 그러나 10년을 함께한 가족이기에 어떤 일이 발생해도 싸우지 않고 잘 극복해 나가는 모습을 보며 이게 가족이구나 싶었다. 큰일일수록 침착하고 서로 대화하면서 해결책을 찾는 모습. 이번 여행을 통해 또 우리 가족은 성장했다. 남은 휴가를 즐거이 보내리라.

일요일에는 K-BaB 사장님 집으로 갔다. 사장님께서 바닷가재를 구워주시겠다고 하신다. 바닷가 바로 앞에 위치한 레지던스 호텔이라 전망이 끝내준다. 어제 저녁을 먹었던 레스토랑이 이 댁 바로 앞이었다니. 이 가족도 참 멋지게 사는구나 생각했다. 새벽에 어시장에서 사온 싱싱한 생선을 회로 떠주시고 랍스터를 즉석에서 구워주셨다. 마지막으로 매운탕까지…. 기아나에서 살면서 2년 넘게 한국여자를 만난 적이 없었는데 브라질에서 한국여자를 두 명이나 만났으니 얼마나 신났겠는가. 여섯 시간 동안 폭풍수다를 떨었다. 우리는 집에 가기 싫었는데 술에 취해 피곤한 집주인께서 우리를 보내셨다. 아쉬웠다.

포르탈레자에서 9일을 보내고 제리코아코아라Jericoacoara로 이

동했다. 아침 8시에 관광버스가 우리 숙소로 와서 픽업했다. 휴게소에서 한 번 쉬었고 낮 1시에 관광버스에서 내려 모래길을 달릴 수 있는 사륜구동 자동차로 옮겨 탔다. 한 시간 가량 이동해서 드디어 제리코아코아라에 도착했다. 도착시간 오후 2시. 중간에 휴식시간도 있고 차도 바꿔 타서 그런지 여섯 시간이 길게 느껴지지 않았고 아이들이 버스에서 잠도 푹 자주어서 전혀 힘들지 않았다. 제리코아코아라는 한마디로 끝내준다. 동남아시아로 여행을 가본 적이 없는데, 결혼 10년 만에 허니문 여행을 온 느낌이었다. 바닷물 속에 그물침대가 걸려 있고 에메랄드 색깔의 바닷물이 너무 아름답다. 또 자연 바람으로 형성된 모래언덕, 모래길 사이 웅덩이에 고인 빗물조차 아름답다. 포르탈레자에 거주 중인 한인분 말씀으로는 7년 만에 비가 많이 와서 지금이 제일 아름다울 때라고 한다. 3박 4일을 머무는 동안 일식, 태국식, 인도식, 영국식 레스토랑을 돌며 허니문같은 여행을 보냈다.

호텔에서 아들과 아침을 먹으러 갔는데 한 여성이 엄청 반가워하며 한국말로 인사를 건네는 게 아닌가. 이렇게 작은 마을 작은 호텔에 한국사람이 또 있다니 신기했다. 홍콩에 거주하는 이 분은 곧 결혼을 하는데 결혼 전에 꼭 혼자 남미 여행을 해보고 싶어서 왔다고 했다. 그리고 그녀는 몇 시간 후 포르탈레자로 떠났다.

이제 우리도 다시 공항이 있는 포르탈레자로 돌아가는 날이 되었다. 모래 위를 달리는 차가 우리 숙소로 픽업하러 왔다. 우리는 관광버스를 타고 바로 포르탈레자로 가는 줄 알았다. 그런데 갑자기 바닷가에 데려다주는 게 아닌가. 점심까지 먹으라고 한다. 이게 무슨 소리지?? 처음에 타고 왔던 관광버스가 오후 2시에 도착하지 않았던가. 이번에도 오후 2시까지 기다렸다가 돌아가는 버스를 타는 거였다. 덕분에 나는 두 시간 동안 마지막으로 그물 침대에 누워 아쉬움을 달랬다. 내 입에서는 연신 "끝내준다!" 감탄사가 흘러나왔다. 남편에게 이곳에 데려와줘서 고맙다는 말도 잊지 않았다. 브라질 세아라 지역으로 여행을 간다면 이곳 제리코아코아라 만큼은 꼭 들러보라고 추천하고 싶다.

포르탈레자에서의 마지막 호텔에 도착했다. 목요일 늦은 오후에 도착했고 금요일 하루 푹 쉬고 토요일 비행기를 타면 된다. 바닷가가 보이는 제일 좋은 방으로 예약을 했다. 아… 여기도 정말 멋지다. 호텔 수영장 또한 무척 아름답다. 금요일 하루 쉬면서 수영장과 편의시설을 이용하며 아쉬움을 달랬다. 떠나기 전날이기에 작별 인사를 하러 K-BaB에 들렀다. 우리가 만난 첫날처럼 또 저녁에 술 한잔 하자 하신다. 내일 비행기 못타는 거 아닌가 갑자기 걱정이 앞섰다. 다행히 간단히 맥주 몇 캔으로 마무리했다. 잠시 지나가는 관광객이 이렇게까지 대접 받아도 되나, 언제 이 가족에게 보답을 할 수 있을까, 헤어질 때도 많이 아쉬웠다. 내가 배탈났을 때 우리숙소까지 약 가져다주시고, 딸 입히라고 옷도 바리바리 싸주시고, 고마운 게 너무 많다. 우리가 기아나에 있는 동안 여행 오시라고 했고 우리가 본토로 들어가게 되면 꼭 프랑스로 여행 오시라고 했다. 우리 딸은 여행 다녀온 지 몇 달이 지났어도 비행기타고 언니집에 놀러가자고 한다. 나도 또 만나서 수다 떨고 싶다.

브라질 여행은 정말 최고였다. 배 불리 먹어도 50유로도 안 되는 가격, 편리한 우버택시, 관광버스를 예약하면 숙소까지 데리러오고 데려다주는 시스템, 길거리의 먹거리와 옷 장사는 마치 한국 같았다. 너무 행복한 2주였다. 2주 동안 밥 한 끼 안 하고 고급 레스토랑에서 식사하고 저녁엔 칵테일에 보사노바를 라이브로 들으며 보내지 않았던가.

여행 후 집에 도착하니 집 앞에 못 보던 게 새로 생겼다. 집 안에 있던 수도 계량기가 대문 밖에 새로 설치되어 있었다. 집 안으로 들어가 보았다. 부엌에 물이 가득했다. 물이 차서 수도 밸브를 잠그고 간 건데 수도공사 사람들이 수도 밸브를 열어놓은 것이다. 고로 월요일부터 토요일까지 일주일 동안 물이 새서 그대로 방치되고 있었다. 다행히 거실까지 물이 넘어오지 않아 괜찮았다. 남편은 월요일 아침에 우주로켓센터로 미션을 나가기로 되어 있었는데 소대장에게 연락해서 우리집 상황을 설명했다. 오전에는 집 일을 해결할 시간을 벌었다. 월요일 오후, 남편은 로켓센터에 가서 헬리콥터에서 아홉 번 뛰어내렸다. 정신이 없단다. 남편은 다음에 또 여행을 가고 싶다고 했다. **나도 여행에서 돌아왔음에도 불구하고 어젯밤 꿈에 제리코아코아라 바닷가에서 놀고 있더라고 얘기했다.**

현실로 돌아오자 새 학기가 시작됐고, 반복되는 삶이 다시 시작되었다.

태풍 때문에 기아나 어느 마을이 피해를 입었다는 뉴스를 접했다. 그리고 네덜란드와 프랑스령인 생 마르탱 Saint-martin에 허리케인 IRMA가 덮쳐 95%가 피해를 입었다. 프랑스 뉴스에는 온통 프랑스령 생 마르탱 뉴스로 도배가 되었다. 본토에서 군인 및 군경찰들이 파견되었고 생 마르탱과 제일 가까운 프랑스령 기아나에서도 군인들이 긴급 파견되었다. 전 연대장이 2년 근무를 마치고 본토로 돌아가고 새로운 연대장이 2017년 여름에 기아나에 도착했다. 매년 9월 중순에 연대장 집에서 부대원들과 부인들을 초대해 한 해 시작을 알리는 행사가 진행된다. 올해 기아나에 파견 근무를 시작하는 사람들은 이 행사가 첫 번째 행사가 되는 것이다. 금요일에 연대장 집에서 파티가 열렸고 바로 다음날, 딸과 낮잠을 자고 일어난 남편은 오후 5시경 부대로부터 비상대기가 걸렸다는 전화를 받고 급히 부대로 들어갔다. 남편은 네 시간 후인 저녁 9시에 비행기를 타고 생 마르탱으로 가는데 언제 돌아올지 아무도 모른다고 전화를 해주었다.

공허한 마음으로 아이들 저녁 먹이고 시계를 보니 저녁 9시가 넘어간다. 비행기를 탔겠구나, 하고 있는데 누가 문을 두드린다. 남편이다. 곧 있을 로켓 발사 때문에 남편 소대 SAED만 취소되어 안 떠났다고 한다. 남편들을 대부분 떠나보낸 2중대 마담들은 난리가 났다. 부대에서는 2중대 마담들에게 정보를 주기 위해 부대로 소집하기도 했다. 짧게는 두 달 길게는 넉 달이라고 했다. 전화 한 통 받고 남편이 떠났는데 두 달 후에나 볼 수 있는 것이다. 지금 그곳은 전화도 전기도 물도 아무것도 없다는데.

일요일 아침, 3중대에 소속된 남편 친구에게서 연락이 왔다. 토요일 밤에 비행기를 탔고 일요일 아침에 기아나와 생 마르탱 사이에 있는 프랑스 영토 섬 과들루프에 도착했다고 한다. 과들루프에서 대기하다 생 마르탱으로 들어가 재해현장 정리하는 업무를 한다고 했다. 궁금해진 나는 남편에게 물었다.

"이 루마니아 친구는 3중대인데 왜 갔어? 2중대만 간 거 아니었어?"

3중대가 전체 정글 미션을 나갔는데 이 친구가 포함된 소대가 금요일 저녁에 예정보다 조금 앞당겨서 부대로 복귀를 했단다. 그리고 토요일에 끌려갔다고. 참 드라마틱하구나. 하루만 늦게 왔어도, 아니 원래 계획대로만 부대에 돌아왔어도 거기 안 갔을 텐데.

생 마르탱 현지에는 교도소가 파괴되면서 죄수들이 동네에서 물건을 훔치고 위험한 일들이 일어나고 있다고 했다. 다행히 전화통화를 할 수 있어 마담들은 안심했다. 전화통화가 되면서 그 요금 가지고도 말이 많았다. 생 마르탱이 반은 네덜란드 영토고 반은 프랑스 영토라 네덜란드 영토 쪽에서 전화를 할 경우 폭탄 요금을 맞을 수 있기 때문에 다들 잘 알아보고 전화를 하라는 말로 시끌시끌했다.

긴급 파견된 군인 중에는 바로 몇 주 후에 본토로 돌아갈 예정이었던 사람이 있었다. 군인이라 국가에서 가라면 가야 하는 상황이지만 그의 가족들은 짐까지 다 싸놓고 비행기 티켓까지 받았는데 이게 대체 무슨 일인가. 3년 기아나 파견이 곧 끝나는데 생 마르탱으로 갑자기 떠나서 두 달 혹은 넉 달 후에 온다니. **외인부대원의 일상을 영화로 찍으면 정말 흥미진진하리라.**

며칠 후, 또 다른 태풍이 과들루프와 생 마르탱 쪽으로 간다는 소식이 들려왔다. 나는 거기서 일하고 있는 군인들한테 무슨 일이 생기지는 않을까 순간 겁이 났다. 다행히 별일 없이 지나갔다.

언제 돌아올지 모른다던 남편들은 2주 만에 돌아왔다. 마크롱 대통령이 직접 재해 현장에 방문하면서 생각보다 빠르게 상황 정

리가 되었다고 한다. 본토
에서는 생 마르탱 복원 기
금을 위해 대형 콘서트도
열었다. 태풍이 지나간 후
한 달 만에 생 마르탱 학교
도 다시 문을 열고 사람들
이 정상적인 생활을 할 수
있도록 복구되었다는 뉴스
가 나왔다. 우리 남편은 현
장에 가진 않았지만 비상대
기가 걸리면 부대나 가족들
은 엄청 어수선하다. 2017
년 9월은 정말 정신없이 지
나갔다.

셀바SELVA!!!

스프CEFE는 기아나의 레지나Regina라는 지역에 위치한 훈련장이다. 아마존 정글에 있는 훈련장으로 그 규모가 어마어마하다. 훈련장 입구에서도 차를 타고 한참 들어가야 주차장과 샤워실 사무소 숙소 등의 시설이 나오고, 훈련을 받으러 갈 땐 배를 타고 10여 분 가야 한다. 훈련하는 곳이 한 군데가 아니라 어마어마한 강을 따라 중간중간 훈련장을 만들어놨기에 얼마나 다양한 종류의 훈련을 하는지 알 수 없다. 프랑스군은 물론 미군, 브라질군을 포함한 전 세계에서 아마존 생존 훈련을 받기 위해 이곳을 방문한다. 프랑스 사관생도들, 청소년들도 이곳에서 훈련받기 위해 프랑스 본토에서 기꺼이 비행기를 타고 날아온다.

외인부대원들의 아내들을 위한 군 체험 캠프CEFE des épouses

가 1년에 한 번 있다. 내가 2015년에 도착했을 때는 캠프에 참석할 상상도 못했다. 힘들다고 소문났고 높은 곳에서 뛰어내려야 하는 것들이 많다고 들어서 물을 무서워하는 나는 엄두도 못 냈다. 2016년에는 부대 비상상태로 한 번 날짜가 밀렸는데 기아나 파업 때문에 아예 취소가 되어 그해에는 캠프가 없었다. 2017년 캠프 참석을 망설이는 내게 친구들은 마지막 해인데 왜 안 가냐고 안 무섭다고 함께 가자고 한다. 올해는 43명의 마담들이 참석했다.

2017년 11월 11일, 떠나기 하루 전에 군복 군화 모기장이 달린 해먹 등 체험에 필요한 모든 용품을 부대에서 빌려주었다. 이미 물건을 빌린 사람들 말로는 부대에서 주는 물건들이 지저분하고 좋지 않아서 결국 개인 것으로 가져간다고 한다. 이 소식을 들은 남편은 본인 장비를 모두 나에게 빌려주었다. 나는 부대에서 군복과 군화만 빌렸다. 11일 토요일 아침 6시에 부대로 집합해서 버스를 타고 세 시간 후, 레지나에 도착했다. 완전 정글이다! 엄청 습하고 호흡하기 힘들 정도로 더웠다. 마담들은 평소에 나시만 입고 다니는데 긴팔 군복에 안에 티셔츠에 쫄바지까지 입으니 더워서 미칠 지경이었다. 게다가 각자 가방은 얼마나 거대한가. **아니나 다를까 도착 10분 만에 연대장 부인이 기절했다.** 마담들은 미친 듯이 물을 마셨다. 나도 너무 더워서 호흡곤란이 왔고 쓰러

질까 봐 물을 계속 마셨다. 우리 남편도 보통 이곳에 있을 때 반나절 동안 물 6리터를 마신다고 했다. 안 그러면 탈수증상으로 쓰러진다고 했다.

도착해서 간단히 모닝커피와 빵을 먹고 레지나에서 잡은 표범 거북이 뱀 등이 있는 작은 동물원을 구경했다. 동물원을 보니 딸아이 소풍 때가 생각이 난다. 선생님이 아이들에게 묻는다.

"여러분, 이게 뭐죠?"

"호랑이요~."

"호랑이라고 생각할 수 있지만 기아나에는 호랑이가 없어요. 이건 표범이예요. 여러분, 이게 뭐죠?"

"악어요~."

"악어crocodile라고 생각할 수 있지만 기아나에는 악어가 없어요. 이건 카이만이예요."

각자 가방을 메고 숲 속으로 들어갔다. 불을 어떻게 피우는지

해먹을 어떻게 설치하는지 설명해주고 각자 설치하라고 한다. 나름 열심히 하고 있는데 교관이 와서 다시 해준다. 남편이 가져갈 필요 없다고 "무거우니까 다 빼라"고 한 것들만 교관이 찾는다. 순간 멘붕이 왔다. 교관 혼자 열심히 30분 정도 설치하고 갔다. 다른 교관이 와서 보더니 다시 한다. 나는 괜찮다는데 왜 자기들이 난린가. 해먹을 엄청 높게 달아놔서 올라갈 수가 없다. 해먹 설치한다고 또 한 시간이 흘렀나 보다.

잠시 후, 배를 탄다고 구명조끼를 입고 강으로 들어가라고 한다. 물을 무서워하는 나는 순간 깜짝 놀랐다. 남편들처럼 이 강을 수영해서 올라가야 하는 건가? 물 안으로 안 들어오고 구경만 하는 마담들도 있었지만 결국엔 다 물속으로 들어왔다. 이동하기 위해 배에 앉았는데 다른 마담들이 그런다. 남편들처럼 배에서 강으로 떨어져야 할 거라고. 우리는 이곳에서의 훈련 모습을 TV에서 자주 보아 대충 알고 있다. 남편들은 배에서 순서대로 강으

171

로 떨어진다. 그것도 훈련 중 하나다. 우리도 그걸 해야 하는 건가?? 갑자기 마담들이 나에게 괜찮냐고 물어본다. 내 얼굴이 너무 하얗게 질렸다고 주변에서 걱정했다. 제일 처음 배를 탔을 땐 물속으로 떨어질까 봐 양쪽 친구들 다리를 꽉 잡고 있었다. 두 번째 배를 탔을 땐 부대 소속 사진기사가 우리 배에 탔고 그의 가방이 실린 배를 뒤집지 않으리라 짐작했다. 세 번째 배를 탔을 때는 아프고 다친 마담들이 있어서 물속으로 안 떨어뜨릴 거라고 확신했다. 그래서 네 번째 배를 탈 때는 아름다운 풍경을 만끽할 수 있었다.

첫째 날의 훈련은 자연산 진흙탕 속에서 몇백 미터 걷는 것이다. 높은 곳에서 뛰어내리는 게 아니니 별거 아니라고 생각했다. 진흙에 몸이 빠지고 걷기 힘들었다. 몇백 미터 지나서 마담들이 끝났다고 환호를 질렀다. 교관이 이제 절반 했다고 절반 더 가야 한다고 했다. 마담들이 깜짝 놀라 투덜대며 계속 훈련을 했다. 그렇게 한 시간 훈련 후 강에서 몸을 씻고 걸어서 돌아왔다. 다른 마담들은 옷을 다 벗어서 물에서 열심히 씻는다. 나는 대충 씻었다. 그래서인지 화장실 갔다가 깜짝 놀랐다. 온몸에 진흙과 더러운 것들이 그대로 묻어 있었다. 이미 늦었다. 샤워는 다음날 떠나기 전에 한 번만 할 수 있다. 오늘은 잘 말려서 더러운 것들을 털어내고 자야 했다. 긴팔 티셔츠 및 잠옷을 가지고 오라고 해서 내 잠옷으로 갈아입고 나갔다. 띠옹~~~ 다들 군인 긴팔 티셔츠를 가지고 온 게 아닌가. **남들은 다 군인 티셔츠를 입고 있는데 나만 분홍색 티셔츠를 입고 있다.** 어디로 숨고 싶었다. 나처럼 개인 옷을 입고 온 마담은 다섯 명 정도 되었다. 내가 친구들에게 "우리 남편이 내 잠옷 가져가라고 했는데??" 했더니 막 웃는다. 다들 남편 물품으로 도배를 했다. 남편 양말, 남편 티셔츠, 남편들이 훈련받듯 똑같이 군인처럼 준비해온 것이다. 마담들이 내 잠옷 예쁘다고 놀린다. 내가 집에 가서 남편 죽일 거라고 했더니 박장대소가 터졌다.

저녁식사로 소시지와 야채를 넣은 스프와 빵이 나왔다. 친구가 맥주 한 캔을 줬는데 나에게는 높은 도수 6도짜리 맥주였다. 아니나 다를까 반 정도 마시고 정신이 뿅~ 해먹에 들어가서 눕고 싶었다. 나홀로 손전등을 켜고 숲속 내 자리를 찾아가는 데도 오래 걸렸다. 어두운 밤에 의자를 밟고 해먹에 오르려다가 뒤로 나가떨어졌다. 동시에 모기장도 다 찢어졌다. 해먹을 왜 이렇게 높게 달아놓은 거야?

새벽에 또 한 번 멘붕이 왔다. 겨우 해먹에 올라가 누워 있는데 해먹이 흔들려서 속도 안 좋고 덥고 습했다. 전날에도 잠을 못 잤는데 오늘도 못 자겠구나 싶었다. 술이 좀 깨고 다시 해먹 밖으로 나갔다. 마담들이 술을 마시며 노래도 부르고 꽁트도 한다. 정말 술을 사랑하시는 분들만 남고 나머지는 자러 갔다. 해먹에 누웠더니 더워서 숨이 막힐 지경이다. 해먹에서 처음 자보는 거라 너무 불편하고 새벽엔 춥기까지 했다. 내 옆자리 몰도바 공화국 마담은 어찌나 부지런하신지 새벽부터 부시럭부시럭… 시계를 봤더니 5시다. 잠을 잔 것 같지도 않은데 벌써 일어나야 하나.

새벽에 엄청 추웠는데 또 비까지 부슬부슬 내렸다. 군복과 군화는 마르지도 않았다. 젖은 옷과 신발을 다시 신어야 했다. 빠르게 짐 정리를 하고 아침 샌드위치를 먹고 훈련소로 출발, 배를 타고 훈련장으로 이동, 여러 코스가 있었다. 운동을 잘하는 마담들은 높은 곳에도 잘 올라가고 겁 없이 물속으로 뛰어들었다. 한마디로 날아다녔다. 마담들은 날아다니는 러시아 마담에게 외인부대 입대지원하라고 농담을 했다. 참고로 외인부대는 여군을 뽑지

않는다. 프랑스 정규군 소속 여군이 가끔 파견 나와서 함께 일할 뿐이다.

대부분의 마담들이 나와 비슷한 수준으로 도와주는 이들 없이는 아무것도 할 수 없었다. 그 유명한 샤뽀 시느와Chapeau chinois 코스에 도착했다. 3미터 높이에서 하강하는 코스다. 난 시도조차 하지 않았다. 남편도 운동 신경이 없는 나에게 애초에 못할 것 같으면 시도하지 말라고 했다. 다치면 크게 다친다고. 우리팀 중 어느 마담은 하강 중 중심을 잘못 잡아서 드러누운 채 떨어졌다. 다른 팀 마담은 잘못 떨어져서 목을 다쳐 목 보호대를 하고 집으로 돌아갔다. 내가 샤뽀 시느와를 안 하려고 살짝 뒤로 빠져 있는데 모니터 요원이 나를 발견했다. 니네 남편 누구냐고 묻는다. 모르겠다고 대답했다. 뒤에 친구가 얘네 남편 외인부대원 아니라고 거든다. 나중에 남편에게 말했더니 교관들이 리스트를 가지고 있기 때문에 대충 누군지 다 안다고 했다. 프랑스는 결혼 후 남편 성을 따라간다. 예를 들어 우리 남편이 최 씨면 나는 마담 최가된다. 그러니 당연히 알 수밖에 없다.

코스 훈련이 끝나고 등산을 하면서 이곳 정글 나무들의 종류와 이름을 알려주었다. 이 나무에는 물이 나온다, 이 나무는 먹으면 안 된다, 줄기가 이렇게 생겼다 등등 학습을 했다. 교관이 너무 열심히 알려주고 마담들도 열심히 외우길래 교육 후에 상품을 걸고 퀴즈라도 하는 줄 알았다. 아무것도 없었다.

드디어 이곳에서의 마지막 식사가 제공되었다. 카이만Caïman 악어고기와 이곳에서 잡은 대형 생선들이 놓여 있었다. 기아나에 산 지 3년째에 드디어 카이만 악어고기를 먹어보는구나. 남들은 생선 맛 반, 닭 맛 반이라고 하던데 그 맛이 궁금했다. 음… 나는… 맛이 없었다. 비려서 못 먹겠다. 어쨌든 특별한 경험이었다. 언제 악어 고기를 먹어보겠는가. 나중에 가족행사 있을 때 우리 아이들 데리고 오면 좋겠다고 생각했다.

식사 후 드디어 샤워시간. 마담들이 신나서 샤워하고 집에 돌아갈 기쁨에 화장도 하고 짐을 쌌다. 이곳에 있는 매점에 가서 티셔츠와 나시도 샀다. 마담들이 옷 사느라 시간을 너무 지체해서 귀가 예정시간이 한 시간이나 지연됐다. 책임자가 와서는 여기지금 세일기간이냐고 집에 안 갈 거냐고 물어도 대꾸하는 마담들이 없다. 아줌마들답다. 쇼핑 중에 누가 방해를 한단 말인가? 특히 올해는 연대장 부인을 포함해 간부급 부인들이 대거 참석했다. 모니터 요원들도 함부로 부인들에게 명령을 내릴 수 없는 상황이었을 뿐 아니라 아줌마들의 항의를 감당할 수도 없었을 것이다. 버스를 타기 전 드디어 수료증 받는 시간이 왔다. 세 장의 수료증이 남는다. 알고 보니 첫째 날에 세 명의 마담이 다쳐서 집으로 돌아갔다고 한다. 버스에 탑승하자마자 마담들은 가족한테 전화하고 집에 돌아갈 마음에 시끌시끌했다.

드디어 쿠루 도착. 부대 앞에서부터 비디오를 찍는 남편들도 있고 가족들이 엄마들을 애타게 기다리고 있었다. 근데 우리 남편은 어디 있나???? 제일 늦게 오셔서 또 나랑 한바탕했다. 다른 남편들은 일찍 와서 기다리는데 게을러 터져서 제일 늦게 왔냐고. 집에 들어갔더니 다 내가 할일이다. 빨래 걷어야 하고, 집 청소해야 하고, 저녁밥 해야 하고, 내 군복 군화 빨아야 하고. 집에 가자마자 찢어진 해먹 모기장부터 바느질했다. 밤 11시까지 청소하고 집 정리를 했다. 침대에 누웠는데 마치 해먹에 누워 있는 것처럼 어질어질했다.

다음날 월요일, 몸이 아프기 시작하더니 화요일 저녁 준비를 마쳤는데 온몸에 쥐가 나서 몸을 움직일 수 없고 가슴 아래쪽이 아파서 숨을 쉴 수가 없다. 때마침 근무를 마치고 돌아온 남편이 맥박 짚어보고 열이 나는지 온도를 재더니 근육통이라고 약을 주었다. 자기가 의무병으로 일하면서 나 같은 사람들 많이 봤다고. 몸에 미네랄이 다 나가서 몸에 쥐가 나는 거라고 했다. 우선 우리 아이들이 먹던 설사약을 물에 타주었다. 먹었더니 더 이상 쥐가 나지 않는다. 근육통 약도 주었다. 몸이 괜찮아졌다. 그리고 몇 시간 후 남편은 2주짜리 미션을 나갔다. 내가 아플 때 남편이 있어서 다행이었지 남편 없었으면 응급실 갈 뻔했다. 늘 운동을 하던 마담들은 하나도 안 아프다는데 나는 평소 운동을 안 해서 온

몸이 아프다.

다음 날 아침, 다른 마담에게 온몸에 쥐가 났었다고 하니까 다른 마담들도 그렇다고 정상적인 반응이라고 한다. 너희는 열심히 해서 그렇게 아픈데 몇몇 마담들은 훈련도 안 받고 사진만 찍다 왔다고 몇몇 마담들을 흉본다. 첫째 날에 완벽한 화장과 손톱, 귀걸이 팔찌까지 엄청 멋 부리고 온 마담들이 있었다. 나는 매니큐어를 지우고 가야 하나 고민까지 했었는데 말이다. 왜냐면 2015년 공지사항에 화장과 매니큐어 금지라고 적혀 있었는데 2017년 공지에는 그런 말이 없어서 어떻게 해야 할지 헷갈렸다. 훈련장에 갈 때 교관이 안경도 물병도 다 가져가지 말라고 했다. 근데 그 마담들은 액세서리에 선글라스까지 착용하고 있었다. 몸이 아파서 훈련을 못 받는다고 사진기사 노릇만 하겠다고 했다. 그녀들 덕분에 우리는 사진이 많았지만 창피한 자료들도 있었다. 그 사이 페이스북의 마담 클럽에는 수많은 글이 올라왔다. 집에 와보니 군복이 없다, 누구는 상의만 두 개가 있다, 내 물건 못 봤냐, 군대물품 잃어버렸는데 어찌해야 하나, 답글도 어마어마하다.

훈련 다녀오고 며칠 후인 목요일에 연대장 부인이 캠프에서 찍은 사진을 함께 보자고 저녁 모임을 주최했다. 모두 스프CEFE 마크가 새겨진 옷을 입고 오기로 약속했다. 그날 신나게 쇼핑하던 그 옷들 말이다. 함께 사진을 보며 즐거운 수다가 이어졌다. 자연스럽게 훈련받았던 조끼리 모이게 되었다. 나름 훈련 받으며 서로 도와주고 격려해주고 용기를 주었던 것들이 서로의 마음속에 남아 있었나 보다. 그러니 생명을 담보로 미션을 나가는 군인들은 동료애가 얼마나 남다르겠는가.

내가 언제 아마존 정글에서 캠프를 해보겠는가. 평생 기억할 추억을 만들고 왔다.

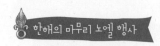

부대에서 하는 노엘 행사(크리스마스를 불어로 노엘Noël이라고 한다)는 선물을 받는 날이자 한해를 마감하는 행사다. 부대에서는 크리스마스 한 달 전에 아이들 장난감을 살 수 있는 수표를 준다. 지정된 장난감 가게에서 아이들이 선물을 고르면 부대로 배송되어 행사 날에 산타가 나눠준다. 아이들은 선물을 고르고 몇 주를 기다려야 한다. 행사 날 아침, 마을 극장에 가서 애니메이션을 보고 부대로 오면 산타가 오토바이나 패러글라이딩으로 도착해서 아이들에게 초콜릿을 나눠준다. 각 중대별로 정해진 장소에 가서 식사를 하고 선물을 받고 사진을 찍으면 행사는 끝난다. 남편은 빨리 집에 가려 하고 아이들은 친구들과 더 놀다 가고 싶어 한다. 아이들이 어렸을 땐 아빠 맘대로 결정했지만 지금은 아이들과 협상을 해야 한다. **아이들이 자랐구나 하는 감**

180

동도 있고, 남편이 아이들을 이기지 못하는 모습이 재밌기도 하다.

내가 반짝이 의상을 입는 날은 1년에 두 번. 모두 12월에 있다. 남편들 직급이 같은 마담들이 함께 즐기는 파티다. 남편들이 1년 회비 120유로를 내기 때문에 연중에 가족 모임과 마담들을 위한 선물이 있다. 다른 직급들은 더 많은 회비를 내도 이런 모임이 없다고 부러워한다. 사실 행사 자체가 특별한 것은 아니다. 그저 아이들 없이 오랜만에 구두도 신고 예쁜 옷에 화장도 하고 친구들과 수다를 떤다는 게 설레는 거다. 신나게 놀고 집에 가면 남편이 설거지도 다 해놓고 아이들까지 재워놓으니 얼마나 좋은가.

마담들 행사 중 가장 높은 참석률을 보이는 노엘 행사. 주차장에는 PLE 순찰대원들이 지키고 있어 우리는 맘 편히 파티를 즐길 수 있다. 저녁 7시에 모여 의자도 없이 서서 두 시간 수다를 떨고 9시에 식사가 시작된다. 그리고 11시에 선물을 받고 그 이후 시간은 댄스타임이다. 처음 참석하는 2015년에는 이런 문화가 너무 힘들었다. 구두를 신고 두 시간을 서 있고, 늦은 저녁을 먹고, 새벽 1~2시에 끝나 집으로 돌아오면 몸이 아파서 약을 먹고 자야 할 정도였다. 몇 년 하다 보니 노하우가 생겼는지 이젠 괜찮다. 의자가 있으면 고정된 자리에서 몇몇과만 이야기를 나누는데, 의자가 없으니 돌아다니며 모두에게 인사를 하게 된다. 이번 노엘 파티때는 출산을 앞둔 폴란드 친구와 함께 갔는데 친구 배가 아프다는 이유로 11시에 함께 나왔다. 다음날 마담들한테 물어보니

새벽 3시에 끝났다고 한다. 월요일에 파
티를 했음에도 불구하고 100여 명이 참
석했고 신나게 스트레스를 풀었다.

　외인부대원들은 노엘 행사 참석이 의
무다. 외인부대원들은 입대 5년까지 결
혼을 못하게 되어 있으며 부대 안 숙소
에서 생활해야 한다. 이미 결혼한 사람
도 부인은 자기나라에 두고 남자만 5년
될 때까지 기다렸다가 가족을 프랑스로
데려오는 경우가 많다. 프랑스에서 가족 없이 크리스마스를 보내
는 이들을 위해 결혼한 사람들까지 전원 행사에 참석해야 한다.
이날은 전통적인 행사가 이루어진다. 남편은 의무적인 행사 참여
라 노엘 행사를 싫어한다. 나는 자발적인 참여라 행사가 기다려
진다.

과거에 아메리카 원주민들이 살았던 원숭이 섬 îlet la mère은 카옌 항구에서 작은 배를 타고 40분 가면 도착한다. 배에서 내리기 바로 전, 배를 운전해준 아저씨는 우리에게 "원숭이들에게 먹을 것을 주지 마라, 사람들이 먹는 음식 때문에 원숭이들이 자꾸 아프다, 쓰레기는 꼭 챙겨와라, 여섯 시간 후에 우리를 데리러 오겠노라" 했다. 하루에 네 편의 배가 운행하는데 한 편당 제한 인원이 열두 명이다. 관광지이지만 자연을 존중하며 철저히 규칙을 지키고 있었다.

원숭이들이 너무 귀여워서 깜짝 놀랐다. 사람들을 보자마자 마구 달려들어 가방을 뒤지고 음식을 찾는데 신기해서 계속 쳐다보았다. 손도 귀엽고 얼굴도 귀엽고. 섬을 한 바퀴 산책하는데 한 시간 반 걸렸다. 이 섬은 오직 원숭이를 보기 위해 오는 곳이구나, 섬에 아무것도 없다. 쓰레기도 없이 정말 깨끗한 자연만 있다. 슬렁슬렁 산책하고 사진 찍고 시계를 보니 아직도 네 시간이 남았다. 해변가로 가보았다. 물이 너무 더러워서 또 한번 깜짝 놀랐다. 이게 바다가 맞나 싶을 정도로 지푸라기들이 떠 있고 손조차 담그고 싶지 않았다. 해변가에 비치타월을 깔고 자리를 잡았다. 옆에 있던 남자 셋은 먹을 것도 못 먹고 계속 과자를 원숭이들에게 뺏기고 있었다. 처음에는 웃었는데 이들도 지쳤는지 먹는 걸 포기한 채 시간이 가길 기다리고 있었다. **남자 셋 주변에는 원숭이 스무 마리가 그들을 감시하고 있었다.** 원숭이 때문에 먹을 걸 못 먹는 이 상황이 너무 웃겼다. 구석에서 샌드위치를 먹고 있는 엄마와 딸은 한 명이 샌드위치를 먹는 동안 다른 한 명이 긴 작대기로 원숭이들을 쫓고 있었다. 우리도 과자를 먹으려고 시도하다 원숭이들한테 과자통을 빼앗겼다. 결국 남편은 원숭이들 먹으라고 과자를 한쪽에 부어주었다. 과자를 가지고 사라진 원숭이들이 우리쪽으로 안 오겠지 하는 마음으로. 그런데 원숭이들이 과자를 다 먹고는 나무 위에 올라가서 우리를 감시한다. 내가 포도 한 알을 입에 넣고 오물오물했더니 원숭이가 날 빤히 쳐다보며 살금살금 다가온다. 눈치도 엄청 빠르다. 우리도 옆 팀처럼 먹는 걸 포기했다. 우린 왜 무거운 아이스박스에 아이들 수영복까지 어마어마한 짐을 싸들고 왔을까? 우리가 먹을 걸 안 꺼내자 원숭이들이 사라지기 시작했다. 아마도 다른 팀 곁에 있을 것이다. 어느 순간 원숭이들이 없길래 샌드위치를 꺼내 눈치 보며 먹었다. 그 사이 또 원숭이 몇 마리가 우릴 공격했지만 다행히 샌드위치를 뺏기지는 않았다. 배가 들어오는 곳 근처로 자리를 이동했다. 그곳에는 원숭이섬의 역사에 대해 설명되어 있었다.

아메리카 원주민들이 이 섬에서 살았고, 1643년에 프랑스의 식민지가 되면서 예수회파 수도승들이 이 섬에 도착하여 관리하기 시작했다. 1776년에 나병환자들을 이곳에 격리했고 1786년에는 농장을 만들기 위해 거대한 개척 작업이 이루어졌다. 1852년에 일 뒤 살뤼Iles du Salut 섬들의 감옥과 함께 이곳도 역시 감옥으로 사용하였으며 15개의 건물에 600명의 죄수들이 수감되었다. 1923년과 1933년에는 한 여성이 이곳을 관리했는데 이 여성은 교회 돈 횡령죄로 오게 되었다. 20여 명의 노예를 부리며 기아나를 위해 농장의 표본을 만들었다고 한다. 1981~2001년에는 파스퇴르 연구소가 말라리아 치료약 연구차 세럼을 채취하기 위해 이곳에 원숭이를 데려와 사육했다고 한다. 2001년에 연구소는 떠났고 원숭이들만 섬에 남았다.

배를 기다리는데 비가 쏟아졌다 그쳤다를 반복한다. 원숭이들이 나무에서 떨어진 열매를 주워 먹고 있었다. 망고 향이 퍼지는 열매를 쫙 벌리더니 맛있게 뜯어먹는다. 마치 파인애플 과즙을 빨아먹듯이 먹는데 너무 귀엽다. 남편은 이미 정글에서 먹어봤다며 아이들 맛보게 해준다고 땅에 떨어진 과일 중 깨끗한 것을 하나 주웠다. 두리안Jack Fruit이었다. 원래 두리안은 냄새가 난다던데 이 열매는 전혀 그렇지 않았다. 향도 좋아서 맛있게 먹었다. 드디어 집으로 돌아가기 위해 배를 탔다. 우리는 자리를 잡고 앉았는데 우리와 함께 온 일행들이 배에 탈 준비도 안 하고 해먹에 누워 있는 게 아닌가. 이 배를 안 타나 보다 생각하는데 그때서야 짐을 챙기기 시작하더니 5분 후에 승선했다.

카옌 항구에 주차를 하려는데 얌체 선박 하나가 우리 배의 자리를 차지하고 있었다. 우리배 선장이 얌체족에게 "거기 내 자리니까 배를 빼라"고 했더니 얌체족 할아버지가 "엔진이 고장나서 못 뺀다"고 버틴다. 선장이 화가 나서 "그 자리 값으로 한 달

에 240유로를 낸다고! 배 안 빼면 항구에 신고하겠노라" 했음에
도 불구하고 얌체족 할아버지는 끄떡도 안 한다. 결국 선장은 항
구에 신고를 했고 우리는 10여 분 바다 위에서 대기를 했다. 10분
후 얌체족 할아버지는 배를 빼서 떠났다. 할머니는 미안하다고
손으로 인사를 했지만 할아버지는 뻔뻔했다. 남편에게 저 할아버
지 할머니는 여행다니는 거냐, 왜 남에 자리에 배를 대고 있는 거
냐, 상황을 물었더니 아마도 배에서 사는 사람들일 거라고 한다.
프랑스는 집값이 비싸서 버스를 개조해서 집으로 만들어 살거나
배에서 사는 사람들이 있다. 모든 세금을 안 내고 여행 다니며 떠
돌이 생활을 하는 것이다. 프랑스는 항구 주변에 이런 사람들을
위해 음식점이나 편의시설이 잘 되어 있다고 한다. 전기를 충전
해야 하기 때문에 남의 자리에 잠깐 와서 충전하고 가는 걸 거라
고. **저 노부부의 삶이 내 눈에는 전혀 낭만적이지 않구나.**

　부슬부슬 비를 맞으며 배에서 내려 차로 이동하는데 아까부터
눈에 거슬리던 그 일행들, 배가 도착한 후에야 짐을 챙기던 세 살
정도 된 여자아이를 둔 젊은 프랑스인 부부와 레게머리를 한 남
자 말이다. 섬에서 남자 둘이 함께 달리기를 하길래 남자 둘이 친
구인줄 알았는데 배에서 묘한 분위기가 펼쳐졌다. 부부와 아이가
함께 앉아는 있었지만 여자와 레게머리 남자가 서로 애틋하게 바
라보며 다정하게 챙겨주고 있었다. 여자아이도 아빠보다는 레게
머리 남자와 더 친해보였다. 그 여자 남편이 먼저 뱃값을 계산했

는데 레게머리 남자는 초대해줘서 고맙다면서 자기 몫의 뱃값을 남자에게 건넸다. 여자 남편은 돈을 받지 않았다. 오히려 레게머리 남자는 기분이 언짢아 보였다. 배에서 내릴 때도 남편은 아이스박스를 비롯해 짐을 한가득 안고 혼자 걸어갔다. 아이는 레게머리 남자에게 매달려 있었고 레게머리 남자와 여자는 배에서 제일 마지막에 내려 다정하게 느릿느릿 걸었다. 마치 이 시간이 너무 아쉽다는 듯이 말이다. 남편은 모든 걸 알면서도 무시하려고 노력하는 듯 보였다. 내가 외국에 살면서 상식적이지 않은 관계를 많이 봐서 그런지 이날도 내 머릿속에 그림이 그려지고 있었다. 내가 남편에게 이런 이야기를 하면 "또 소설을 쓴다"고 한다. 과연… 소설일까????

마꾸리아Macouria 마을에 슈 아이Chou Aï 라는 협회가 있다. 이 협회는 다친 나무늘보를 돌봐주는 곳으로, 자원봉사자들의 활동으로 운영된다. 입장료 5유로가 수술비로 사용되며 매주 수요일과 목요일 오후에 두 시간 반 동안만 방문객을 위해 문이 열린다. 실제로 기아나의 자연을 공유하는 페이스북 모임이 있는데 나무늘보가 느리게 도로를 기어 다니는 동영상이 자주 올라온다. 자동차라도 지나간다면 정말 아찔한 상황이 벌어질 것이다. 어떤 사람은 정글에서 만난 나무늘보를 집에 데려와 기르다가 이 협회에 연락해서 보냈다고 한다.

나무늘보 집 안에는 다섯 마리가 있었는데 한 마리가 지난주에 이 집에 도착해서 적응기간이라고 했다. 자원봉사자는 사람들에게 "되도록 스트레스를 받고 있는 저 녀석은 만지지 말아달라"고

189

부탁했다. 봉사자들은 나무늘보가 나무에 매달려 먹을 수 있게 나뭇잎을 높은 곳에 매달아 주었다. 남편이 소속된 소대의 소대장 부부를 우연히 만났는데, 그 부인이 다음 주부터 자원봉사를 하기로 했다며 매일 나뭇가지를 잘라 식사를 제공하는 일을 할 거라고 했다.

나무늘보는 고개가 270도 회전 가능하다. 사진으로 볼 땐 무서웠는데 실제로 보니 귀여웠다. 나에게 오겠다고 손을 뻗어서 내 목을 감싸는데 그 모습이 진짜 아기 같았다. 목욕도 자주 하는지 전혀 냄새도 안 나고 깨끗했다. 털은 빗자루털 같이 뻣뻣했다. 아들은 나무늘보 손톱이 너무 길어서 아프지 않냐며 안아보기를 주저했지만 다른 어린아이들이 아기 안듯이 안은 모습을 보고 용기를 내서 몇 번을 안아보았다. 딸아이는 집에 한 마리 있었으면 좋겠다고 했다. 내가 아는 마담은 새끼 나무늘보를 입양해서 1년 돌보다가 프랑스 본토로 돌아가기 전에 협회로 돌려보냈다. 귀엽긴 하지만 나는 이들의 털과 변을 감당할 자신이 없구나.

정글에서 기어 다니는 나무늘보는 안아볼 용기가 나지 않을 텐데 이곳에 있는 동물들은 자원봉사자들에 의해 깨끗하게 씻겨져 있고 사람이 관리하는 동물이니 안아볼 용기가 났다. 손톱만 길 지 날카롭진 않았다. 안 떨어지려고 꽉 꼬집는 느낌? 너무 귀여 워서 또 가고 싶어졌다.

남미축제 카니발

매년 2월에 남미의 꽃이라 불리는 카니발이 있다. 올해 2018년은 쿠루 카니발 20회가 되는 해이기도 하다. 쿠루의 경우 올해는 2월 첫째 주에 가장 큰 카니발 행진la parade du littoral이 있었다. 나는 우리 마을 카니발 사진을 보고 싶은데 페이스북에는 온통 이탈리아 베니스 카니발 소식이다. 같은 날에 카니발이 열린 것이다.

남미 사람들은 축제를 위해 산다고 할 정도로 매 행사가 아주 중요하고 규모가 크다. 기아나는 카니발의 나라 브라질 바로 옆에 있다. 게다가 이곳에는 브라질인이 많이 거주하고 있다. 자연스럽게 카니발이 중요할 수밖에 없다. 카니발은 시에 등록되어 있는 기관이나 단체면 누구나 참여할 수 있다. 각종 학원, 중국인 협회, 브라질 협회, 어느 회사 등등. 매해 카니발 색상이 시청으로부터 지정된다. 2016년에는 파랑과 빨강, 2017년에는 노랑과 초록, 2018년에는 하늘색과 분홍색이었다.

보통 11월부터 카니발 연습이 진행되는데 우리집 뒷편에 숲길은 연습하기 아주 좋은 장소다. 북소리 나팔소리로 잠자기 불편한데도 그 소리가 그닥 싫지 않다. 나랑은 별 상관없는 카니발이지만 마을의 큰 행사이므로 거부감이 없어서인 것 같다. 우리는 벌써 2년을 경험했기에 익숙해졌는데, 새로 이사 온 옆집은 밤마다 음악소리 때문에 잠을 못 잔다고 욕을 하고 어쩔 땐 군경찰에 신고까지 했다. 그냥 우리처럼 창문 닫고 에어컨 틀고 자면 괜찮다고 조언해주었다. 1월부터는 매주 일요일에 리허설이 진행되는데 4개 파트로 나누어서 해당 날짜에 리허설을 하고 카니발 당일에 모두 모여 행진을 한다. 이날은 기아나 TV로 생중계가 된다. 각 협회가 행진하면 사회자가 어떤 협회인지 설명해주고 자막이 나간다.

카니발 2주 전쯤, 브라질 친구가 카니발에 함께 행진할 사람들을 구한다며 연락을 해왔다. 사실 35도 땡볕에서 분장을 하고 행진하는 게 쉬운 일은 아니다. 나와 미국인 친구는 함께하기로 하고 브라질 친구가 일하는 회사로 가서 의상을 골랐다. 나는 되도록 덥지 않고 길지 않고 거추장스럽지 않은 드레스를 골랐다. 그리고 그다음 주에 마스크와 장갑 등의 액세서리를 고르러 다시 방문해달라고 연락이 왔다. 왜 한 번에 할 일을 여러 번 나누어

Touloulou Prévention

하는지 이해는 되지 않았지만 친구가 임산부라 깜빡깜빡하나 보다 하고 넘어갔다. 두 번째 방문했을 때 친구가 "지금 니가 맨 가방, 카니발때 하고 와. 여기다 콘돔 담아서 나눠주면 되겠다"라고 말했다. "뭐라고?" 문득 작년에 무언가를 나눠주길래 먹을 건 줄 알고 받았다가 콘돔이어서 엄청 웃었던 기억이 났다. 순간 내 얼굴표정이 굳어버리자 친구가 주저리주저리 설명하면서 얼굴과 손 다 가리면 아무도 널 못 알아볼 거라고 달래기 시작했다. 이 친구가 일하는 협회에서 에이즈 퇴치 운동을 하는 사진을 본 적이 있다. 어차피 옷도 이미 골랐고 임신 3개월인 친구를 생각해서 그냥 함께하기로 했다. 다른 팀들은 몇 달 전부터 연습하는데 이 팀은 그럴 것도 없이 당일에 모이면 되니 얼마나 편한가.

카니발 시작 20분 전, 약속 장소에 갔더니 의상이 통일되지 않은 유일한 팀이 보인다. 내가 옷을 고를 때 이미 본 옷들이기에 그 협회인줄 한눈에 알아봤다. 집합 후 채 10분도 안 돼서 바로 차를 따라 행진했다. 함께하기로 한 미국인 친구는 당일 오지도 않았고 브라질 친구는 가발도 제대로 못 쓰고 이것저것 챙기느라 제정신이 아니었다. 다른 사람들은 신나게 춤을 추며 콘돔을 나눠주는데 나는 차마 콘돔은 못 나눠주고 차를 따라 걸어만 갔다. 나 혼자 안 나눠주고 있으니 오히려 뻘쭘했다. 차라리 콘돔을 나눠주는 게 낫겠다 싶었다. 사람들의 반응이 다양하다. 작년의 나처럼 선물인 줄 알고 달라고 해서 받았는데 콘돔이라 황당해하는 표정도 있고, 혐오스럽다는 사람도 있고, 더 받고 싶어서 쫓아오는 사람도 있었다. 행진을 하는 30분 동안 여러 생각이 들었다. 이렇게 큰 행사에서 콘돔을 나눠주는 게 성행위를 하라고 부추기는 것은 아닌지, 결혼 전이라도 누구나 다 공공연하게 하는 행위처럼 콘돔을 사용하고 성행위를 해도 된다고 허락하는 모양새는 아닌지, 아이들도 있는 큰 행사에 보기 안 좋지는 않을지, 부정적인 생각이 먼저 들었다. 그러나 한편으로는 인간에게 성욕이 존재하는 한 성관계를 할 사람들은 다 할 텐데 에이즈나 성병을 미리 예방하라고 나눠주는 게 뭐가 나쁜가 하는 생각도 들었다. 아가씨였다면 이런 행사를 못했겠지만 아이를 둘이나 낳고 보니 피임이 중요하다는 걸 누구보다 잘 안다. 결혼한 부부들도 자녀출산 계획을 위해 콘돔을 사용해야 하지 않는가. 돈 아까워서 콘돔 못 사는 사람들이 있으면 가져가라는데 뭐가 나쁜가. 내가 지금 하고 있는 행동을 합리화하고 있는 건지 모르겠지만 갑자기 긍정적인 생각도 들었다. 아는 루마니아 친구가 보인다. 그 남편은 한 손에 콘돔을 들고선 "아이들도 있는데 이런 걸 왜 나눠주냐"고 짜증을 내고 있었다. 딸아이 학교 선생도 보인다. 친구들도 보인다. 우리 옆집 남자인 러시아 쌍둥이 아빠랑 눈이 마주쳤는데 날보고 웃고 있었다. 아마도 콘돔을 나눠주는 것을 보고 웃었으리라. 나는 그가 누군지 알지만 그는 분장한 날 알아보지 못할 것이다. 옆집남자에게 콘돔을 던져주었다. 그날 저녁, 옆집 마담이자 내 줌 바댄스 선생이자 쌍둥이 엄마가 내 페이스북에 날 봤다고 코멘트를 달아놨더라. "젠장. 난 줄 어떻게 알았지???"

행진이 끝날 무렵, 브라질 친구가 나에게 와서 10,000유로를 땅에 뿌렸다고 말했다. 이건 또 뭔소리야? 나는 당연히 캠페인 차원에서 무료로 협찬 받았다고 생각했다. 친구 말이 회사에서 10,000유로, 한국돈으로 1,250만원어치 콘돔을 사서 나눠준 거라고 한다. 아까 나눠줄 때 공중에 막 뿌렸는데 갑자기 미안해졌다. 햇볕 아래서 날 보겠다고 기다린 우리 아이들은 이미 지쳐서 1.5리터 물병을 거의 다 마시고 있는데 어찌나 짠하던지. 내가 행진한 시간이 1부였는데 지칠 대로 지친 우리는 카니발을 더 보지 않고 집으로 돌아왔다. 어차피 TV로나 페이스북 마을 페이지에 생중계되기 때문이다. 4부가 시작될 땐 어두워졌고 불꽃축제까지 함께 진행되었다. 카니발이 끝난 후에는 음악과 함께 도시 전체가 파티다. 술까지 함께하니 사건 사고가 많은 건 당연한 일일 것이다. 다음날 바로 사고 소식들이 속속 인터넷에 올라왔다.

짧은 행진 속에서도 많은 생각을 하게 해준 카니발이었다. 지루한 이곳에서 재밌는 이벤트가 하나 지나갔다. 그리고 남미를 떠나기 전 카니발에 직접 참여해서 영광이었다.

두 번째 이야기,

프랑스 남부
몽펠리에 3년

   공식적인 공연만 7천 개가 넘게 열리는 프랑스 남부의 도시, 몽펠리에Montpellier는 예술을 사랑하는 이들에게 최고의 도시가 아닐까 싶다. 프랑스 음악축제 때에는 몽펠리에서 하루에 선보이는 공연만 400여 개다. 물론 이날은 프랑스 본토 뿐 아니라 해외영토까지 모두 음악축제가 열린다. 몽펠리에 무용학교가 유명해서 국제 무용 축제도 유명하다. 5월에는 피즈 Fise 익스트림 스포츠 축제를 보기 위해 전 세계에서 온 사람들이 몽펠리에를 가득 채운다. 비치발리볼 대회를 위해 기꺼이 시내의 중심 코메디 광장에 모래를 몇 톤 부어서 경기장을 만든다. 처음 이 광경을 봤을 땐 "굳이 왜 저럴까, 차로 조금만 가면 지중해 바다가 나오는데" 했는데 이 국제적인 경기 덕분에 생기는 파급효과가 어마어마하다고 한다. 관광객들이 돈을 써주니 경기가 살아나고 도시는 관광객 유치를 위해 더 발전한다. 전 세계에 몽펠리에란 도시 이름이 소개되니 그에 따른 부가가치가 클 것이다.

세계 꿀 박람회, 기타 페스티벌, 와인 축제, 지중해 시네마 축제, 게이 축제 등 수많은 축제들이 한 해를 꽉 채운다. 이곳은 트람웨이가 잘 되어 있어서 트람Tram만 타면 바닷가도 갈 수 있고 몽펠리에 근교까지 이동할 수 있다. 물론 공연장으로 이동하는데도 아무 문제가 없다. 시내 여기저기에 현수막이 있는데 장인들이 만든 수공예품, 여러 나라의 전통 음식들, 책 판매 및 에이즈 퇴치운동, 군인 행사 등 다 표현할 수 없을 만큼 공연 및 전시가 많다. 세계 가난퇴치의 날, 시내에서 사진 한 장을 찍었는데 이 사진이 '프랑스존' 한인 사이트 사진전에서 입상을 하기도 했다.

몽펠리에에 산 지 1년쯤 되었을 때, 보자르 미술학교에 다니던 친구가 나에게 연극을 해보지 않겠냐고 제안했다. 지역 자유 예술 축제 때 올릴 한 시간짜리 공연에 다양한 인종의 사람들 십여 명이 필요하다고 했다. 나는 불어를 못한다는 이유로 거절했는데 사실은 용기가 없었다. 나중에 친구 공연을 보러갔더니 정말 불어를 못해도 되는 공연이었다. 실수를 해도 웃으며 넘기고 공연자도 관람객도 함께 웃으며 볼 수 있는 편안한 공연이었다.

몽펠리에는 대학 도시이자 젊은이들의 도시다. 의과대학이 유명하며 의대를 뒷받침하기 위해 1593년에 만든 유럽 최초의 식물원도 있다. 대학 도시답게 세계 각국에서 젊은이들이 모여들어, 몽펠리에 기차역이나 시내에 가면 전 세계 언어가 다 들린다. 나와 함께 어학원을 다녔던 친구들은 대부분 여름방학 동안 아이돌보미로 일하며 용돈과 방을 지원받았는데, 그 중에는 고등학생도 많았다. 방학 동안 어학연수도 하고 휴가도 즐긴다. 버스와 기차로 스페인도 다녀올 수 있고 몽펠리에 주변에 바다와 산이 모두 있기 때문에 바캉스 보내기에는 최고라고 할 수 있다. 여름 세일 기간에 실컷 쇼핑도 할 수 있다. 환상적이지 않은가. 우리집은 라파에프 백화점Galeries Lafayette에서 5분 정도 떨어진 곳에 있었는데 심심하면 시내에 나가 이것저것 구경했다. 옷가게가 많다는 게 참 좋았다. 쇼핑 천국이다.

올림픽 수영장과 도서관, 아쿠아리움, 동물원, 고풍스런 법대 건물, 작은 개선문, 페루 공원, 구스타프 쿠르베가 몽펠리에에서 그린 〈안녕하세요 쿠르베씨〉 작품이 있는 파브르 미술관, 코메디 오페라 극장과 코룸Corum 공연장, 몇천 개의 스포츠 문화 클럽, 스페인으로 가는 순례의 여정길도 있다. 여름 두 달 동안은 페스

〈안녕하세요 쿠르베씨 Bonjour Monsieur Courbet〉 1854
몽펠리에를 배경으로 그린 작품으로, 그림 제일 오른쪽이 쿠르베, 가운데 있는 사람이 당시 몽펠리에의 유력한 은행가 집안의 알프레드 브뤼야스Alfred Bruyas 유대인 콜렉쇼너다. 언덕에서 우연히 후원자를 만난 쿠르베. 전혀 주눅 들지 않고 머리를 꼿꼿이 세우고 있는 모습과 수염의 방향을 재밌게 표현했다. 쿠르베는 "나는 천사를 그리지 않는다. 왜냐하면 그것을 한 번도 본 적이 없기 때문이다" 라는 사실주의 작가다운 말을 했다.

티발 기간이라 늘 음악과 춤, 술, 웃음소리로 늦은 밤까지 시끌시끌하다. 물론 그만큼 경찰들은 바쁘다.

옆 도시 님에서 근무하는 남편은 굳이 왜 신혼집은 몽펠리에로 잡았을까? 남편은 파병이나 당직으로 일이 많기 때문에 나를 돌볼 수 없었다. 몽펠리에에는 한인회, 한인교회, 한글학교가 있을 정도로 한인들이 많다. 당시에 100여 명이 거주했다. 한국에서 활동을 많이 하던 나를 한인이 한 명도 없는 '님'이란 곳에 혼자 놔두면 너무 힘들어할까 봐 몽펠리에로 선택한 것이다. 덕분에 몽펠리에에 도착하자마자 많은 사람들을 만났고 많은 일을 했고 많은 문화를 체험했다.

C언니와 함께 몽펠리에 국제교류관Maison des relations internationales de Montpellier에 방문했다. 이곳에 들어서자 바닥에 자매 결연을 맺은 도시의 이름들(미국, 독일, 스페인, 중국, 모로코, 알제리…)이 적힌 돌판이 깔려 있었다. 왜 우리나라는 없을까?

동양화 작가의 전시 허가를 받기 위해 미리 약속을 잡고 방문했다. 보통 1년 전에 한 해 일정이 결정된다고 한다. 시에서 하는 행사라서 우리가 딱히 광고를 하지 않아도 되었고 전시 당일에는 몽펠리에에 관계자분들이 많이 오셔서 한국문화를 알리는 큰 행사가 되었다. 그 다음 행사는 몽펠리에 근교 라뜨Lattes에서 진행되었는데 한인 화가들과 사진작가를 소개하는 행사였다. 매년 열리는 이웃간 축제는 한인교회 집사님들이 김밥 시연을 하고 목사님이 축제 내 음향을 담당하신다. 교인들이 이런저런 봉사를 하며 지역 이웃들이 함께하는 행사다.

대륙간 축제La fête des continents는 몽펠리에에 가입되어 있는 협회에서 각자의 문화를 소개하는 행사로, 2009년부터 몽펠리에 예사랑 교회가 주최해서 한인들이 함께 한국을 알렸다. 나는 이때 부채춤을 추었는데 다른 사람들은 즐겁게 준비하는데 나는 잘해야 한다는 부담감에 스트레스를 받았다. 한인회에서 준비한 한국 소개 책자도 전시했고 한인교회에서 준비한 한복으로 체험 행사도 진행했다. 그해 겨울, 한 행사에 초대받아 부채춤을 선보이기도 했다. 이날은 **나를 포함해 세 명이 부채춤을 추었는데 세 명 모두 임산부였다. 태교한다 생각하고 열심히 추었다.**

한인회 한글학교에서도 K-pop과 K-drama를 사랑하는 프랑스 중고등학생들을 위해 한국문화를 알리는 행사를 한다. 몽펠리에에선 50여 명의 한인들이 한국문화를 알리기 위해 열심히 움직이고 있다. 한인사회가 몽펠리에에 정착한 지 30년 정도 되었는데 이들의 노력으로 몽펠리에 내에 한국의 문화가 자리 잡게 된 거름이 되지 않았나 싶다. 2015년부터 매년 한국 페스티발 꼬레디씨Corée d'ici가 열린다고 한다. 다양한 행사를 통해 한국문화를 알리는 교민들에게 박수를 보낸다.

님 연대에 있는 외인부대원들은 주말만 되면 기차를 타고 몽펠리에로 외출을 한다고 한다. 님 보다는 몽펠리에에 술집이나 나이트클럽이 많고 대학 도시답게 활기가 넘치기 때문이다. 몽펠리에 우리집에 외인부대원 선후배님들이 자주 오셨고 아지트처럼 사용되었다. 우리가 생 크리스톨 같은 시골 마을에 살았다면 아마 방문객이 많지 않았을 텐데, 몽펠리에 기차역에서 10분 거리이고 카르텔노다리, 로덩, 오바뉴, 마르세유, 생 크리스톨에서 오기 편한 위치였던 덕분에 손님들이 자주 오셨다.

이곳에 신혼집을 선택한 건 탁월한 안목이었다.

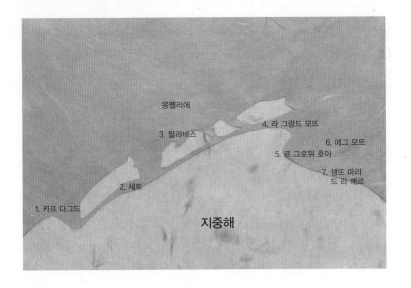

1. 카프 다그드

지도 제일 좌측 하단에 위치한 카프 다그드Cap d'Agde는 2017
년에 발표된 세계 10대 누드비치 중 4위를 차지하는 곳이다. 사
실 프랑스 해변에는 상의를 안 입은 여자들이 많아서 굳이 누드
비치를 갈 이유가 있을까 싶은데 그래도 가는 사람들이 있나 보
다. 이곳에는 유럽 최초의 물놀이 시설도 있다. 원래는 넓은 갯벌

이었는데 1960년에 관광지역으로 개발하기로 결정되면서 발전했다고 한다. 한국의 물놀이 시설이 너무 그리워 찾은 이곳. 이런 시설이 존재하는 것에 감사하며 즐겁게 보냈다. 유럽 최고 놀이 시설이라고 홍보하지 않고 최초 시설을 강조하는 데에는 그만한 이유가 있을 것이다.

2. 세트

프랑스의 베니스라 불리는 세트Sète는 몽펠리에에서 서남쪽에 위치해 있고 차로 한 시간 거리에 있다. 항구도시라서 대형 선박이 들어오고 나가는데 아프리카 모로코로 가는 배가 있어서 사람들이 많이 이용한다고 한다. 항구 주변으로 공장도 많다. 1년에 한 번은 러시아 선박과 100여 개의 전 세계 보트가 정박하며 에스칼 아 세트Escale à Sète 행사가 진행된다. 관광객들을 위한 보트 투어도 할 수 있다.

"생각하는 대로 살지 않으면 사는 대로 생각하게 된다" "바람이 분다 살아야겠다"의 프랑스 시인 폴 발레리Paul Valéry의 고향이자 묘지가 있는 곳이다.

3. 팔라바스

몽펠리에에서 차로 20분 가면 팔라바스Palavas가 나온다. 인구수 6천 명 정도인 작은 마을인데 레저 클럽들이 잘 되어 있다. 남편도 이곳에서 스쿠버다이빙을 하고 보트 운전면허를 땄다. 몽펠리에와 가까워서 여름에는 관광객이 많으며 2013년에는 훌륭한시에 주는 상 '마리안느 도르 상'을 받았다. 바닷가도 있고 널찍한공원이 있어서 레저나 운동, 산책하기 좋은 마을이다.

4. 라 그랑드 모뜨

2007년, 프랑스에 도착해서 제일 처음 산책 겸 여행을 한 곳이바로 라 그랑드 모뜨La Grande Motte다. 두 번 놀랐다. 처음 도착했을 때는 너무 예뻐서 놀랐고, 나중에는 그 예쁜 건물에 들어가서놀랐다. 건물이 겉만 예쁘지 안은 무너지기 일보 직전이었다. 오래된 건물을 관광지답게 겉만 리모델링했다고 한다. 하기야 우리몽펠리에 집도 100년이 넘은 집이다. 프랑스에서는 당연한 걸지도 모르겠다. 우리가 남부에 사는 동안 가장 자주 방문한 곳이 이곳이 아닐까 싶다. 노엘때도 가고 연말에도 가고 그만큼 아름다운 곳이다.

5. 르 그로뒤 호아

　동쪽으로 더 가면 르 그로뒤 호아Le Grau du Roi가 나온다. 몽펠리에에서 차로 한 시간 반 정도 가면 되는데 굳이 차를 렌트하고 아파트를 빌려서 1박 2일로 다녀왔다. 이 마을은 조금 더 시골스러운 항구도시다. 그 근처에 바닷가인지 사막인지 알 수 없는 아주 독특한 에스피게트 해변Plage de l'Espiguette Le Grau du Roi이 있다. 보통 바닷가는 차를 주차하면 바로 바다를 볼 수 있는데 이 해변은 차를 주차하고 해변가로 들어가면 그냥 사막이다. 화장실도 없고 샤워시설도 없는 이 사막을 무작정 20분 정도 걸어야 바다가 보이고 해수욕하는 사람들을 볼 수 있다. 하얀 모래언덕이 많으며 자연현상으로 인해 해변가에 싱크홀이 만들어져 있다. 같은 지중해 해변가인데도 이곳은 아주 독특한 분위기를 자아낸다. 동쪽 해변가에는 누드비치가 있다.

6. 에그 모트

　성지순례 관광지로 유명한 에그 모트Aigues Mortes 가는 길에 하얀 소금 산을 볼 수 있다. 이곳은 소금이 유명하다. 에그모트는 1240년에 왕 루이 9세가 십자군 원정을 위해 만든 항구 요새다.

1247년에 항구를 건설해 다음해에 십자군 25,000명(기사 2,500명 포함)과 8,000필의 말을 배에 싣고 이집트로 갔다고 한다. 십자군 전쟁은 기독교 국가들이 성지순례지인 예루살렘을 되찾기 위한 이슬람 국가들과 8회에 걸쳐 싸운 전쟁이다. 이 기간에 무역이 발달하고 동서양의 문화가 교류되었다.

지금은 여름에 가면 말들이 달리는 행사도 있고 십자군 원정대 옷을 입고 칼싸움하는 행사도 있다. 입장료를 내고 성 위에 올라갈 수도 있다.

7. 생뜨 마리 드 라 메르

지중해 바다와 완전 붙어 있는 이 마을에 두 마리아가 살았다. 예수 그리스도가 십자가에 못 박혀 죽은 지 10년도 되지 않았을 때에 예루살렘의 핍박을 피해 뗏목을 타고 지중해에 도착해 이곳 생뜨 마리 드 라 메르Saintes Maries de la Mer에 정착한 것이다. 야고보의 어머니이며 성모 마리아의 언니였던 마리아 야고베Marie Jacobé, 요한과 야고보 형제의 어머니였던 마리아 살로메Marie Salomé, 그의 하녀 사라Sara. 마을은 이들에게 교회예배당을 숙소로 제공해주었고 이곳에서 전도를 하며 살다가 이 예배당에 묻히게 되었다. 지하에 흑인 여성 동상이 바로 '사라'인데 입술에 뽀뽀를 하면 행운이 온다고 한다.

현재 전 유럽에 퍼져 있는 집
시들을 보호하는 성인으로 알려
져 매년 5월 24~25일 집시 성지
순례Pélerinage Gitan 행사를 한다.

지중해 바다쪽 까마르그Cam-
argue 지역을 다니면 '믿음 소망
사랑 + 어부와 소떼를 모는 가
디언'을 뜻하는 상징을 쉽게 볼
수 있다.

책을 쓰면서 가장 힘들었던 부분이 지명 표기였다. 불어 발음으로 써야 할지 영어식으로 써야 할지 수십 번 수정하다 결국 인터넷상 검색되는 한국식 발음으로 기입하고 불어를 함께 기록하였다.

인터넷상의 프랑스 지도-한국어 버전 지명을 기준으로 삼았으나 불어식과 한국식 발음이 섞여 있다. 우리나라에서 오래 전부터 불러오던 (한국식) 지명은 그대로 사용하고 우리에게 덜 익숙한 곳은 프랑스어 발음대로 표기했다. 예를 들면 Marseille는 프랑스 발음 [막세이] 대신 한국식 [마르세유]로 기입했고, Aubagne는 프랑스 발음 [오바니으]로 검색되지 않으므로 [오바뉴]라고 한국식으로도 기록하였다. 몽쁠리에 대신 몽펠리에, 님므 대신 님, 쎄뜨 대신 세트, 뚤롱 대신 툴롱, 꼴리유 대신 콜리우르로, 오래 전부터 사용한 지명은 한국식 발음대로 표기했다. 관광지가 아니어서 한국 사이트에 검색이 되지 않는 지명은 되도록 불어 발음으로 표기했다. Poulx는 [푹스]도 [풀스]로도 검색되지 않아 책에는 프랑스 발음인 [푹스]로 기입하였다. 최대한 원어를 병기하였으니 참고하시기 바란다.

1. 악마의 다리

생 기엠 르 데제르Saint Guilhem le Désert로 가는 길에 '악마의 다리'라 불리는 퐁 뒤 디아블Pont du Diable이 있다. 그 다리 위에서 다이빙하는 사람들도 많고 줄을 걸어놓고 묘기를 연습하는 사람들도 많다. 유튜브 검색을 해보면 대부분 다이빙하는 영상들이다. 실제로 2년에 한 명 꼴로 죽는다고 해서 '악마의 다리'로 부르기도 한다. 기아나에 사는 동안에도 이곳의 사망소식을 뉴스로 접했을 정도다. 873년에 지었다는 죽음의 다리는 유네스코 문화유산으로 지정되었다. 정말 한 번쯤은 뛰어내려보고 싶을 정도로 아름답다.

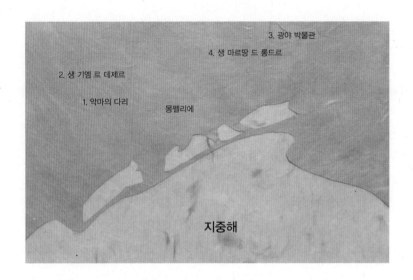

3. 광야 박물관

4. 생 마르땅 드 롱드르

2. 생 기엠 르 데제르

1. 악마의 다리

몽펠리에

지중해

2. 생 기엠 르 데제르

생 기엠 르 데제르Saint Guilhem le Désert에는 804년에 세워진 젤론 사원l'abbaye de Gellone과 생 자크 순례의 길les chemins de Saint-Jacques-de-Compostelle이 있는데 유네스코 문화유산으로 지정되었다. 작고 아기자기한 마을을 걸어서 통과하면 마을 뒷쪽으로 산이 보인다. 산 아래 펼쳐져 있는 올리브밭이 아주 장관이다. 산위에 거인의 성Chateau du Géant이 있는데 9세기에 다키텐 공작인기엠Guilhèm이 은신하러 왔던 장소로, 개신교 박해 때 산 꼭대기에서 망을 보며 숨어 살았다고 한다. 기엠은 1101년 십자군의 주요 리더 중 한 명이었다. 신자들은 긴급 상황에 대비하여 150개의 요새를 건설했다고 한다. 이 마을의 이름을 해석하면 '성스러운 기욤 광야'이다. 이곳에서 어떤 종교적 사건이 일어났는지 마을 이름을 통해 짐작할 수 있다.

3. 광야 박물관

개신교 박해 얘기가 나왔으니 이곳 얘기를 안 할 수가 없다. 앙뒤즈Anduze 근처에 위치한 이 광야 박물관Musée du Désert은 카미사르군을 이끌었던 지휘관들 중 한 명인 피에르 라포르트의 집에 자리잡고 있다. 1570년 앙뒤즈에는 6천 명의 주민이 살았는데 대부분 신교도인들이었다. 종교에 자유로웠지만 1685년 낭트칙령 (1598년 4월 13일 개혁종파는 모든 곳에서 허용되고 신교도들은 카톨릭교도와 동일한 시민적 권리를 누리고 동일한 직책을 맡을 수 있고 집회와 교육의 자유를 가진다)이 폐지됨에 따라 개신교 박해가 시작되었다. 프랑스의 신교도들은 5천 명의 목사와 100만 명의 신도를 거느리고 있었으며 그들은 엘리트층으로 경제적 문화적 비중이 상당했다고 한다. 낭트칙령 폐지 후 목사들은 망명해야 했고 교회는 파괴되었다. 해외로 떠나는 것을 금지시켰음에도 불구하고 가장 부유한 17만에서 20만의 위그노(개신교인)들이 망명하는데 성공함에 따라 프랑스의 경제와 문화에 대한 손실이 상당했다고

한다. 1702~1704
년까지 왕의 군대 3
만 명과 신교도군대
3천 명이 전쟁을 벌
였고 신교도들이 신
앙을 갖기 위해 치
열하게 싸웠다는

샘과 도랑이 너희로 인해 흐르는도다 - 시편 74:15

카미사르 전쟁. 이 이야기를 다룬 영화가 〈레 까미사르Les camis-
ards〉다.

   광야 박물관 벽에는 "시편 74장 15절" 말씀이 돌판에 새겨져
있다. 사막 광야désert와 같은 황무지에서 복음이 어떻게 전파되
었는지 개신교의 역사를 눈으로 볼 수 있는 곳이다. 입장료 5유
로를 내고 들어가면 집안 한구석에 구덩이가 있는 걸 볼 수 있다.
누군가가 잡으러 오면 바로 숨을 수 있는 장소였고 여자들은 아
주 작은 성경책들을 머리에 숨기고 다녀야 했다고 한다. 100년
동안 계속된 종교전쟁. 개신교라는 이유만으로 죽고 도망다녀야
했던 사람들. 생명을 담보로 잡힐 만큼 종교가 중요했을까? 이곳
에 성지순례 장소가 많은데 이런 역사가 있었구나, 이래서 한국
개신교도들이 이곳을 그렇게 많이 방문하는구나, 하는 생각이 들
었다. 한국어 설명서도 준비되어 있었다. 박물관 마지막 코스 기

념품샵에는 종교개혁자 칼뱅 탄생 500주년 기념 주화가 판매되고 있었다. 나는 위그노 십자가 목걸이를 구입했다.

《프랑스의 역사: 다니엘 리비에르》를 보면, 세벤느 지역 주변으로 신교도들이 거주했고 박해받았다고 기록되어 있다. 위그노들은 남부 지방에 독자적으로 세금을 징수해서 도시들을 요새화(소뮈르, 코냐크, 니오르, 라 로셸, 베르주라크, 몽토방, 몽펠리에, 님)시켜 자치적인 신교 공화국을 조직했다고 한다. 몽펠리에에서 루이 13세가 신교도와의 싸움에서 실패하면서 1622년 낭트칙령을 갱신하였고, 님에서도 많은 신교도들이 사형을 당했다고 한다.

4. 생 마르땅 드 롱드르

몽펠리에 근교에 있는 작은 마을, 생 마르땅 드 롱드르Saint martin de Londres로 우리는 가끔 물놀이를 간다. 탁 트인 계곡 아래에서 교회 야외예배를 드린 적도 있다. 생 마르땅에서 더 북쪽으로 이동하면 겅쥬Gange 라는 곳이 나온다. 돈 안 들이고 본인들 튜브를 가져와 여유롭게 자연과 하나될 수 있다. 파리에 사는 사람들은 여름 바캉스나 되어야 이런 여유를 느끼러 남부로 내려오는데 우리는 원하면 언제든 바닷가든 계곡이든 갈 수 있다.

5. 산책로

여행을 하다 보면 나무
나 돌에 사진과 같은 마
크를 볼 수 있다. 나는 이
표시를 프랑스뿐만 아니
라 스페인에서도 보았다. 1947년에 설립된 도보 산책 연맹FFRP에
서 알려주는 산책로 표시다.

19세기 말에 젊은이들이 이 지역을 며칠 동안 걸어서 다닐 수
있도록 코스를 만들기 시작했고 숲속의 길은 1910년부터 산책로
가 만들어지기 시작했다고 한다. 프랑스 벨기에 스페인 포르투갈
네덜란드까지 사용되며 국가에서 국가로 이동하는 코스는 빨간
색 표시와 노란색 표시가 함께 있다. 사진에서 보여주는 내용은,
이 길은 '장거리 도보길—빨간색 하얀색 띠'이며, '가벼운 산책길—
노란색' 우회전하라고 표시되어 있다.

6. 순례자의 길

길을 걷다 보면 바닥이나 벽에 조개껍질 모양을 보게 될 것이
다. 이 표시는 스페인 산티아고로 가는 순례자의 길Chemin vers

Saint-Jacques de Compostelle 표시다. 유럽 전역의 코스가 표시된 지도도 있고, 프랑스에서 출발하는 코스도 있다. 이 길은 야고보가 복음을 전하던 길이며, 예루살렘에서 순교한 야고보의 시신이 있는 스페인 산티아고로 가는 길이다. 1993년에 유네스코에 의해 세계문화유산으로 지정되었고 현재는 아시아인들 중 한국사람이 가장 많이 방문한다고 한다. 보통 한 달 코스라고 하는데 나도 아이들이 크면 도전해보고 싶다.

2005년 어느 날, 친구가 한국에는 자기 남자가 없는 것 같다고 외국에 가서 찾아야겠다며 나에게 유럽여행을 제안했다. 친구는 호텔 및 기차 예약 등 모든 것을 맡아 할 테니 나에게 몸만 따라오라고 했다. **난 간단히 직장만 그만두면 되었다.**

뜬금없이 배낭여행을 가기 위해서 퇴사하겠다고 했더니 부장님을 비롯해 부서 언니들이 너무 황당해했다. 남들은 면접 때 울면서 입사시켜 달라고 사정하는데 나는 여행 때문에 퇴사한다고 하니… 취직은 또 할 수 있지만 여행은 젊을 때, 기회가 될 때 가야 하지 않을까 생각했다. 퇴근 후 신촌에서 친구를 만나 설레는 맘으로 여행경로를 짤 때 너무 행복하고 신났다. 여행 경로가 다 나왔고 비행기 티켓도 구매했다. 내 퇴사날짜와 비행기 타는 날만 기다리고 있었다. 회사를 다니면서 인터넷 강의를 들었는데

221

공연기획 수업시간에 프랑스 아비뇽 축제와 영국 에딘버러 축제
가 있다는 걸 알게 되었다. 여행 경로를 보니 에딘버러 축제는 어
차피 갈 수가 없다. 아비뇽 축제도 날짜가 맞지 않는다. 근데 아
비뇽 축제는 너무너무 가고 싶은 게 아닌가. 친구에게 말했더니
루트를 바꿔주었다. 한마디로 여행 일정이 엉망진창이 되었다.
프랑스만 두 번 가는 꼴이 된 것이다. 게다가 45일 여행 중 2주나 프랑스에 머물게 되었다. 남부 일주일 파리 일주일.

영국 런던 2차 테러가 난 날 우리는 런던공항에 도착했고 프랑스 파리에 도착하자마자 사기도 당했다. 패닉상태로 도착한 아비뇽에선 우리가 미리 전화하지 않았다는 이유로 숙소 아저씨가 픽업을 오지 않았다. 경찰은 밤 12시라 기차역 문을 닫아야 한다고 나가라고 했다. 그래도 경찰이 숙소에 연락해줘서 겨우 숙소에 들어가 몇 시간 눈을 붙였다. 아침에 일어나 보니 거실에 빡빡머리 고삐리가 자고 있었다. 뭐지? 포스가 남다른데? 프랑스 군인이라고 했다. 그는 인류학을 전공한 내 친구와 끊임없이 토론했다. "아이고 지루하다. 난 사진이나 찍을란다~." 그는 불어를 못하는 우릴 위해 며칠 동안 가이드를 해주었고 우리가 스위스로 떠나는 날 파리까지 동행해주었다. 꼭 사건사고는 우리 둘이 있을 때 일어난다. 군인과는 이미 헤어졌고, 스위스행 기차를 타기 위해 지하철을 탔는데 갑자기 지하철 노조 파업 중이라며 승객 전원 하차하라고 한다. 다행히도 택시가 기차 출발시간 몇 분 전에 기차역에 도착, 그러나 택시기사가 팁을 더!더! 달라며 우리를 안 보내주는 게 아닌가. 돈을 아저씨 얼굴에 던져주고 미친 듯이 뛰어, 우리는 출발하는 기차에 마지막 승객으로 올라탔다.

프랑스 군인과는 그저 여행지에서 만난 지나가는 인연이라 생각했다. 앞으로 볼일도 없는 사람 아닌가. 싸이월드를 통해 인연이 유지되었고 프랑스 군인은 우리 배낭여행 마지막 코스인 파리를 가이드해주었다. 결국 친구가 남자를 찾으러 간 여행에서 내가 남자를 찾았고, 결혼해서 몽펠리에에 사는 동안 매년 7월에는 아비뇽에 갔다.

아비뇽Avignon에는 유네스코 세계문화유산이자 중세 시대 최고 성직자의 거주지였던 교황청Palais des Papes과 1185년에 준공된 아비뇽 생 베네제Saint-Benezet 다리가 있다. 교황청은 1309년 교황 클레멘스 5세가 정치적인 이유로 바티칸으로 가지 못하고 프랑스 아비뇽에 머물렀던 곳이다. 지금은 7월 한 달간 약 천 개의 공연이 펼쳐져 여름 장사로 마을 주민이 1년을 먹고 산다고 할 만큼 아비뇽 페스티발은 국제적인 축제가 되었다.

지난해에 기아나에서 본토로 돌아간 친구들 중 네팔 친구가 아비뇽 옆 로덩Laudun 연대로 배치를 받았다. 우리끼리 좋다 나쁘다 수다를 떨고 있는데 브라질 친구가 아비뇽과 로덩에서 살았던 이야기를 들려주었다. 친구의 남편은 로덩에서 근무를 하고 본인은 석사과정 때문에 아비뇽 시내에 거주했다고 한다. 집 안에 사람이 있는데도 불구하고 도둑들이 창문을 깨뜨리고 안으로 들어오려고 해서 경찰을 불렀던 일을 얘기해주었다. 아비뇽 외곽이나 로덩은 안전한데 기차역 맞은편 시내는 매우 위험하다고 한다. 우리는 관광하면서 예쁜 모습만 보는데 막상 살면 그럴 수도 있겠다 싶었다. 친구는 강도짓을 하는 사람들이 다 아랍인들이라며 아랍인 없는 데로 가고 싶다고 했다. 폴란드 친구는 생 크리스톨Saint Christol에 있는 연대로 가길 희망했는데 왜 그러냐고 물었더니 그곳은 추워서 아랍사람들이 없다고 한다. 프랑스 남부에 알제리나 모로코에서 넘어온 아랍사람들이 많다. 공식적으로는 30%라고 하나 체감은 50% 이상이다. 아들이 학교 다닐 때 보면 아이들 절반은 아랍사람이었다. 요즘 프랑스 샹송을 들어보면 더 이상 우리가 아는 아름다운 샹송이 아니다. 아랍풍의 노래가 즐비하다. 그만큼 아랍인이 많고 아랍문화에 익숙해졌다는 뜻이다. 축구 경기가 있는 날 파리는 축제라고 했다. 특히 알제리와 튀니지 경기가 있을 때. 왜 프랑스에서 알제리와 튀니지 경기에 사람들이 열광하는가? 그만큼 아랍사람들이 많다는 얘기다. 오죽하면 "곧 아랍계 프랑스 대통령이 나오는 거 아니냐? 프랑스 국기에 별 하나만 그려 넣으면 된다"라는 우스갯소리를 하겠는가.

주말에 기차역에 가보면 200년 전통의 하얀색 모자 '캐피 블랑Képi blanc'을 쓰고 외출한 5년 이하 짬밥의 외인부대원들을 볼 수 있다. 캐피 블랑은 외인부대의 상징이며, 외인부대 잡지 〈캐피 블랑〉은 70년 전에 만들어졌다. 파리의 관광지나 큰 도시의 기차역 등 테러 위험이 있는 곳에 초록색 베레모를 쓰고 순찰하는 군인이 있다면 그들은 외인부대원이다. 남색 베레모는 프랑스 정규군 육군이며 붉은색 베레모는 정규군 공수부대다.

아래 그림은 외인부대 제복 종류인데 5년이 안 된 군인들은 왼쪽에서 두 번째 세 번째, 동복으로는 네 번째 옷을 입고 외출해야 한다. 왼쪽 첫 번째와 다섯 번째 제복은 행사용이며 오른쪽에서 두 번째 군복이 평소 근무복이다. 일반 병들은 하얀 캐피를 쓰고 검정 캐피는 하사관부터 착용한다.

오른쪽에서 두 번째 세 번째 군복을 보면 어깨에 노란색 안장을 치고 있다. 소속을 나타내는데 예를 들면 3연대에 서비스 중대는 회색, 2중대는 빨간색, 3중대는 노란색이다. 남편이 3중대 소속이었을 때 3중대 마담들 모임을 가면 노란 옷, 노란 액세서리로 드레스 코드를 맞춘다. 다함께 모이는 연대모임인데도 2중대 마담들은 빨간색으로 맞춰 입고 온다. **어쩔 땐 남편이 외인부대원인지 마담들이 외인부대원인지 모를 때도 있다.** 지금 글을 쓰고 있는 나 또한 그런 모습이지 않을까?

2008년 한 해 동안 나는 한글학교 어린이반을 담당했다. 추운 겨울, 프랑스 한글교육원 주최로 한글학교 교사 세미나가 스트라스부르그에서 열렸다. 남부에 있는 몽펠리에에서 바로 가는 기차가 없어 리옹Lyon에서 한 번 갈아타고 총 여섯 시간 걸려 도착했다. 프랑스 내 한국어를 가르치는 대학이 2008년 기준으로 일곱 군데가 있다는 걸 알았다. 프랑스에 있는 대학

에서 한글을 가르치는 교수님들께서 강의를 해주셨는데 한글을 알리기 위해 연구하시는 모습에 진정 감탄했다. EBS '한글이 야호'를 만드신 최영환 교수님은 교사 세미나가 있기 얼마 전 몽펠리에에서 한글학교 특강을 해주셨다. 파리 다음으로 한인들이 많다는 스트라스부르그의 한글학교 수업도 참관하였고 각 도시를 대표해 선생님들의 발표도 이어졌다. 열띤 토론 후 저녁에 시내에 나가 관광을 했는데 같은 프랑스인데도 북쪽과 남쪽은 분위기가 완전 다르다.

스트라스부르그가 포함된 알자스 지방은 1201년에는 독일왕국의 땅이었다. 전쟁 중에 뺏고 빼앗기길 반복하다 결국 프랑스영토가 되었기 때문에 두 나라의 문화가 그대로 남아 있다. 표지판에는 프랑스어, 독일어, 이 지역 방언인 알자스어 이렇게 3개의 언어로 표시되어 있다. 유명하다는 성당도 가보고, 프랑스에서 가장 크다는 크리스마스 마켓Marché de Noël에도 가보았다. 도시 곳곳에서 장이 서는데 몽펠리에 장과는 비교할 수 없을 만큼 규모가 크고 물건도 다양했다. 게다가 가격도 싸다. 스트라스부르그답게 독일 전통 음식들도 맛볼 수 있다. 우리 옆으로 유람선도 지나간다. 슈퍼나 약국에 갈 땐 버스를 타고 국경 넘어 독일가서 장을 보고 온다고도 했다. 스페인 국경 근처에 사는 프랑스사람들이 버스를 타고 스페인에 가서 장 보는 것과 똑같다. 프랑스 물가가 비싸기 때문이다. 프랑스 전역에 있는 한글학교 교사들이 모여 함께 토론하며 세미나를 통해 한층 더 지식을 습득했고 교사로서 자부심도 느끼게 되었다. 거리에서 태극기를 날리며 한글학교 교사들이 행진을 했는데 지금 생각하니 그때 왜 그랬는지 모르겠다. 아마도 그때 우리는 극도의 흥분 상태였던 것 같다.

K-pop, K-drama가 급 유행하면서 어린 학생들이 한글학교를 찾는 수가 많아졌다. 실제로 내가 2012년 한글학교에서 한지공예 특강을 할 때 참석한 대부분의 학생이 프랑스인 중고등학생이었다. 과거엔 한국인 자녀들이 대부분 한글학교를 채웠다면 분위기가 완전 바뀐 것이다. 오랜 기간 한글학교 교사를 하던 C언니 말로는 단기간 학생들이 많아졌다고 한다. 한글과 한국문화에 관심이 있어 왔다가 친구를 사귀거나 한글이 어려워지면 금방 포기한다는 거다. 재밌는 건 학생이 한 명 빠지면 또 새로운 학생으로 그 자리가 채워진다고 한다. 중국 가게에 가면 늘 한국 노래가 흘러나온다. 내가 우리 아이들과 말하는 소리를 듣고는 한국말로 인사하는 중고등학생들도 있다. 내가 아는 프랑스여자는 나만 보면 자기 휴대폰에 있는 한국 노래 한국 드라마를 보여주는데, 정작 난 모른다.

나는 우리나라 언어가 있다는 것에 자긍심을 느낀다. 마담들 저녁 모임에 가면 남미 마담들은 스페인어를 사용한다. 페루, 칠레, 볼리비아, 니카라과, 에콰도르 마담들이 식사를 하는데 그때 메뉴가 홍합이었다. 자기들끼리 물어본다. "너희 나라에선 홍합을 뭐라고 불러?" 나름 나라별로 사용하는 단어가 다르긴 하지만 같은 스페인어를 사용하기에 이들은 함께 어울릴 수 있다. 포루투갈어를 사용하는 브라질 마담들과 스페인어를 사용하는 마담들은 각자의 언어를 사용하는데도 서로 알아듣는다. 나도 마담들이 무슨 얘기하는 줄 대충 알아듣겠다. 불어랑 비슷한 단어가 많기 때문이다.

한국어는 우리 민족끼리만 사용하는 우리만의 언어다. 1443년에 만들어진 훈민정음만 보더라도 우리 민족이 얼마나 부지런하고 똑똑하고 독립적인지 알 수 있다. 훈민정음 해례본은 유네스코 문화유산으로 등재되어 있다. 남미국가들은 그들의 언어가 존재하지 않는다. 브라질은 1500년도에 유럽인들에 의해 발견되었고, 유럽인들 지배하에 흑인노예들을 데려왔다. 1531~1822년까지 292년간 포르투갈의 식민지배를 받았고, 독립 후 200년이 되어가는 지금까지도 여전히 포르투갈어를 사용한다. 브라질을 제외한 다른 남미 국가들은 모두 스페인의 지배를 받아 독립 후에도 여전히 서반어를 사용한다. 나는 우리만의 언어가 있다는 것이 대단히 자랑스럽다. 모임에 가면 나에게 "중국어로 말하냐 일본어로 말하냐" 묻는 마담들이 있어 당당하게 "한국말로 한다"고 대답한다.

2016년, 한국의 수능시험과 같은 프랑스 바칼로레아 시험에서 외국어 선택과목에 한국어가 채택되면서 프랑스 고등학교에서도

(신청한 학교에 한해) 한국어 수업이 진행된다고 한다. 프랑스의 몇몇 중고등학교와 9개의 대학교에 한국어학과가 운영 중이며, 한국문화원과 어학원 같은 사립기관에서도 한글을 배울 수 있다. 프랑스 한국교육원에 소속된 한글학교는 13곳이다. (파리, 파리 오페라, 스트라스부르그, 리옹, 그르노블, 보르도, 디종, 몽펠리에, 엑상프로방스, 툴루즈, 클레르몽페랑, 블르와, 숄레)

전 세계에 한글과 한국문화가 더 많이 알려졌으면 좋겠다.

2009년 7월 14일, 우리는 툴롱Toulon으로 향했다. 주불 한국대사 부부 및 툴롱 부시장, 6.25 한국전 참전용사가 참석한 큰 행사였다. 툴롱 시내를 둘러보는데 한국사람들이 꽤 있었다. 이상하다, 한국사람들이 왜 이렇게 많지?

낮에는 시내에서 태권도 시범행사가 있었고 늦은 오후에는 항구에 정박해 있는 최영함 안에서 행사가 있었다. 배 내부에 있는 전시관 및 해군들이 배에서 어떻게 생활하는지 보았다. 저녁 행사는 대사 부부를 포함한 툴롱 해군 간부들, 파리 한인회에서 오신 분들을 소개한 후 사관생도들과 손님들이 서로 이야기를 하며 자유시간을 가졌다. 해군사관생도 4학년들이 졸업을 앞두고 순회를 하는데 이탈리아를 거쳐 프랑스로 왔고 다음은 이집트로 이동한다고 한다. 낮에 시내에서 나를 봤다고 먼저 인사를 해오는 사관생들도 있었고 UDT 출신도 있어서 다들 어색하지 않게 이야기를 나누었다.

잠시 후 개그맨 출신 사회자가 등장했다. 노래방 기기가 등장했는데 결혼 후 프랑스에 와서 2년 만에 처음 보는 거였다. 사관생들도 긴장하며 행사를 치렀기에 저녁엔 스트레스 좀 풀어야 되지 않겠나 싶었다. 근데 대사님도 있고 프랑스 군 간부들도 있는데 이 분위기가 통할까? 아니나 다를까 음악이 시작되니 대사 부부와 프랑스 군 간부들은 자리를 떠났다. 파리에서 내려온 한인들만 남았다.

사회자가 어느 여자분에게 "누님! 한 노래하신다고 들었습니다. 한 곡 뽑으시죠!" 하자 그 여자분이 펄쩍 뛰면서 "누가 그런 말을 하던가요? 어디서 그런 말을 들었죠? 그 사람이 이름이 뭐예요? 이름 대봐요!" 하며 엄청나게 화를 냈다. 순간 조용해졌다. 나는 웃음이 빵 터졌다. 나는 이 상황이 이해가 되는데 해군들은 완전 당황한 듯했다. 저 여자분은 분명 프랑스에서 오래 거주했을 것이다. 이런 유머를 이해하지 못할 만큼. 다른 나라도 마찬가지지만 원래 교민사회가 좀 독특하다. 결국 그 여자분 때문에 노래방 기기 퇴장, 사회자도 급 마무리하고 퇴장, 다들 자유시간이 되었다.

큰 배가 정박해 있음에도 불구하고 나는 배 멀미가 났다. 그 작은 흔들림에도 속이 너무 안 좋아서 저녁식사 시간에는 혼자 차

에 가서 앉아 있었다. 해군들은 배에서 어떻게 몇 달을 사는지 대단하다.

툴롱 길거리에서 우연히 남편 동료를 만나기도 했다. 남편과 함께 님 의무대에서 근무하던 동료인데 툴롱에 있는 군간호학교를 다니는 중이라고 했다. 우리가 그로뒤 호아Grau du Roi 여행갔을 때 렌트를 했던 아파트 주인이기도 하다. 신기했다. 우연히 다른 도시에서 이렇게 마주치니. 남편은 부대에 남기 싫어서 간호학교 가라는 제안을 거절했다. 그땐 되도록 빨리 제대를 하고 싶었기 때문이다.

툴롱에 있는 군 호텔에서 군인할인을 받고 하루 숙박했다. 그리고 다음 날 아침 마르세유로 이동했다. 소설《몽테크리스토 백작》의 배경이 됐다는 이프 섬도 멀리서 보고 해변가와 시내 관광후 근처에 있는 외인부대 휴양지 말무스크Malmousque에 들렀다. 사람들은 저 절벽 아래에서 다이빙도 하고 재미있게 노는데 난 보기만 해도 무서웠다. 그곳에 근무 중인 한국인이 있었기에 잠시 얘기를 나누고 다시 집으로 출발하였다.

남편 친구들과 당일치기로 여행을 하기로 했다.
스페인 국경 근처 프랑스 끝자락에 위치한 콜리우르Collioure는 분
홍색 파란색 노란색 건물들이 곳곳에 있는 작고 아름다운 마을이
다. 심지어 비오면 물이 빠지는 하수관마저도 멋진 예술작품처럼
만들어놓았다. 관광지라서 그런지 마을 곳곳에 볼거리가 많다.
앙리 마티스가 콜리우르에 1905~1906년 머물며 그린 작품들이
있다. 그래서 이 마을 박물관에서는 마티스 전시전이 주기적으로
열린다. 마티스의 작품을 통해서 콜리우르 마을의 화려한 모습과
지중해 바다, 평화로움을 그대로 느낄 수 있다.

    프랑스 콜리우르를 관광하고 차로 한 시간 거리에 있는 스페인
로제스Roses로 넘어갔다. 국경에는 딱히 검문검색을 하는 사람들

이 없어 여권을 보여줄 일도 없다. 동네 분위기가 다르고 서반어 간판이 보이면 그때 국경을 넘은 줄 알 정도다. 지중해 바다 옆에 있어서 그런지 두 마을의 느낌이 비슷하다. 이 작은 마을에도 한국분이 산다니 신기하다. 언어는 안 통하지만 행복하구나. 우리는 스페인을 떠나기 전 슈퍼에 들러 굉장히 신기하다는 듯 이것저것 사왔다. 그리고 며칠 후에 알았다. 프랑스 슈퍼에도 다 있는 물건들이라는 것을. 아침 일찍 출발해서 저녁 늦게 돌아오는 하루 코스 관광. 스페인이 가까우니 이런 게 좋구나.

프랑스와 스페인의 국경에 위치한 독립국가 안
도라Andorre는 안도라인이 국민 총 인구의 40%가 되지 않으며 스
페인인 프랑스인 포루투갈인 영국인 등이 살고 있다. 고로 학교
에서도 안도라어, 스페인어, 포루투갈어, 불어, 영어를 정규수업
으로 받는다고 한다. 안도라는 물가가 저렴하고 산이 유명해서
겨울에 프랑스뿐만 아니라 중국 러시아 등 전 세계에서 모여 든
다고 한다. 스키도 타고 5성급 호텔에서 면세점 쇼핑을 즐길 수
있기 때문이다. 30% 저렴하게 살 수 있어서 외인부대원들 중에
이곳에서 물건을 잔뜩 사서 부대에서 비싸게 팔며 돈을 버는 군
인들도 있다고 한다. 물론 안도라 국경에서 경찰의 검문을 무사
히 빠져나갔을 경우 말이다.

　유럽에서 가장 크다는 스파 깔데아Caldea가 이곳에 있다. 좋은

미네랄 물이라고는 하지만 물 온도가 수영장 물과 흡사하다. 대체 여기가 수영장인지 스파인지 구분이 안 갈 정도다. 그러나 야외로 나가면 멋진 산을 보며 스파를 즐길 수 있다. 차로 산꼭대기까지 올라갔는데 뿌연 안개가 산에 걸쳐져 있었다. 안개 사이에 서서 사진도 한 장 찍었는데 아주 멋지다. 다음에는 스노보드 타러 와야겠다고 생각했다. 돌아오는 길에 배가 출출하다고 신호를 보내온다. 운전을 하던 선배가 한적한 곳에 차를 세우더니 트렁크에서 무언가를 꺼낸다. 우린 빵 터졌다. 선배가 버너를 꺼내더니 냄비를 꺼내고 라면을 꺼냈다. 그 다음엔 물 젓가락 등등. 이런 걸 제일 싫어하는 남편은 황당해서 웃고 있다. 남편은 "(설마)

여기서 끓여 먹는 거냐?"고 다시 한 번 확인했다. 우리는 라면을 먹으면서 선배 아니면 이런 경험 할 수 없다고 엄청 웃었다. 사진도 함께 싣고 싶지만 선배가 싫어할까 봐 패스.

이때가 한참 옛날 얘기인 것 같다. 이 여행 때 선배네는 몽펠리에에 살고 계셨다. 그후 생 크리스톨로 이사가셨고, 카스텔노 다리를 거쳐 아프리카 마요트 3년 파견, 그리고 현재는 코르시카 섬에 거주하고 계신다. 아니 현재는 정확히 누벨칼레도니Nouvelle Calédonie에 4개월 파견 가 계신다. 하기야 그 사이 나도 국제 이사를 네 번이나 하지 않았나. 시간 참 빠르다.

이후 내가 좋아하는 France 3 채널의 Midi en France 프로그램 (프랑스판 6시 내 고향)에서 안도라에 대해 며칠 동안 생방송으로 방영되었다. 직접 가본 곳이라고 엄청 집중해서 재미있게 봤던 기억이 난다.

겨울 어느 날, 아는 분께서 전화를 하셨다. 한 국에 잠깐 들어가신 분이 차를 빌려주셨는데 함께 스페인 바르셀 로나Barcelona에 가자고 제안을 하셨다. 대신 운전은 우리남편이 하는 조건이었다. 아침 일찍 출발해서 저녁 늦게 돌아오면 되니 까 우리도 숙박비 안 들고 렌트비용 안 들고 좋을 것 같아서 흔쾌 히 수락했다.

스페인 구엘 공원에 도착했는데 남편은 주차 공간이 없는 것에 당황했고 비좁은 주차공간에 또 한번 당황했다. 고속도로를 네 시간 달려와서 마주친 스페인의 복잡한 교통은 당황하기에 충분 했다. 아마 제정신이 아니었을 것이다. 천천히 공원을 둘러보고 사진을 찍었다. 어떻게 이렇게 지었을까 그저 신기하기만 했다. 성 가족 성당인 사그라다 파밀리아로 이동했다. 멀리서 봐도 어마어마하다. 이곳이 바르셀로나를 먹여 살린다더니 진짜 그렇구나. 1882년에 건축되기 시작했으며, 1891년부터 안토니오 가우디가 건축에 참가하였다. 가우디 사망 이후에도 여전히 계속 공사는 진행 중이다. 공사를 빨리 끝낼 이유가 없단다. 공사 현장 자체가 관광을 위한 소재니까 공사를 마치면 안 되는 게 아닌가 싶을 정도다. 공사 과정을 박물관처럼 전시해놓고 있었다. 이곳에 들어가는 입장료로 공사가 진행된다. 2007년에 다녀왔는데 최근 모습을 인터넷으로 찾아보니 **더 으리으리해지고 더 섬세해지고 더 화려해졌다.** 정말 죽기 전에 한번 보면 좋을 세계문화유산이 맞는 듯했다.

문제는 사그라다 파밀리아 성당을 보고 난 후. 두 시간이 지났

을까. 주차장에 돌아왔는데 차가 안 보인다. 바닥에 노란 딱지만 하나 있다. 주차티켓을 안 끊어서 견인됐으니 찾아가라고. 사실 아까 구엘 공원에선 주차장에 자리가 없어서 근처 회사 건물 앞에 주차를 했다. 여행을 좀 다녀봤다면 당연히 티켓을 끊어야 하는걸 알았을 텐데 경험이 없어서 몰랐던 거다. 구엘 공원에선 주차 자리를 찾으려고 한참을 돌았는데 가족성당에 도착했을 땐 성당 바로 앞자리가 비어 있지 않은가. 기쁜 맘으로 주차하고 정신없이 성당으로 들어간 것이다. 지나가는 사람한테 차 견인됐는데 어디로 찾으러 가야 하냐고 묻자 자기가 직접 데려다 주겠단다. 의심 많은 나는 우리를 차에 태우고 다른 곳으로 가려는 건 아닐까 걱정했다. 그 사람은 어디론가 전화를 해서 저녁약속을 취소하고는 우리를 차가 견인된 종합운동장 지하로 데려가 주었다. 창구에 도착해서 차를 찾으려 왔다고 설명했다. 창구 직원은 스페인어만 할 줄 알고 우리는 스페인어를 전혀 하지 못했다. 일행 중 한 명이 우리를 도와준 사람에게 영어로 얘기하면 그 사람이 스페인어로 직원에게 통역해주었다. 그런데 문제는 우리 중에 차 주인이 없다는 거였다. 차 주인의 면허증이나 신분증 같은 게 있어야 하는데 차 주인은 한국에 계신다. 결국 프랑스에 계시는 차주의 부인에게 전화를 걸어 사정을 설명했다. 가뜩이나 맘이 약한 데다 임신 중인데 너무 놀라신 듯했다. 우리 전화를 받고 한국에 있는 남편에게 전화를 걸어 겨우겨우 메일로 서류를 받았다.

300유로 정도 벌금을 내고 차를 찾았고 결국 새벽 2시가 돼서야 집에 돌아올 수 있었다. 관광시간보다 차 찾는데 허비한 시간이 더 많았다. 그래도 다행히 차를 찾았다. 친절한 스페인 사람은 무역 일을 한다고 했다. 우리가 사줄 수 있는 물건이 아니어서 보답하지 못한 게 미안했다. 그런데 그가 오히려 우리에게 스페인 사람으로서 미안하다고 했다. 이렇게 외국차를 견인해서 시에서 돈을 많이 번단다. 그래서 욕을 많이 먹는다고 자기가 너무 창피하다고 사과를 한다. 실제로 바르셀로나가 있는 카탈루냐 지방은 이 지역의 세금으로 스페인을 먹여 살린다고 할 만큼 스페인에서 가장 부유한 지역이다. 2017년 카탈루냐가 스페인에서 독립하기 위해 투표를 진행한 일도 있었다. 관광객이 많아서 IS 테러도 일어난 곳이다. 주차티켓 안 끊었다고 외국나라의 차를 견인하고 300유로 벌금이라니. 부유해질 수밖에 없지 않은가. 그 이후 남편이 바르셀로나 가자는 소리만 하면 난 기겁한다. 굳이 복잡한 거길 왜 가냐고. 안 가본 곳도 많은데 끔찍하다고. 이 추억에 함께했던 분들은 몽펠리에 생활을 정리하고 현재 한국에서 거주하고 계신데 가끔 볼 때마다 바르셀로나의 주차티켓이 먼저 생각나서 얼굴이 빨개진다. 공범 같으나 우리가 더 죄인인 것 같은 느낌이라서.

안도라 여행 때 라면을 끓여주신 외인부대 선배 네 가정에 둘째가 태어났다기에 축하하러 생 크리스톨Saint Christol에 방문했다. 이사한 집도 구경하고 아기도 보고 오랜만에 언니를 만나 즐거운 시간을 보내고 왔다. 외인부대나 시내를 보진 못했지만 정말 작고 조용한 동네라고 한다. 언니는 이곳이 한인들이 많은 곳보다 오히려 혼자 조용히 지낼 수 있어서 좋다고 했다. 게다가 높은 산들이 근처에 있어서 덥지 않고 선선하다고 한다. 참고로, 2016년 1월에 눈사태가 나서 이 부대 소속 외인부대원 여섯 명이 훈련 중에 사망했다.

집으로 돌아오는 길에 운전을 해주신 L화백님께서 레보드 프로방스Les Baux de Provence에 들르셨다. L화백께서 성 안 갤러리에 볼일도 있으셨다. 성에서 바라보는 마을이 너무 예뻤다. 이 날

이후로 이곳에 자주 왔는데 입장료를 내고 성 꼭대기에 올라가면 마을 아래가 훤히 보여 가슴이 탁 트인다. 이 마을은 중세시대에 개신교의 중심이 되기도 했다는데 성 위에 올라가보면 그 뜻이 이해가 된다. 중세시대에 사용하던 투척기가 그대로 보존되어 있으며, 전쟁을 어떻게 했는지 관광객을 위해 그림으로 설명해놓았다. 성 아래를 내려다보며 전쟁을 대비할 수 있는 좋은 위치이기 때문이다.

　잠시후 라벤더 마을 쏘Sault로 이동했다. 눈앞에 라벤더밭이 펼쳐지더니 라벤더 향이 나를 덮쳤다. 환상적으로 아름다웠다. 아기자기한 작은 마을에 베란다를 꽃으로 가득 채운 집이 기억난다. 사진을 찍으려 하자 집주인 할아버지가 웃으며 포즈까지 취

해주셨다. 따스한 햇살에 올리브를 파는 아저씨와 매미 액세서리
가 꽉 채워진 기념품 가게들. 시끄러운 매미소리까지 프랑스 남
부다운 아름다운 마을이었다. 거기서 끝이 아니다. 돌아오는 길
에 아를Arles까지 들러 고흐의 다리 앞에서 사진을 찍었다. 고흐
작품 속에 나오는 랑글루아 다리Pont de Langlois는 1944년에 폭격

아비뇽에 있는 고흐의 다리

반 고흐가 그린 〈랑글루아 다리〉

당해 존재하지 않고 비슷한 다리를 '랑글루아'라는 이름을 사용하여 아직까지 '고흐의 다리'라고 부른다고 한다. 현재 파리에서 활동을 하시는 L화백님 덕에 하루에 세 곳의 관광지를 들르며 알찬 하루를 보냈다.

우리와 같은 외인부대원 가족들, 다문화 가정은
보통 결혼식을 두 번 한다. 한 번은 자기 나라에서, 다음은 프랑
스 내 시청에서 공식적인 결혼식을 한다. 한국 결혼식은 2007년
6월이었다. 혼인 신고는 하지 않았다. 왜냐면 프랑스에서 결혼식
날짜를 잡을 때 한국 기본증명서를 번역해서 공증 받아 제출해야
하는데 서류상 미혼이어야 결혼신청이 가능하기 때문이다. 한마
디로 **한국에서 미리 혼인 신고를 하면 아주 복잡한 상황이 벌어진다.**

　외인부대원은 5년차에 프랑스 국적 신청을 할 수 있다. 신청
자가 기혼일 경우에는 국적을 받기 어려워진다. 미혼은 쉽게 처
리가 되지만 기혼일 경우 가족들을 프랑스로 데려올 가능성이 높
기 때문에 국적 신청이 거절될 수 있다. 그래서 남편과 나는 혼인
신고를 하지 않았다. 나는 한국에서 결혼식을 올리고 학생비자로

프랑스에 입국했다. 그 사이 남편은 프랑스 국적을 신청하였고 국적을 취득한 다음 2009년 6월에 몽펠리에 시청에서 두 번째 결혼식을 올렸다. 프랑스 공식 결혼식 후 나는 결혼했다는 서류와 함께 일반인 체류증을 신청할 수 있었다. 다시 말해 신분이 학생에서 일반인으로 변경되었기 때문에 더 이상 체류 목적으로 어학원을 등록하지 않아도 되었다. 우리 아이들은 모두 프랑스 국적과 한국 국적을 가지고 있다. 프랑스에서는 속지주의보다 속인주의에 가깝다. 아이를 낳는다고 국적을 취득할 수 없다. 고로 원정 출산도 존재하지 않는다. 남편이 국적이 있기 때문에 아이들도 프랑스 국적을 받은 것이다. 아이들은 18세가 되면 국적 하나를 선택해야 한다. 아들의 출생신고를 할 때 한국에서 외국 국적 행사를 안 한다는 서명도 했다. 고로 아들은 한국 군대에 가야 할 수도 있다.

우리 가정은 어느 곳에 정착할지 모른다. 프랑스에서 살지 한국에서 살지 다른 나라에서 살지 우리는 모른다. 그래서 한국에서 살게 될지도 모르니 한국 국적 신청을 했다. 근데 주변을 보면 의외로 한국 출생 신고를 하지 않은 사람들이 많다. 이유를 물어

보면 어차피 한국에서 안 살 건데 굳이 뭐하러 신고하냐는 거다. 남자아이야 군 문제 때문에 그럴 수도 있다 생각하는데 여자아이인데도 필요성을 못 느껴 한국에 출생 신고를 안 하는 경우가 많았다. 남편은 프랑스 국적 취득 후에 한국 국적을 포기해야만 했다. 군대 문제 때문에 이중국적을 허용하지 않는 건데 우리 남편은 한국에서 4년 반 군 생활을 했다. 군복무를 마친 사람들한테는 이중국적을 줘도 되는 것 아닌가. 대사관에서는 재외동포 F4 비자를 신청하면 한국 입국 시에도 불편하지 않을 거라고 알려주었다.

2010년 신년을 맞이해 여행을 떠났다. 몽펠리에를 출발해서 베지에를 지나 카르카손 들러 카스텔노다리 도착인 일정이다. 몽펠리에 바로 옆 작은 마을 베지에Bézier에 들러 시내 구경을 했다. 역사적으로 베지에에는 14세기에 건축된 생 네자르 대성당Cathédrale Saint-Nazaire이 있다. 이곳은 1209년 카타리파에 대항하던 십자군 전쟁 당시 시민 수천 명이 학살당한 곳이다. 이래서 프랑스 남부 곳곳에 순례자의 길 표시가 많은가 보다.

재미난 뉴스 기사를 읽었는데 2015년에 베지에 시장이 케밥 가게가 이미 20개나 있기 때문에 더 이상 베지에에 케밥 식당을 못 열게 하겠다고 발표했다. 프랑스에는 특히 남부에는 이슬람교 아랍인들이 많다. 프랑스의 보수파 정치인들은 미국의 햄버거나 아랍의 케밥은 프랑스 음식이 아니라고 말한다. 갑자기 왜 케밥 가지고 시비인가? 프랑스에서 연신 터지고 있는 테러 때문이다.

카르카손Carcassonne으로 향하는 길. 몽펠리에가 도시인데 반해 조금만 벗어나면 시골이 나오고 또 더 가면 이렇게 중세시대의 마을을 만날 수 있다. 요새 성 카르카손은 1997년에 유네스코 세계문화유산으로 등재되었고, 한 해 350만 명의 관광객이 찾는 곳이다. 카르카손의 이름에 대한 전설이 있는데, 중세시대에 프랑크족이 세운 프랑스 군대가 이 요새를 포위하고 있을 때 사라센Sarrasin족 발락Ballak 왕이 적에게 사살되었다. 그의 아내 마담 카르카스Carcass는 남편이 죽은 뒤에 전쟁을 중재하기로 결정했지만, 5년이 지나도록 별 진전이 없었다. 나이든 카르카스 마담의 지혜가 발휘된 건 전쟁 6년째 되던 해. 혼자 성벽 뒤에 있던 마담 카르카스는 볏짚으로 마네킹을 만들어 적들에게 요새 안에 많은 군인들이 있어 보이게 위장하고, 포위군 쪽으로 활을 쏘았다. 성 안에 유일하게 남은 음식은 돼지 한 마리와 밀 곡류 조금이 다였다. 마담 카르카스는 돼지의 입에 남은 곡류를 다 먹인 뒤 성벽 아래로 던졌다. 돼지가 떨어지면서 배가 터졌는데 그 안에서 곡류가 튀어나온 것을 본 포위군이 성 안엔 돼지에게 먹일 곡류가 있을 만큼 식량이 풍족하다고 생각하고 포위를 멈추고 돌아간다. 군대가 돌아가는 모습을 본 마담 카르카스는 자축하며 트럼펫을 부는데 이를 본 적군이 "Carrecass sonne = 카르카스가 나팔을 울린다"라고 해서 카르카손Carcassonne이란 이름이 붙었다고 한다. 차로 지나가며 보는 평범한 야경도 진짜 끝내준다.

카스텔노다리Castelnaudary에 있는 제4외인연대는 교육연대로, 외인부대에 입대하면 무조건 이곳에서 신병 교육을 받게 된다. 이 연대에는 늘 한국인들이 일하고 있다. 외인부대에는 현재 40여 명의 한국인이 있는데 파리, 오바뉴 등 전 연대에 골고루 분포되어 근무 중이다. 과거에는 코르시카 섬에 있는 칼비Calvi 연대에 한국인들이 많다고 들었는데 현재는 일곱 병 정도 있다. 님 연대도 남편이 신병 땐 한국인 선배가 20여 분 계셨는데 지금은 두 명 있다고 한다.

교육연대는 1년 계획이 나오면 계획대로 한 해가 움직인다. 남편은 어느 날 계획대로 움직이는 카스텔노다리 교육연대로 가고 싶다고 했다. 거긴 정말 작은 마을이라 차로 한 시간 거리인 툴루즈에 가서 장을 봐야 한다고 들었다. 난 남편 말에 대답하지 않았다. 나중에 쿠루에서 만난 마담들도 패가 갈렸다. 같은 카스텔

노다리 연대에 있었는데도 몇몇 가족들은 이 마을이 너무 작아서 옆에 큰 도시 카르카손에 살았다고 하고, 몇몇은 너무 좋아서 다시 이곳으로 돌아가고 싶다고 한다. 정답은 없는 것 같다. 나하고 맞는지 안 맞는지는 경험해봐야 안다. 뭐 마담들이 좋다 싫다 말해야 뭐하겠는가. 결국 부대 신청은 남편들이 하고 배치 결정은 본부 오바뉴Aubagne에서 하는데 말이다.

이날 외인부대를 지나 선배집에서 하루 머물렀다. 시간이 더 되었다면 툴루즈까지 관광하고 왔으면 더 좋았을 걸 임산부라 체력이 안 따라줘서 아쉬움이 남는다. 2010년에는 여행을 참 많이 다녔다. **태교 여행이자 이별 여행이었다.** 2010년 5월에 아이를 낳으면 남편과 최소 2년 떨어져 지내야 하기 때문에 여행을 하며 아쉬움을 달랬다. 사실 아이를 낳고 프랑스를 떠날 땐 내가 다시 돌아갈 거라고 상상하지 못했다. 그래서 이때쯤의 여행이 프랑스의 마지막 여행이라 생각하고 엄청 돌아다녔던 기억이 난다.

$\circ^\circ$

　　　　임신 전, 남편이 아프리카로 2년 파견을 받을
수도 있다는 것을 알았다. 아이를 가져야 할지 말아야 할지 고민
이 되었다. 혹시 아이가 생기면 나와 아이는 한국에서 살고 남편
은 아프리카에서 지내기로 얘기가 되었다. 신생아가 아프리카에
있는 것은 좋은 방법이 아니다. 심하게 아프면 비행기 타고 본토
로 들어가야 한다는 얘기를 들은 적이 있다. 사실 남미 기아나도
마찬가지지만 신생아를 아프리카에서 키운다는 게 불안했다. 게
다가 남편은 그곳에서도 계속 미션 다니느라 집에 없을 텐데 프
랑스에서 혼자 애 보는 것도 무서운데 아프리카라니. 차라리 한
국으로 가련다.

　이런 상황임에도 난 임신을 선택했다. 혹 2년을 떨어져 지내더
라도 아이가 없으면 우린 이혼한 거나 다름없다고 생각했다. 아

이라는 끈이라도 있어야 가족으로 남을 수 있을 것 같았다.

　문제는 또 있었다. 남편의 아프리카 지부티Djibouti 발령 날짜가 나왔는데 아이 출산 예정일인 5월 25일과 겹친 것이었다. 이 얼마나 드라마틱한가. 5월 1일 산부인과를 찾았다. 다행히 산부인과 의사는 이미 자궁문이 2cm 열렸다고 아기가 빨리나오면 내일이라도 나올 수 있다고 했다. 다행이라 생각하고 진통만 기다리는데 아기가 도통 나올 생각이 없다. 내 사정을 아는 산파는 나무뿌리 오일을 먹으면 배에 진통이 와서 애가 빨리 나올 수 있다고 조언해주었다. 먹어도 소용없었다. 이런저런 제품을 먹어보라고 했지만, 다 먹어봐도 소용이 없었다. 결국 5월 19일 마지막 산부인과 예약일에 병원을 찾아서 하소연을 했다. 의사는 왜 말 안 했냐고 오히려 우리한테 뭐라고 한다. 우리는 "당신이 5월 1일에 아기가 금방 나온다고 하지 않았냐"고 했고, 의사는 출산할 병원 수술실 스케줄을 체크하더니 오늘은 수술실 자리가 없으니 내일 아침 일찍 오라고 했다.

　다음날 5월 20일, 아침 일찍 병원에 갔다. 다행히 남편이 아프리카 파견 전에 휴가여서 동행할 수 있었다. 아침 9시에 병원에 들어가 이것저것 확인을 했다. 이미 자궁문이 4cm가 열렸다고 지금 바로 수술실에 들어갈 수 있다고 했다. 아기가 빨리 나오도록 촉진제를 맞고, 척추에 무통주사도 맞았다. 내 담당 산부인과 남자의사가 오토바이 헬멧을 벗으며 수술실에 들어온다. 껌을 씹으며 의자에 앉더니 힘을 주란다. 세 번째 힘을 주는데 의사가 가위로 피부를 자르고 집게로 아이 머리를 잡더니 쭉 당겨서 아이를 빼낸다. 난 검정색 원피스를 입고 있었는데 피 묻은 아이를 내 원피스 위에 척 올려놓는 게 아닌가. 마취해서 내가 아래에 힘을 주는지도 잘 모르겠는데 피부를 가위로 자르는 건 느껴졌다. 원래 아이를 낳으면 기뻐서 울고 웃고 해야 하는 거 아닌가? 보통 드라마 보면 그렇던데. 난 피 묻은 아이를 내 옷 위에 올려놔서 깜짝 놀랐다. 기쁘기는 커녕 어찌 할 바를 몰랐다. 그때 든 생각은 왜 나에게 병원 가운을 안 준 거지? 다들 사복 입고 애를 낳는 건가? 다행히 남편이 아이 탯줄을 자르게 되었다. 병원 도착 네 시간 만에 60년 만에 돌아온다는 백호랑이띠 아들을 낳았다.

1인실에 자리가 없어서 2인실을 쓰는데 나랑 같은 방을 쓰는 여자의 아이가 양쪽 집안에 첫 손주인가 보다. 우리처럼 말이다. 우린 올 가족이 없는데 거기는 하루에도 몇십 명씩 손님이 드나든다. 문제는 아시아인인 우리 아이를 구경하듯 보고 간다는 것이다. 스트레스였다. 화장실 쓰기도 불편하고 우리 아이가 새벽에 울면 옆자리 여자가 신경 쓰여서 불편했다. 곧 아프리카로 떠나야 하는 남편은 떠날 준비 하느라 정신이 없고 여기저기서 외인부대 선후배들이 인사를 한다고 와서 바빴다. 역시나 병원에서도 난 혼자였다. 출산 후 딱딱한 바세트빵에 차가운 요서트를 준다는 걸 잘 아는 교회 집사님들이 점심시간 때마다 따뜻한 미역국과 반찬 등 식사를 챙겨주셨다. 너무 감사했다.

아이가 태어나고 이틀쯤에 피부검사를 했는데 아기가 황달이라 치료를 받아야 한다고 했다. 엄마가 O형 아빠가 A형이나 B형일 경우 특히 아시아인들에게서 황달이 발생한다고 한다. 살도 하나도 없이 뼈밖에 없는 애 손등과 발등에 주사바늘을 얼마나 찔러대는지 내가 펑펑 울었다. 모유가 안 나오니까 아기가 미친 듯이 우는데 내가 돌아버릴 지경이었다. 입원 3일째 내가 너무 스트레스 받는다고 하니까 간호사가 그날 저녁엔 자기네가 아기를 봐줄 테니까 밤에 잠을 자라고 했다. 그 다음날 간호사 말이 우리 아들이 안 쉬고 운다고 간호사들끼리는 우리 아기를 성악가라고 부른다고 했다. 한국에서는 출산 후에 아이를 신생아실에서 돌보지 않는가. 친구말로는 한국에서도 유럽처럼 엄마와 아이가 출산 후 같이 지내는 병원이 인기라고 들었다. 나는 힘들었다. 아이를 낳고 하체 마비가 풀리지 않아 휠체어를 타고 병실로 들어왔다. 나를 따라 아기도 함께 병실로 들어왔다. 내 몸도 정상이 아닌데 아이까지 돌봐야 하니, 난 이 병원에서 빨리 나가고 싶은데 아기 몸무게가 안 올라가고 황달수치가 떨어지지 않으면 퇴원할 수 없다고 했다. 정말 지옥 같았다.

다행히 5월 24일 오후에 퇴원해서 집에 왔다. 25일 아침에 남편은 아프리카로 떠났고 나는 아기 옷을 입혀 사진관에 가서 여권 사진을 찍었다. 걸어가는 길에 아기가 잠들었는데 사진관에서 아무리 깨워도 안 일어나는 거다. 사진관 아저씨가 아기 우유 언제 먹었냐고 묻는다. 밖에서 시끄럽게 울까 봐 집 나오기 전에 먹었다니깐 아저씨가 우유 먹어서 잘 자는 거라고 30분 후에 다시 오라고 한다. 30분 후에도 깨지 않는 아기를 억지로 흔들어 겨우 사진을 찍었다. 그리고 그 사진을 들고 시청에 가서 아기 얼굴 보여주고 여권을 신청했다. 한 달 정도 걸릴 거란다. 7월 초 한국으로 바캉스 들어가는 한인가족과 동행하기로 했다.

나는 귀국 날짜만 기다리고 있는 상황. 집 물건들은 임신기간에 다 팔았고 한국에 가져갈 짐 정리도 끝났고 남편도 떠났다. 출산 후 집에서 혼자 아이를 보는데 밤에는 무서워서 공포감을 느낀다. 아기가 새벽에 울면 어찌 해야 할지 모르겠고 내내 흔들어서 재우고 나는 잠 한숨 못자고 그러다 아프기 시작했다. C언니가 점심 먹으러 오래서 언니 집에 갔는데 거기서 몸이 너무 아픈 거다. 그 집에 드러누워 아파서 울고 있는데 언니가 누군가한테 부탁하는 게 좋겠다며 K언니를 부른다. 산부인과 간호사 출신인 언니 덕에 아들은 그날 태어나서 처음으로 다섯 시간을 내리 잤다. 그리고 또 며칠 후 똑같이 몸살이 났다. 이번엔 교회 사모님이 오셔서 아기를 하루 봐주셨다.

어느 주말, 한인교회 청년회에서 단체로 와서 집 청소를 다 해주고 갔다. 오랜만에 집안이 시끌시끌 정신이 없었지만 나는 외롭지 않아서 너무 좋았다. 그렇게 한 달이 지나 소아과에 진료를 받으러 갔다. 아기가 왜 잠을 못 자는지 그때야 알았다. 아기가 배고파서 잠도 못자고 내내 울고 몸무게도 안 오른 거라고 분유를 먹여야 한다고 했다. 이 어쩌나 무식한 엄마인가, 당장 분유를 사서 먹였다. 소화를 못시켜 토하기도 했지만 살이 오르기 시작했고 잠도 자기 시작했다.

어느 날 내 모습을 지켜본 C언니가 자기가 아기 봐줄 테니 물리치료실에 가서 마사지 좀 받으라고 했다. 정부에서 출산 후에 10회 보조해줘서 내가 돈을 내도 다 환불받을 수 있다고 한다. 한국처럼 마사지를 받는 곳인 줄 알고 갔는데 전기 기계로 15분 마사지하고 나머지 시간 30분 정도는 아령으로 운동하라고 했다. 이게 뭔가? 세 번째 갔을 때, 치료사에게 솔직히 말했다. 나 밤마다 애 보느라 잠을 못 자는데 잠 좀 자고 가면 안 되겠니?? 치료사는 아기를 보려면 근육이 있어야 한다고 아령 들고 근육 운동을 하란다. 우리나라는 애 낳으면 움직이지도 말라고 하는데 나 지금 애 낳은 지 한 달 됐는데 나보고 아령으로 근력 운동하라는 건가. 아… 너무 다르다 너무 달라.

드디어 출국날 아침이 되었다. P집사님이 차로 기차역까지 데려다주셨는데 이분 역시 외인부대원의 아내이며 남편은 7년 근무·후 제대하셨다. 내가 처음 몽펠리에에 도착했을 때 외인부대 가족이라고 날 엄청 챙겨주셨는데 떠나는 날까지도 많이 도와주셨다. 한인교회 장년부 집사님들은 기차역까지 나와서 배웅해주셨다. 이때 다시 프랑스에 올 일이 있을까 싶었다. 힘든 기억이 너무 많아서 다시 돌아오고 싶지 않았다. 기차를 타고 세 시간 후 파리 샤를드골공항에 도착했다.

저녁 9시 비행기인데 낮에 일찍 도착했다. 똥 냄새가 나는 것 같아서 아기 기저귀를 바꾸려 화장실에 갔는데 이게 웬 날벼락인가. 아기띠가 엉덩이와 딱 맞게 부착되어 있어서 똥이 등을 타고 거의 목까지 타고 올라온 거다. 갈아 입힐 옷은 다른 가방에 있고 그건 안 가져왔으니 똥부터 닦고 옷을 갈아 입혀야 하는데 초짜 엄마에겐 이 일 자체가 멘붕이었다. 뭘 어떻게 해야 할지 몰랐다. 밖에서는 계속 유아실 문을 두드린다. 우선 입고 있던 옷과 물티슈로 닦고 새 옷을 가지러 갔다. 그런데 동행한 한인가족이 이미 탑승장 앞에 줄을 서고 있는 게 아닌가. 아직 세 시간이나 남았는데… 언니에게 사정을 설명하고 화장실로 달려갔다. 아기 옷 갈아 입히느라 또 몇십 분이 허비되었다. 외국인 줄이 엄청 긴데 언니 남편 덕분에 프랑스인 줄에 서서 쉽게 출국심사를 받았다. 문제는 또 있었다. 내 체류증 기간이 일주일 전에 끝난 거였다. 내 입장에서는 어차피 출국하는데 일주일이란 기간 때문에 다시 체류증을 갱신할 이유가 없었고 다른 사람들도 3개월 비자 가지고 6개월도 버티고 떠났기 때문에 별 문제가 안 될 거라고 생각했다. 공항 검사원은 날 잡아두었고 어디다 전화를 하더니 기다리란다. 누가 말하길 그냥 통과한다고 했었는데 어떻게 된 거지? 순간 나는 비행기를 못 탈까 봐 걱정이 됐다. 동행한 가족도 애가 둘인데 자꾸 민폐 끼치는 것 같아 미안했다. 다행히 별다른 말 없이 보내준다. 사실 날 잡아두면 뭐할 건가. 어차피 프랑스로 돌아오는 티켓이 없지 않은가. 비행기가 바로 앞에 보인다. 아들이 뭐가 맘에 안 들었는지 미친 듯이 울어재낀다. 프랑스 관광오신 한국 할머니들께서 아기를 보고는 나보고 간도 크다고 하신다. 이런 어린 것을 데리고 여행을 왔냐고. 어찌나 민망하던지. 아기 낳고 친정집 돌아가는 길이라고 했더니 원정출산이라고 생각하신 듯했다.

비행기 좌석을 보고 또 당황했다. 언니네는 비행기 앞쪽 칸, 나는 비행기 중앙 칸. 좌석이 완전 나뉘었다. 언니한테 아기 맡기고 화장실이라도 갈 수 있을 거라 생각했는데 자리가 너무 멀어서 물 건너갔구나 싶었다. 가운데 칸 맨 앞줄에 앉아 아기 바구니에 아이를 눕혔다. 오른쪽엔 프랑스인 젊은 남자, 왼쪽엔 일본인 젊은 남자, 아기 봐줄 사람이 아무도 없구나. 그래서 열한 시간 동안 뜬눈으로 왔다. 아기가 혹시 뒤집다가 아기바구니에서 떨어질까, 갑자기 울어 주변에 피해를 줄까, 이것저것 걱정되어서 많이 불안했다. 드디어 한국 인천공항에 도착했다. 시부모님이 첫 손주를 만나고자 나와 계셨고 우리를 친정으로 데려다주셨다. 친정집에 가서야 맘이 놓였다. 진짜 한국에 왔구나, 그때서야 실감이 났다.

우선 프랑스에서 안 한 출생신고부터 하고 그걸 증빙으로 출입국관리소에 신고를 해야 했다. 아이가 프랑스 여권으로 입국했기 때문에 3개월 이상 한국에 체류할 수 없다. 왜 한국 여권으로 입국할 수 없었냐면 한국대사관을 통해 출생신고를 하면 프랑스 한국대사관에서 서류를 한국으로 보내야 하고 그러다 보면 시간이 오래 걸린다. 여권을 신청하면 한 번은 무조건 파리에 있는 한국대사관에 직접 가야 한다. 신청할 때나 혹은 찾을 때나. 근데 나는 아이를 데리고 파리까지 갈 수 없다. 그럴 시간도 체력도 안 된다. 그래서 프랑스 여권으로 한국에 들어왔다.

프랑스 출생증명서를 가지고 구청에 갔다. 인터넷에는 해외에서 출산한 경우 출생신고가 늦어도 벌금을 내지 않는다고 되어 있는데, 구청에 가서 출생신고를 하려고 하자 5만원 벌금을 내라고 한다. 나중에 파리 한국대사관에 물어보니 외국에서 출생신고를 할 경우 10년이 지나도 벌금을 물지 않지만 한국에서 신고했기 때문에 벌금을 낸 거라고 하셨다.

구청에서 아이 출생신고를 하려는데 프랑스 병원에서 발행해준 종이를 가져오라고 했다. 우리는 프랑스 병원에서 발행한 종이를 가지고 프랑스시청에 가서 출생신고를 했다. 그래서 '프랑스 출생증명서'를 구청 직원에게 보여줬는데 그건 효력이 없단다. 병원에서 준 종이만 된단다. 이건 무슨 말인가. 주민등록등본을 보여주는데 이건 효력이 없고 병원에서 준 종이를 가져오라니. 똑같은 말이 몇 번 오가며 실랑이가 벌어졌고, 결국 구청 직원은 프랑스 출생신고서를 대사관에서 공증을 받아 오라고 했다. 서대문구에 위치한 프랑스 대사관 직원에게 "구청 직원이 프랑스 출생증명서는 효력이 없다고 병원에서 발행해준 종이를 가져오라고 했다"라고 하니 황당해 죽으려고 한다. 대사관 공증업무는 월요일, 화요일만 문이 열리기 때문에 공증 맡기고 일주일을 기다렸다. 공증받은 서류로 구청에 출생신고를 했고 그걸 증빙으로 삼성동 출입국사무소에 신고했다. 일 처리만 10일이 걸렸나 보다. 아, 복잡하다 복잡해.

　　나와 남편은 연애기간 내내 폰팅·화상채팅·
전화로 연락을 했다. 첫 달에는 잘 몰라서 일반 국제전화로 통화
했더니 한 달 전화요금이 80만원이 나왔다. 그 뒤론 국제전화카
드를 사서 전화를 했다. 그 시대엔 다 그렇게 했다. 그때까지만
해도 국제전화카드사가 엄청 많았다. 결혼 후에는 한국에 계신
부모님과 화상채팅을 하기 시작했다. 양쪽 집안에 첫 결혼한 자
식들이라 친정도 시댁도 어찌나 관심도 많으시고 궁금하신 게 많
은지 모른다. 지금이야 카카오톡으로 하면 되지만 2007년에는
그런 게 없었다. 꼬박꼬박 약속시간을 정해서 스피커 상태도 확
인하고 캠으로 연결해서 채팅을 했다. 나는 다양한 시대를 보내
는 것 같다. 음악도 LP−TAPE−CD−MP3를 지나 디지털 음원까
지, 내 나이가 많지도 않은데 시대 움직임이 빠른 것 같다.

불과 10년 전인데도 국제카드와 캠 연결 화상채팅이라니.

아기 낳고 5일 만에 떠난 아빠와 아들이 화상채팅을 했다. 그렇게 1년이 지나 휴가를 받아 아빠가 한국에 들어왔다. 1년 만에 만나는 아빠와 아들… 예상대로 아들은 아빠를 보자마자 얼굴을 돌렸고 다음날 아침 그 다음날 아침에도 집에서 자고 있는 아빠를 이상하게 생각했다. 나도 1년 만에 남편을 만나니 너무 어색했다. 1년 동안 남편도 아프리카에서 많이 힘들었겠지만 나의 삶의 패턴도 많이 달라졌다. 더 이상 예쁘게 차려입는 아가씨가 아니라 옷에 애 토 자국 묻어 있고 씻지도 않은 푸석푸석한 얼굴의 아줌마가 되어 있었다. **남편이 전부가 아니라 아이가 내 전부가 되었다.** 컴퓨터를 하고 있는데 남편이 옆에 와서 앉으며 뭐하냐고 물었는데 너무 놀란 내가 벌떡 일어나 나가버렸다. 너무 어색해서. 남편이 어색하면 어떻게 해야 하나? 이제 정상인가?

돌잔치도 나 혼자 준비했다. 내가 한다고 하니까 하라고 한 거지 사실 남편 입장에서는 돌잔치 필요성도 못 느꼈다. 돌잔치는 끝났고 남편은 다시 아프리카로 돌아갔다. 그리고 곧 프랑스로 복귀했다. 왜냐면 2년짜리 파견받은 아프리카 지부티 연대가 1년 만에 문을 닫게 된 것이다. 그 부대가 없어졌다. 애초에 1년만 파견 받는 걸 알았다면 프랑스 집을 다 정리하지도 않았을 것이다. 연대가 없어진다는 소문은 전부터 있었지만 언제인지는 아무도 몰랐다. 남편은 님 연대로 다시 돌아왔고 우리가 살던 몽펠리에 집에서 다른 군인들과 함께 살았다. 우리가 한국으로 들어오면서 집을 다 정리하고 외인부대 선후배에게 집을 월세 주었고 군인들의 아지트가 되었다. 우리는 늘 그랬듯 화상 채팅을 했다.

올해가 결혼한 지 10년 되는 해인데 실제로 같이 산 건 절반도 되지 않을 것이다. 몽펠리에서 3년을 살았어도 주말부부였고 10년 동안 파견으로 인해 떨어져 산 것만 3년이다. 남미 생활도 1년 중 절반은 정글에 미션 나가 있다. 아마 우리가 함께한 시간은 실제로 5년도 안 될 것이다. 결국 5년은 채팅 폰팅으로 관계를 지속했다는 이야기다. 내가 생각해도 대단하다. 우리집뿐만 아니라 다른 가족들도 상황은 비슷하다. 부모님과 통화할 때 화상전화를 한다. 파견 간 남편들과 화상전화를 한다. 어제 친구 아들 생일 파티가 있었다. 브라질 친구는 사람들이 다 모이자 어딘가로 전화를 해서 화면을 통해 실시간 방송을 하고 있었다. 화면에는 친구 남편이 보인다. 친구 남편이 한 달째 미션 중이라 친구 혼자 세 살, 한 살짜리 아이를 보고 낮에는 일까지 하면서 생일 파티를 다 준비했던 것이다. 가족이 함께 살자고 멀리 남편 따라 왔는데 결국 절반은 떨어져 살아야 한다. 여자들이 남편들을 너무 사랑하나 보다. 이렇게 살고 있는 걸 보면 말이다.

나에게 한지공예란

한국에서 1년에 걸쳐 한지공예 강사 자격증을 땄다. 당시 한지
공예 분과장님께서 잘 지도해주셔서 한지공예에 푹 빠져 있었다.
시할머니가 계신 대구에 내려갈 땐 한지그림 수업을 받기도 했
다. 2011년에는 내가 소속된 문화센터에 한지그림 수업은 대구에
만 있었기 때문이다. 한지공예 분과장님에게 연락해서 기본적인
것을 속성으로 배워왔다. 문화센터 두 곳에 한지공예 강사로 나
가게 되어서 문화센터 내에 전시할 작품들을 만들어야 했다. 밤
낮으로 애도 안 보고 잠도 안 자고 한지 문양을 팠다. 엄마는 부
질없는 짓이라고 아기나 잘 보라고 하셨지만 오랜만에 내가 좋아
하는 일을 찾은 것 같아 매우 신났었다.

강사를 시작한 지 얼마 되지 않아 외부 수업이 들어왔다. 구청

에서 관리하는 글로벌 빌리지 센터는 외국인들이 한국에서 적응을 잘할 수 있도록 도와주는 교육기관이다. 컴퓨터나 운전면허 한국어 수업이 진행되고 있었다. 4회에 걸친 한국문화체험 수업 중 한지공예가 포함되어 수업을 하러 갔는데 중국인 열여섯 명과 프랑스인 한 명이 참석했고 중국어 통역을 위해 선생님 세 분이 계셨다. 프랑스인에게 한국에 왜 왔냐고 했더니 한국여자 만나고 싶어서 왔단다. 리옹에서 왔다고 하길래 리옹으로 돌아가게 되면 한글학교나 한인교회에 가보라고 조언해주었다. 수업이 거의 끝날 때쯤 갑자기 카메라가 들어온다. KBS 〈러브 인 아시아〉 촬영이었다. 주인공은 에콰도르에서 온 엄마와 한국에서 태어난 딸. 내가 에콰도르인 엄마에게 한지공예를 설명하려고 하자 날 멀리하고 눈을 피하며 굉장히 부담스러워 했다. 한국에 온 지 얼마 안 된 사람처럼 바들바들 떨고 있어서 더 이상 다가갈 수가 없었다. 방송을 보고 나서야 그 이유를 알았다. 에콰도르에서 남편을 만나 남편 따라 한국에 온 지 10년이 지났다고 했다. 그 엄마는 외국인 교회에 나가고 서반어로만 대화했다. 한국사람들과는 아예 어울리지 않았고 늘 집에만 혼자 있었다. 한국 문화도 시스템도 몰랐다. 내가 프랑스에서 3년 살 때의 모습과 흡사했다. 나는 늘 친구들에게 "프랑스 안의 작은 한국에서 산다"고 말하곤 했다. 그 엄마는 에콰도르에서 잘 사는 집 자녀였는데 한국인 남편을 만나 지하방에서 많은 자식들과 뒹굴며 살고 있었다. 한국에선 수줍던 엄마가 자기 나라에 도착했을 땐 남미사람답게 에너지가 넘쳤고 너무나 화려한 모습으로 변했다. 자기 나라에선 다 할 수 있지만 외국에선 아무것도 못하는 바보 같은 모습이 꼭 나 같아서 맘이 아팠다. 아빠에게 나 TV에 나온다고 방송보라고 했는데 내 얼굴 1초 나왔다. 이게 뭔가??

한지공예 강사를 6개월 하고 프랑스로 다시 돌아갔다. 당연히 강사를 시작할 때는 프랑스로 돌아갈 계획이 없었다. 프랑스로 돌아온 후에 한글학교나 한인교회, 한인회 행사 때 한지공예 강의 및 전시를 했다. 한지 등을 바라보고 있으면 마음이 차분해지고 편안해진다. 닥나무 섬유질의 넘실대는 모습이 참으로 아름답다. 우리집 인테리어는 대부분 한지공예로 되어 있다. 아이들 방은 한지 꽃으로 데코레이션을 했고 집 곳곳엔 한지그림 액자들이 걸려 있다. 민화지를 이용해 액자를 만들어놓기도 했고 선물 줄 일이 생기면 그 사람의 스타일에 맞게 한지를 이용한다. 언젠가는 심적으로 너무 힘들 때였는데 울면서 혼자 한지 재단을 하고 있기도 했다. 한지는 내 마음에 고요함과 평안함을 준다.

외국에서도 우리가 쓰는 한지Papier coréen와 비슷한 종이를 구입할 수 있다. 네팔 종이Papier népalais 또는 록타 종이papier Lokta라고 부른다. 네팔 종이는 한지와 동일한 방법으로 종이를 뜨며, 천 년 이상의 역사를 가지고 있다. 다른 점은 한지는 닥나무를 사용하고 네팔종이는 서향나무를 사용한다는 점이다. 프랑스 사람들의 한지공예인 까또나쥬Cartonnage를 할 때도 구하기 쉬운 네팔 종이를 사용한다. 왜냐면 한지는 구하기 어려울 뿐만 아니라 혹 인터넷에서 구할 수 있다고 해도 고가이기 때문이다. 한지의 장점이 많다 하더라도 프랑스에서 쉽게 접할 수 있는 것은 결국 네팔 종이이다. 이 록타 페이퍼가 전 세계에 알려지고 유통된 데에는 화장품업체 아베다AVEDA의 공이 클 것이다. 아베다는 2013년부터 선물포장으로 네팔 히말라야의 록타 페이퍼를 사용하기 시작했다. 이로 인해 네팔 여성들이 일자리를 갖게 되었고 아이들이 학교에 다닐 수 있게 되었으며 경제적으로 안정적인 삶을 살 수 있게 되었다. 또 록타 페이퍼로 포장된 선물세트가 판매되면 개당 1달러가 네팔에 후원된다고 한다. 덕분에 네팔문화도 전 세계에 소개되어 록타 종이를 구입하기 쉬워졌다. 내가 아는 록타 종이는 좀 두툼하다. 프랑스 루브르 박물관에서 얇고 강도가 강한 일본 화지를 사용하다 최근에 한지도 사용한다는 기사를 본 적이 있다. 일본 화지, 중국 한지, 네팔 록타지 중에서 나는 가볍고 얇은 한국 한지가 제일 좋다. 각 종이마다 그 나라의 정서에 맞는 문양과 색상이 표현되는데 한지는 화려함과 고풍스러움을 모두 가지고 있으며 고급스러운 색상으로 다양한 표현이 가능하다는 것이 큰 매력이다. 한지가 전 세계에 많이 판매되어서 어느 나라에 가도 구입하기 쉬워지면 얼마나 좋을까. 프랑스 수도 파리에선 구입할 수 있을까 기대해본다.

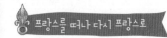

몽펠리에서 나는 언어, 남편의 부재 등 여러 가지 이유로 점점 예민해졌다. 결혼한 지 2년쯤 되었을 땐 남편에게 한국 가서 살고 싶다고 말했다. 남편은 부대 일로 바쁜 와중에 나도 챙겨야 했고, 나로 인해 발생하는 서류문제들, 집 문제들을 멀리 있는 그가 해결해줄 수도 없었다. 내가 생각해도 당시 남편은 모든 것이 버거웠을 것 같다. 남편의 원형 탈모증은 나아지지 않고 1년 넘게 지속되다가 내가 한국에 들어가 살기로 결정하면서 차차 나아지기 시작했다. 프랑스에 살면서 한국의 모든 것들이 다 그리웠고 우리 서로를 위해서 한국으로 돌아가는 것이 최선의 선택이라고 생각했다.

아기를 안고 한국에 도착했을 때 엄마는 나를 보시고 눈가가 촉촉해지셨다. 내 몸이 너무 많이 부어 있었고 몸을 움직일 때마다 온몸에서 뚝뚝 소리가 났다. 나 혼자 프랑스에서 무슨 몸조리를 했겠는가. 30분도 못 서 있을 만큼 허리가 아파 병원에 가서 검사도 받았다. 허리를 안 쓰면 낫는다는데 아이를 보는데 허리를 안 쓸 수 없었다. 찬바람이 불면 이도 시리고 뼈마디가 쑤셨다. 산후우울증이 생겼고 자신감도 떨어졌다. 어느 날 친구 모임에 나가기로 한 날, 대체 사람들은 어떤 옷을 입고 다니나 궁금해서 아파트 밖을 쳐다봤다. 몸이 부어서 맞는 옷이 없어 엄마 트렌치코트를 입고 나갔다. 한국 오면 신나게 날아다닐 줄 알았는데…. 그렇게 그립던 가족들도 내가 친정집에서 민폐 끼치는 것 같아 죄송스러웠고 의리로 똘똘 뭉쳤던 친구들은 이제 각자 결혼도 하고 자기 사는 것에 바빠 1년에 한두 번 만나는 사이가 되었다. **나는 프랑스에서도 한국에서도 적응을 못하고 사는 것 같아 너무 슬펐다.** 출산 후 6개월부터는 결혼 전처럼 다시 수영을 시작했다. 밖에 조금씩 나가니까 기분이 좋아졌고 동네 문화센터를 다니며 강사 자격증도 땄다. 모두 친정엄마가 아이를 봐주셔서 가능한 일이었다. 그러면서 몸과 마음이 점점 편안해졌다. 몸 붓기 빠지는데 2년 걸렸는데 아마도 아기 낳을 때 촉진제에 마취제에 약을 많이 쓴 탓이 아닐까 싶다.

2년을 남편과 떨어져 지내다 보니 이게 가족인가 싶었다. 어느 날 아이가 놀이터에서 즐겁게 노는 어느 가족을 빤히 쳐다보는 것이 아닌가. 아이에게 아빠가 필요한 게 아닌가 마음이 아파 눈

물이 났다. 친정엄마 말씀으론 내가 하늘에 비행기만 봐도 아이한테 아빠가 저기 있다고 했단다. 남편과 상의한 후 다시 프랑스로 돌아가기로 결정했는데 주말부부가 아닌 부대 근처의 집에서 함께 사는 조건이었다.

드디어 님 집에 도착했다. 몽펠리에보다 덜 복잡하고 도로도 큼직큼직했다. 사람은 없고 시골처럼 고요했다. 남편은 집에서 점심을 먹었고 저녁 6시에 칼퇴근했다. 내가 저녁을 준비하는 동안 남편은 집에서 운동을 했다. 아이도 새로운 환경에 적응을 해가고 있었고 안정된 가정의 모습을 찾아가고 있었다. 아기가 눈에 밟혀서 프랑스까지 함께 오셨던 친정엄마는 한국으로 돌아가신 후에 아기가 보고 싶어서 매일 우셨다고 했다.

세 번째 이야기,

프랑스 남부 님 3년

님Nîmes은 과거에 로마의 지배를 받던 곳으로, 마을 여기저기에 로마시대의 건축물들이 그대로 보존되어 있어 마치 내가 로마에 온 듯한 기분이 들 정도였다. 기차역 앞 공원을 쭉 따라오면 전시장, 역사박물관 등이 시내에 모두 밀집되어 있다. 몽펠리에가 트람이 잘 되어 있어서 대중교통을 이용해 바닷가까지 갈 수 있는 장점이 있다면, 님은 가르교를 제외하고 걸어서 다 관광을 할 수 있다는 장점이 있다. 원형경기장Les Arenes에서 1년에 두 번 투우 경기가 열린다. 2천 년 역사의 로마신전 메종카레Maison Carrée가 있으며 겨울에는 신전 옆 광장이 스케이트장으로 변신한다. 신전 바로 맞은편에는 1993년에 세워진 현대미술관Carré d'Art이 있다. 예쁜 수로를 따라 걸으면 18세기에 지어진 분수공원Jardin de la fontaine을 만날 수도 있다. 몽펠리에가 신시가지 구시가지가 정확히 나뉜다면 님은 같은 공간에 고대와 현대가 함께 어우려져 있어 독특한 분위기를 자아낸다. 누구는 차가운 도시라고 했지만 모르는 소리. 겉으로는 로마건축물로 차가워 보이지만 시내 안으로 들어가면 열정적이고 사람들도 따뜻하다. 청바지를 부르는 데님이 바로 이곳에서 시작되었다. 19세기 산업화 시대에 프랑스 님의 공장에서 미국의 무거운 청바지 대신에 가벼운 섬유를 만들기 시작했는데 님에서 생산됐다는 뜻 De Nîmes을 영어 발음으로 데님denim이라고 불렀다. 16세기에는 위그노들의 영토였으며 많은 신교도들이 죽임을 당했다. 이곳에선 카페나 레스토랑 앞에 커다란 풍차가 달려 있는 걸 볼 수 있다. 《풍차방앗간 편지》를 쓴 소설가 알퐁스 도데(Alphonse Daudet, 1840~1897년)가 이곳 태생이기 때문이다. 12월 크리스마스 땐 일주일 동안 원형경기장 및 여러 장소의 유적지에 레이저를 쏜다. 1년에 두 번 레이져쇼가 진행되고 가르교에서도 불꽃쇼가 있는데 정말 멋있다. 궁금하신 분들은 유튜브에서 Les Féeries du Pont du Gard를 검색해 보시길.

집에서 자전거로 5분 거리인 제2외인보병연대. 이곳 연대장자리는 무조건 장군이 되는 자리라고 할 만큼 인기 있는 곳이다. 말리 내전, 소말리아 전, 아프카니스탄 전 등 모든 전쟁에 투입되어 보여지는 성과가 있으니 진급이 빠를 수밖에 없는 것이다. 님

연대는 해외파병이 국방부 사정에 따라 수시로 변경되기 때문에 가족들도 늘 긴장하고 있어야 한다. 남편이 갑자기 언제 짐을 쌀지 모른다. 파견 나간다는 말은 곧 돈을 벌 수 있다는 말이기에 님 연대의 스펙터클함이 좋다는 사람들도 있고 무계획성이 싫다는 사람도 있다. 님 연대는 다른 연대와 달리 시내 중심에 부대가 있어 군인들은 여행가기 좋고 주말에 활동하기 편하다는 장점이 있다. 참고로 군인은 기차 75% 할인, 군 가족은 50% 할인된다.

님은 유명한 관광도시지만 몽펠리에만큼 축제나 관광객이 많지는 않다. 님 시청에서 '도시화 프로젝트'를 만들고 몽펠리에처럼 트람웨이를 만들겠다고 계획했으나(2005년) 2012년이 되어서야 트람버스가 운영되었다. 옆 도시 몽펠리에의 트람웨이보다 12년 늦은 결과였다.

몽펠리에에서 트람웨이로 많은 관광객들을 유치하자 질투가 난 님이 도청에 트람웨이를 만들어달라고 요구했다. 조사원들이 조사한 결과, 님은 몽펠리에만큼 관광객이 없어서 트람이 불필요

하다고 거절을 했다고 한다. 몽펠리에보다도 못하다는 판정을 받은 님은 화가 나서 그럼 트람버스라도 만들어달라고 졸라서 겨우 트람버스 노선 한 개만 운영했다고 한다. 그리고 몇 년 후 현재는 두 개의 노선이 운행 중이다. 몽펠리에 트람웨이는 4개의 라인이 운행 중이며 현재 5호선이 공사 중이다. 어떤 노선은 바다와 공항까지 운영되며, 트람은 없어서는 안 될 교통수단이 되었다. 대신에 트람길로 인해 찻길이 매우 혼잡하다. 반면 님 트람버스는 거의 비어 있다. 버스를 탄 사람보다 티켓 검사하는 검사원이 더 많을 때도 있다. 나는 트람버스가 생겨서 너무 좋았다. 이 버스가

몽펠리에 트람

님 트람버스

님 외곽에 있는 상업지역으로 안내해주었기 때문인데 **답답할 땐 트람버스를 타고 옷 구경 사람 구경을 하곤 했다.**

　어느 날 누군가에게서 문자가 왔는데 한국여자였다. 알고 보니 몽펠리에에서 같이 한인교회를 다니다 한국으로 들어간 H의 친구였다. 나도 H가 님 친구집에 놀러간다고 했던 이야기가 기억난다. 그 친구가 이 친구였다. 님 거주 1년 만에 님에 사는 한국인들을 만나게 되었고 종종 만나 수다를 떨었었다. 나는 님에 살 때가 제일 좋았다. **몽펠리에 집에선 혼자였지만, 님 집에선 아이를 돌보고 남편 식사를 준비하는 진정한 아내의 삶이 시작되었기 때문이다.**

님에 거주하면서 가장 자주 간 곳은 2천 년 역사를 가진 가르교Pont du Gard다. 참고로 세계 1위 관광지인 프랑스 몽생미쉘Mont Saint-Michel 다음으로 프랑스에서 가장 관광객이 많이 찾는 곳이다. 로마제국 시절에 로마인들의 독창적인 기술을 사용해서 위제스에 있는 물을 님까지 가져오도록 만들었으며, 구운 벽돌과 납으로 된 도수관 시설을 이용하여 신선하고 깨끗한 물을 공급했다고 한다. 천 명이 동원되어 5년간 50km를 지었다고 하는데 난 왜 유적지를 보면 슬픈 생각부터 드는지 모르겠다. 자신의 권력을 드러내기 위해 얼마나 많은 노예들이 희생되었을까… 그들의 희생으로 혜택은 관광객인 우리가 받고 있다.

가르교 하루 주차비는 차 한 대당 18유로, 1년 주차카드는 25유로, 우리 같은 지역 주민은 연간카드를 무료로 신청할 수 있다.

가르교는 우리집에 손님이 오시면 무조건 들르는 관광 장소 중 하나다. 한번은 MBC 방송국에서 촬영을 왔는데 남편 친구에게서 급하게 연락이 와서 남편이 가이드, 운전, 통역을 도와주기도 했다. 남편은 부대원들과 함께 이곳에서 다이빙도 하고 카누를 타기도 한다. 아이들은 스케이트나 자전거, 퀵보드를 타기에도 좋다. 주변 산에는 두 시간짜리 산책코스가 있는데 산 위에서 마을을 내려다 보면 속이 시원해진다. 가르교 입구쪽에 설치된 건축물들, 즉 박물관 미술관 카페 극장이 있는 모던한 건축물은 파리 라 데팡스 프로젝트를 담당했던 프랑스 유명 건축가 쟝 폴 비귀에Jean Paul Viguier의 작품이다.

언젠가 한국에서 손님이 오셨는데 가르교를 안내해드렸더니 사진 몇 장 찍으시고는 집에 가자고 하시는 거다. 우리는 보통 오면 아이 자전거도 태우고 물놀이도 하고 산책도 하고 박물관 미술관 다 들러보는 하루코스인데 한국에서 오신 손님은 안 봐도 된다고 하신다. 다음 스케줄이 있으신가 여쭤봤더니 아무것도 없다고 그냥 호텔에서 쉬겠다고 하신다. 비싼 돈 내고 여기까지 와서 이렇게 관광하면 안 되는데, 이 아름다운 곳에서 사진 몇 장으로 다 보셨다니, 안타까웠다.

투우 행사

　　프랑스의 큰 행사 중 하나로 꼽히는 님의 페리아La Feria de Pentecôte 축제는 1952년에 처음 개최되어 원형경기장 투우 경기와 길거리 말 행진, 소 경매, 콘서트, 투우사 옷 판매, 스페인 음식 파에야Paella 및 소시지 판매 등의 다양한 행사가 열린다. 물론 한쪽에서는 투우 반대 시위도 열린다. 부활절 후 7번째 일요일인 오순절을 기념하는 행사로 6일 동안 열리며, 9월에 코리다Corrida라는 투우행사가 3일 동안 열린다. 투우사는 프랑스에서 전문으로 교육받은 사람들도 있고 스페인에서 초대받아 참석하는 투우사들도 있다. 최고의 투우사를 선정해 상을 주기도 한다. 동물학대로 매년 끊임없이 시위가 열리는데도 정부 입장에선 전통 있고 돈이 되는 이 축제를 감히 없앨 순 없을 것이다. 나는 50~70유로씩 돈을 주고 투우를 보고 싶은 맘은 추호도 없다. 인터넷에서 투우 경기를 보다가도 피 흘리는 소를 보면 더 이상 보고 싶지 않다. 투우사가 죽을 수도 있는 이런 경기를 왜 하는지. 아는 언니는 한국에서 오신 친정엄마랑 경기를 보던 중 토할 것 같아서 나왔다고 했다.

아이들은 동네에서 이것저것 구경거리가 많아 신이 났다. 분수공원에 산책하러 갔는데 임시 투우장이 설치되어 있었다. 아이들과 나는 자리를 잡고 구경을 했다. 소 한 마리 풀어놓고 건장한 청년 다섯 명이 소를 조롱한다. 열 받은 소는 흥분을 감추지 못하고 여기저기 들이박고 피를 흘린다. 웬 동물학대인가. 아이들과 함께 보기엔 끔찍한 광경이어서 나는 아이들과 자리를 떴다.

부활절쯤에 아를에 갔을 때에는 동네 여기저기서 작은 행사가 열리고 있었다. 아를에 사는 Y언니가 말하길, 곧 저녁행사 때문에 사람들이 다치지 않도록 바리게이트로 길을 막아 놓는단다. 트럭이 열리면서 말들이 뛰어나오고 그 뒤로 소들이 뛰기 시작한다. 원래는 말이 소 길을 인도해주는 역할이라는데 말들이 너무 많고 몸집도 큰데 비해 소들은 작고 몇 마리 되지도 않는다. 대체 누가 주인공인지 모를 정도였다.

프랑스에는 크고 작은 원형경기장이 100개가 있다. 쌩뜨 마리 드 라 메르Saintes Maries de la Mer, 알레Alès, 르 그로뒤 호아, 베지에에서도 투우 경기가 열리고, 경기장이 없는 작은 마을들에서도 투우, 말 행사가 열린다. 역사적으로 로마가 지배하던 시대에 지금의 옥시타니L'Occitanie 지역, 몽펠리에, 툴루즈, 님이 있는 이 지역을 나르보네즈 지역이라 했는데 이 지역이 로마의 식민지로 자리 잡으면서 거대한 성채, 신전, 극장 등이 세워졌다고 한다. 특히 전차 경주, 동물 싸움, 검투사 격투, 죄인의 처형과 같은 잔인한 구경거리를 위해 원형경기장을 지었다고 한다. (출처:《프랑스의 역사: 다니엘 리비에르》) 투우 행사 때문에 유럽에서 한해 4만 마리의 황소가 죽는다고 한다. 전통? 문화? 글쎄….

1. 푹스 계곡

낭트칙령 폐지로 세벤느 전쟁이 일어난 1703년, 카미사르 군대가 마을의 교회와 위그노의 집 14채를 파괴하고 불태웠으며 11명을 화형시켰다. 100여 명의 주민들은 동굴로 피신했다고 한다.

집에서 차로 20분이면 오는 푹스Poulx 계곡은 주차장에서 계곡까지 2.1km를 걸어야 한다. 세 살짜리 아들이 땡볕 아래서 땀을 뻘뻘 흘리며 조금 걷더니 이내 주저앉아 자갈돌을 가지고 논다. 5분 쉬고 또 걸었다. 그러길 여러 번, 오늘 안에 저 아래 보이는 계곡까지 못 갈 것 같았는지 남편이 20kg 되는 아들을 아기띠로 업었다. 참고로 아들은 첫 돌때 이미 15kg이었다. 계곡까지 가려면 빙글빙글 한참을 내려가야 했다. 주변 사람들을 보니 꼴랑 타월 한 장만 들고 다니는 게 아닌가. 우리만 텐트에 아이 기저귀에 간식에 무슨 짐이 이리 많은지 민망할 정도였다. 거의 40분을 걸어 드디어 계곡 아래에 도착했다. 멋지다. "근데 물놀이를 하고 나면 더 지칠 텐데 언제 아이 업고 저 높은 곳을 다시 올라가나?" 도착하자마자 걱정이 되었다. 이게 나의 문제다. 우선 즐기면 되는데 그게 잘 안 된다. 아들과 아빠는 차가운 계곡에서 물놀이를 했다. 나는 텐트에서 아줌마 미소를 지으며 이들을 바라보았다. 즐거운 시간을 보내고 돌아오는 길에 "다음에 올 땐 절대 짐을 가져오지 않으리라, 몸만 가볍게 오리라" 다짐했다. 그후, 몽펠리에에 사는 후배와 함께 왔는데 남편과 후배는 물살이 센 계곡을 가로질러 돌산 위 동굴까지 구경하고 돌아왔다. 그 장면을 지켜보는 것도 나는 영화의 한 장면 같아서 신기했다. 내가 어느 영화 속 배경에 놀러온 것 같은 느낌?

지방에 사니 자연 덕분에 호강하는 기분이다. 또 규모도 원체 남다르게 크지 않은가. 도시에 살았다면 이런 여유로움이 없었을 것이다. 이곳은 정말 멋지다.

2. 위제스 〈하리보 사탕 박물관〉

역사와 예술의 도시로 프랑스에서 아름다운 마을에 속한다는 위제스Uzès. 우리가 추운 2월에 가서 그런지 도시도 차갑게 느껴졌다. 아는 분이 이 마을에 작은 아뜰리에가 엄청 많고 너무 예쁘다고 꼭 가보라고 하셨는데 여름 시즌이 아니어서인지 문이 모두 닫혀 있고 사람이 사나 싶을 정도로 썰렁하다. 누구는 이곳이 너무 좋아서 여기서 살면서 님으로 일을 다닌다고 하는데 내게는 차가운 독일 느낌만 가득하다. 건물들이 엄청 높다. 프랑스의 첫 번째 공국인 위제스 공국은 현재는 개인소유로 호텔로 운영되고 있다. 1090년에 지어진 성당 생 테오도리Cathedrale Saint-Theodorit 가 있는데 특히 성당의 창문으로 된 42미터의 탑이 마을의 상징적 기념물이라고 한다. 위제스와 님에 유네스코 세계유산인 가르교가 연결되어 있다. 따뜻한 날에 왔으면 더 좋았을 걸 하는 아쉬움이 남았다.

위제스 근교에는 하리보 사탕 박물관Musée du Bonbon Haribo 이 있다. 입장료를 내고 들어가면 하리보 사탕 젤리가 만들어지는 과정과 기계들이 모두 전시되어 있으며, 박물관 마지막 코스에 기계에서 바로 찍어내는 하리보 젤리 한 봉지를 받을 수 있다. 1922년에 시작되어 역사가 오래된 만큼 사탕의 종류도 많고 사탕봉지 디자인과 사탕포장 상자까지 정말 박물관을 보면 하리보의 역사를 알 수 있게 만들어놓았다. 역사만큼이나 젤리의 종류가 너무 많아서 어지러울 지경이었다. 언제나 그러하듯 마지막은 기념품 샵이다. 아들은 거의 흥분이 최고조에 도달했다. 그냥 모든 장난감과 문구용품에 사탕이 들어가 있다고 보면 된다. 남편도 종류가 너무 많아서 젤리를 못 고르고 있었다. 이곳이 아이들에겐 천국이겠구나 싶었다.

3. 고르드

아비뇽 근교에 위치한 마을 고르드Gordes. 파리에서 관광가이드를 하는 남편 친구에게서 어느 날 남편에게 남부쪽 운전해줄 친구를 알아봐달라고 연락이 왔다. 마침 며칠 전 남편이 차를 살짝 찌그러뜨려서 수리비가 500유로로 나온 상태였다. 나는 당신이 직접 해서 수리비 벌어오라고 했고, 남편은 얼떨결에 통역 및 운전 아르바이트를 며칠 하기로 했다. 그때 관광하러 온 부부가 고르드를 가자고 하셨다.

얼마 후 이곳으로 산책을 갔는데 남편이 말한 대로 참 좋았다. 차로 마을 꼭대기 언덕에 올라가 주차를 하고 걸어서 천천히 내려가며 관광을 했다. 역시나 골목골목이 아기자기하고 너무 예뻤다. 남부의 뜨거운 햇살 아래 아름다운 꽃들이 만발해 있었다. 작은 마을의 가게 주인들은 다 할머니 할아버지들이다. 이 마을에는 젊은이들이 별로 없구나 하는 생각이 들었다.

고르드는 역사적으로 종교개혁, 즉 개신교를 처음으로 받아들인 몇 안 되는 마을 중 하나다. 서울 살면서 한강 유람선 안 타본 사람이 나다. 정작 현지에 사는 사람들은 관광객보다 정보가 늦다. 한국에서 온 관광객 덕분에 우리도 좋은 곳을 관광했다.

4. 세낭크 사원

고르드 산책 후 근처에 위치한 세낭크 사원Abbaye Notre-Dame de Sénanque에 들렀다. 대형 관광버스 세 대가 우리 앞에 서더니 단체 관광 온 중국인들이 우루루 쏟아져 내린다. 그러더니 미친 듯이 사진을 찍고는 또 우루루 버스를 타고 사라졌다. 알고 보니 이 사원은 쏘와 함께 라벤더밭 투어 코스라고 한다.

우리는 입장료를 내고 가이드를 따라 사원 안으로 들어갔다. 1148년에 설립되어 870년의 역사를 가지고 있고 프로방스 지방의 4대 사원 중 하나라고 한다. 로마네스크 양식으로 어둡고 시원하고 고요했던 사원, 작지만 예쁜 정원, 이곳에서 직접 재배한 라벤더로 만든 오일과 비누 등이 판매되는 기념품 가게가 인상에 남는다. 시부모님이 오셨으면 좋아하셨을 텐데… 사원 안에서 갑자기 시부모님 생각이 났다.

2013년 아프리카 말리에 내전이 터졌다. 올랑드 대통령이 군 병력을 지원하기로 약속했다. 국방부는 비상이 걸렸고 바로 출발한 프랑스 군인 중 여섯 명이 사망했다. 그중 한 명은 외인부대 소속이었다. 남편은 말리로 떠나기 전 본인의 보험을 최고 보상 수위로 올려놓고 갔다. 혹시 사망하면 보상금이 더 나올 거라고 했다. 프랑스 군인들의 사망소식이 수시로 들리니 뉴스를 안 볼 수가 없다. 계속 눈물이 났다. "우리 남편도 안 돌아오는 건 아닌가" 하는 불안감에 휩싸였다. 무조건 남의 이야기라고 하기엔 죽은 군인들의 숫자가 많다. 이불을 덮고 펑펑 울었다. 허나 남편은 모른다. 내가 우는 모습을 보면 본인 맘이 더 아플 테니 절대 이런 모습은 보여주지 않는다.

남편은 말리로 떠났고 일주일이 지나서야 나는 임신한 걸 알았다. 떠난 지 한 달 만에 전화연결이 된 남편에게 좋은 소식이 있다고 했더니 "너 임신했지?" 한다. 그럴 줄 알았다고. 내가 할머니댁 딸기밭에서 딸기를 엄청 맛있게 먹는 태몽을 꿨다고 했더니 남편도 태몽 같은 이상한 꿈을 꿨단다. 그래서 임신했나 했단다.

말리에 가 있는 남편에게 처음으로 소포도 부쳐줬다. 라면을 비롯해 먹을것 이것저것 사서 보내주었는데 이 얘기를 들으신 시아버지는 지금 내전 중인 거 맞냐, 소포도 받을 수 있냐, 참 편한 세상이라고 하신다. 아버님이 월남전 참전하셨을 땐 있을 수 없는 일이다. 사실 나도 이런 상황이 좀 의아하고 신기했다. 남편은 '없으면 없는 대로 살자' 주의라 소포 같은 걸 부치라고 하는 사람이 아니다. 무슨 심적 변화지? 죽을지도 모르는 전시 상태에서 먹기라도 잘하자라는 마음인가? 남편은 다른 동료들이 받은 소포를 다 같이 나눠먹는데 본인이 너무 얻어만 먹어서 미안하다고 했다. 본인도 한 번은 대접을 해야 할 것 같아서 소포 보내라고 했다고 한다. 우리남편 기죽으면 안 되니까 먹을것 이것저것 사서 커다란 상자 하나를 말리로 보냈다.

임신 초기이자 운전까지 못하는 나를 위해 몽펠리에 한인교회 최 목사님과 사모님이 주기적으로 오셔서 장 보는 것을 비롯해 힘든 일을 도와주셨다. 몇 년 전 첫 아기가 유산됐다고 사모님께 전화를 드렸을 때 우리는 함께 울었다. 그때의 충격 때문인지 사모님은 더 나를 살뜰히 챙기셨다. 아를에 사는 언니가 님에서 나를 픽업해 몽펠리에 교회까지 데려다주고 데려오고를 4개월간 했다. 말이 그렇지 아를에서 님 들러 몽펠리에까지 하루에 네 시간을 길에서 보내는 거다. 이렇듯 **남편 없는 동안 교회분들이 가족처럼 돌봐주셨다.**

사실 나의 하루 일과는 아들과 놀면서 산책 다니고 남편 기다리며 식사준비 하는 거다. 남편이 4개월 동안 없으니 밥도 대충 먹게 되고, 집에 하루 종일 있으면 지루해서 아들과 매일 동네 산책을 다니며 시간을 보냈다. 밤이 오는 건 여전히 싫었다. 남편이 없어 무서웠다. 시간이 지나 4개월 후 남편이 살아 돌아온 것만으로도 너무 기뻤다. 남편이 돌아온 후 임신 6개월쯤 됐을 때 시댁에 임신 사실을 알렸는데 시아버지도 작고 귀여운 강아지가 품으로 쏙 들어오는 꿈을 꾸셨다고 너희집에 무슨 경사가 있는 건 아닌가 생각하셨다고 한다. 말리 파견으로 인해 떠나기 전부터 돌아온 후까지 정신이 없었던 한 해였다. 그 때문에 2013년이 금방 지나갔고 앞으로 1년 동안은 파견이 없겠구나 안심도 되었다.

나는 학생 체류증 → 일반인 체류증 → 10년 체류증, 총 3단계에 걸쳐 체류증을 받았다.

처음 2007년에 프랑스에 올 때는 어학원을 등록해서 학생비자로 입국했다. 한국 프랑스 대사관에 서류를 내고 한국 프랑스 문화원에 가서 인터뷰를 한 후 학생비자를 받았다. 프랑스에 도착한 후 경시청에 가서 학생비자를 증빙으로 1년짜리 학생 체류증을 신청했다. 그러자 이민국 OFII에서 신체검사

받으러 오라는 편지가 왔다. 질병은 없는지 예방접종은 언제 했는지를 물었다. 시력검사, 엑스레이 촬영도 했다. 불어를 할 줄 아냐고 하길래 조금 할 줄 안다고 했더니 의사가 속사포 랩으로 질문을 한다. 못 알아듣자 "너 진짜 불어를 조금 하는구나" 했다.

2009년 몽펠리에 시청에서 결혼식을 올린 후 혼인신고서를 가지고 경시청에 갔다. 학생 체류증에서 일반인 체류증으로 신분이 바뀌었다. 이때 1년 안으로 한국에서 따온 자동차 면허증을 프랑스 면허증으로 바꿀 수 있다. 내가 2종 오토 면허였는데 프랑스는 이때만 하더라도 오토 면허증이라는 게 존재하지 않았다. 덕분에 내 면허증도 2종 수동으로 체크해주었다. 나 같은 외국인들이 늘어나면서 문제가 되기 시작했고 요즘 나오는 운전면허증에는 2종 오토 부분이 따로 생겨났다. 정보가 없어서 이 기간 동안 운전면허증을 바꾸지 못한 외국인 친구들이나 한국 친구들은 나를 어찌나 부러워하는지 모른다. 왜냐면 프랑스는 원체 면허 따기가 어려워서 3,000유로, 한화 300만 원 이상 들이고도 못 따는 경우가 많고 중국인들이 우리나라 와서 면허 따가듯 프랑스인들도 아프리카 모로코에 가서 면허를 따온다고 한다. 지난해에는 코드 시험문제 난이도를 높였는데 합격률이 15%였다. 게다가 최소 7개월 걸린다. 운전학원 다닌 지 1년이 넘었는데 아직까지도 면허를 못 딴 친구들이 내 주변에 수두룩하다. 남편이 종종 이런 농담을 한다. 너 프랑스에서 면허 따려고 했으면 500만 원 들이고 3년 걸려도 못 딴다고. 그럴 수 있다. 너무 어렵다.

체류증은 1년마다 재신청을 해야 한다. 각종 서류를 첨부해 1년마다 재신청하는데 체류증 날짜 몇 달 전에 경시청에 가서 다음해 체류증을 위해 서류 접수를 해야 한다. 이유는 몽펠리에의 경우는 외국인들이 너무 많아서 아침에 서류 접수하려고 가면 대기자 수만 100명이 넘는다. 하루 종일 기다려야 한다고 보면 된다. 그렇게 서류를 접수하고 보통 두 달 후에 접수되었다는 확인 편지가 날아온다. 그것도 곧 신분증처럼 가지고 다닐 수 있다. 두 달 후쯤 체류증을 찾아가라고 연락이 온다. 이렇게 몇 달 전부터 준비해야 겨우 내 체류증 기간 날짜와 비슷하게 맞출 수 있다. 만약 내가 7월에 이미 체류증 날짜가 끝났는데 경찰 검문에 걸렸다. 아무 증빙 자료가 없다. 그럼… 곤란하다. 전 사르코지 대통령 때라면 불법체류자로 인정돼서 추방되었을 것이다.

일반인 체류증을 세 번째 접수하는 해에는 10년짜리 체류증을 신청할 수 있다. 신청은 하지만 접수가 될지 안 될지는 경시청에서 결정한다. 2012년, 프랑스로 다시 돌아왔을 때에는 기계화로 바뀌어 있었다. 이제는 인터넷으로 미리 약속을 잡고 그 날짜에 맞춰 경시청에 가면 된다. 물론 약속 날짜는 기본 한 달 후지만 전처럼 아침에 가서 100명을 기다리는 수고를 하지 않아도 되고, 난민 수용소처럼 북적북적한 곳에서 하루를 보내지 않아도 된다.

2009년에 결혼해서 2010년 체류증부터 일반인 체류증, 2년 동안 한국에 거주했고 2012년 두 번째 일반인 체류증을 신청했다. 그러나 님 경시청에서 말하길 내가 2년 동안 한국에 있었기 때문에 처음부터 다시 시작해야 한다며 내년에 10년짜리 체류증을 신청할 수 없다고 했다. 주변 친구들은 그래도 서류를 제출해보라고 조언했다. 2013년 체류증 신청을 할 때 경시청 직원에게 내 상황을 다시 설명했다. "지금이 세 번째 일반인 체류증을 신청하는 거다. 내가 10년짜리 신청할 수 있겠니?" 했더니 될지 안 될지는 본인도 모르겠고 우선 접수는 해보라고 한다. 그래서 10년짜리 체류증 신청서와 자료를 제출했다. 한두 달이 지났을까 경찰서에서 체류증을 위한 인터뷰를 보라고 날짜와 시간이 지정된 편지가 도착했다. 그때가 2013년 여름이었다. 남편은 아프리카 말리에 있었기 때문에 내가 받은 통보 편지와 남편이 말리로 파견 갔다는 확인서, 각종 서류를 들고 아이와 함께 경찰서에 도착했다. 경찰이 왜 남편 없이 혼자 왔냐고 묻는다. 남편이 말리에 있다는 증명서를 보여주었다. 남편이 없어서 걱정하고 간 인터뷰에 남편을 소개하는 증명서 덕분에 나의 인터뷰는 간단히 끝났다. 몇 달 후, 드디어 10년짜리 체류증을 손에 넣었다. 매년 이놈의 체류증 때문에 얼마나 많은 스트레스를 받았던가. 속이 다 시원했다.

남편 부대 동료가 스페인 로레 데 마르Lloret de Mar를 추천해주었다. 이곳은 미국에서도 휴가를 즐기기 위해 많이 온다며 바다도 있고 나이트 클럽도 많고 쇼핑하기 좋은 곳이라고 한다. 좋은 중식 뷔페도 있다고 적극 추천해주어서 4성급 호텔을 예약하고 로레 데 마르에 도착했다. 우리나라 식 그냥 콘도였다. 느낌은 한국 어느 동네 같았다. 길거리에 음악소리가 퍼지고 옷가게 많고. 중식 뷔페 레스토랑은 분식집 수준이었다. 기대를 하고 와서인지 실망스러웠다.

집으로 돌아가는 길에 작은 마을 토사 데 마르Tossa de Mar에 들르기로 했다. 정보 하나도 없이 아무 생각 없이 들렀는데 너무 예뻐서 놀랐다. 바닷가에 차를 세우고 성으로 올라갔다. 해적으로부터 마을을 지키기 위해 사용하던 대포가 그대로 놓여 있었다. 성 안에서 마을을 내려다볼 수도 있고, 바다를 바라볼 수도 있는데 크루즈 배를 타고 근처 마을을 돌아오는 코스도 운행 중이었다. 성 안에 공연장, 바다가 보이는 카페도 있었다. 절벽 위에서 커피를 마시는 기분이었다. 관광지임에도 불구하고 복잡하지 않고 깨끗했다. 아기자기하게 작은 가게들, 비싸지 않은 물가와 지중해 바다, 골목골목 걸어다녔는데 무척 아름다웠다. 여행을 마치고 떠나려는데 우리차 바로 옆에 차 한 대가 서더니 한국말이 들려온다. 영국에 사는 가족인데 2주 방학 동안 스페인 여행을 왔다고 한다. 반갑게 인사를 하고 헤어졌다. 외국에서 한국사람들을 만나면 참 반갑다.

　그후 전지현 이민호가 나온 드라마 〈푸른바다의 전설〉에 이 마을이 나와서 너무 반가웠고 또 가고 싶다는 생각이 들었다. 이곳에 별장 하나 있었으면….

임신 사실을 알고 인터넷으로 급히 검색해서 집에서 가장 가까운 산부인과를 찾았다. 그 병원은 남편이 의사, 부인이 간호사로 일하고 있었다. 간호사로 일하며 모든 걸 관리하는 마담은 5개 국어를 한다고 했다. 외국인 경험이 많아서 외국인이 말을 잘 못해도 다 알아들을 수 있다고. 하루는 11개국의 마담들을 진료한 적이 있다고 했다. 충분히 그럴 수 있다. 프랑스에는 원체 외국인이 많은데 몽펠리에가 외국인 관광객과 대학생들이 많다면, 님은 외국인 가족들이 어마어마하게 많다. 놀이터에 있으면 특히 동유럽권 사람들을 많이 볼 수 있는데 외인부대원들과 관계가 있는지는 잘 모르겠다.

비가 부슬부슬 오는 2월 어느 날, 새벽부터 가진통이 시작되었다. 첫째 아이를 유도분만으로 낳아서 정확한 진통을 느껴보지 못했기에 병원에 언제 가야 하는지 몰랐다. 아는 언니가 죽을 만큼 아플 때 병원에 가라고 한 말이 기억 나서 계속 버티고 있었다. 아직 죽을 만큼 아프진 않았다. 첫째 아이를 학교에 보내놓고 선생에게 "나 오늘 애 낳을 것 같아. 있다 애 아빠가 찾으러 올 거야"라고 말했다. 내가 진통 때문에 제대로 걷질 못하자 주변 이웃들이 있다 아들은 자기들이 봐주겠다며 걱정하지 말고 병원에 다녀오라고 한다. 집에 돌아와 아침 9시에 부대에 있는 남편에게 전화를 걸었다. 이제 병원에 가야 할 것 같다고 말했더니 5분 만에 튀어왔다. 병원에 미리 전화를 하고 이동했다. 병원 주차장에서 건물까지 걸어가는 데도 오래 걸렸다.

거의 기어가듯이 병원에 도착했더니 이미 자궁문이 4cm가 열렸다면서 여태까지 어떻게 버텼냐고 어떻게 걸어왔냐고 산파가 신기해한다. "그래? 남들 다 이렇게 하는 거 아니었어?" 바로 분만실로 들어갔다. 무통분만주사를 두 번이나 맞았건만 마취가 안 돼서 진정 리얼 분만으로 애를 낳았다. 첫 아이 때는 마취가 너무 심해서 감각이 없었는데 이번엔 마취가 안 돼서 이 난리구나. 첫 아이 때와는 달리 애를 낳을 때 가위로 피부를 자르지 않았고 아이 머리를 기구로 잡아 억지로 빼지도 않았다. 정말 자연산으로 낳은 거다. 분만의 고통이 사라지고 아이를 낳았다는 기쁨에 날아갈 듯 기뻤다. 게다가 환자 가운도 입고 있었다. 의사 말이 되도록 약과 기구를 사용하지 않아야 회복이 빠르다고 한다. 이날

60년 만에 돌아온다는 청말띠 딸아이를 낳았다.

첫째 둘째 모두 분만실에 들어간 지 네 시간 만에 분만했다. 출산 다음날 침대에만 누워 있기 답답해서 병원을 돌아다녔다. 1층에 나가 병원 문 밖을 열어보니 2월이라 바람이 차갑다. 근데 어느 아이엄마가 신생아를 안고 찬바람을 쐬며 산책을 하고 있었다. 여름에 공원에서 태어난 지 5일된 아기를 유모차에 눕혀 산책 다니는 엄마를 본 적은 있다. 그런데 지금은 겨울인데… 역시 다르다… 계절과 상관없이 딱딱한 바게트빵과 차가운 요거트가 제공되었다. 그나마 내가 요청한 핫초코가 있어서 다행이었다.

첫 아이 낳고 산후조리를 못해서 고생했을 때 사람들이 둘째 낳고 산후 조리를 잘하면 다 낫는다고 했다. 그래서 둘째 아이는

출산 후 제공된 간식. 내가 주문한 핫쵸코 외에는 다 차가운 음식이다. 지금 2월달인데….

등에 업어본 적이 없다. 2월 추울 때라 찬물도 마시지 않았고 늘 양말을 신고 몸도 따뜻하게 했다. 정말로 허리도 안 아프고 몸도 많이 좋아졌다. 사실 딸아이는 남편이 다 키웠다고 할 수 있다. 첫 아이 땐 떨어져 있어서 기저귀 한 번 안 갈아본 아빠가 딸아이는 직접 재우고 밥 먹이고 기저귀도 갈아주고 어찌나 잘 하는지 모른다. 예정에 없던 둘째였지만 귀한 딸로 집안 분위기가 많이 달라졌다. 그리고 **아이들 덕분에 우리도 철이 드는 듯했다.**

2007년 프랑스에 도착했을 때, 낙후되고 불편한 시스템에 깜짝 놀랐다. 프랑스에서는 무조건 종이에 편지를 써서 증거를 남겨야 했다. 예를 들어 시청이나 의료보험공단 등에 서류를 내려면 직접 가거나 편지를 보내야 했는데 나는 군 가족 의료보험이라 서류 담당하는 곳이 툴롱이었다. 직접 갈 수 없는 먼 곳이라 우편으로 보냈는데 나중에 확인해보면 우편이 분실되어 다시 보내야 하는 경우가 더러 있었다. 시청이나 보조금 신청 등으로 직접 방문하면, 내가 전에 제출한 서류를 찾느라 한참을 기다려야 했다. 이미 서류를 제출했다고 하면, 다른 부서에 제출한 거니까 우리 부서에 다시 내라고 한다. 같은 자료이고 같은 관공소인데 스캔해서 공유하면 안 되는 걸까. 한국인이 보기에 어찌나 답답한지 모른다.

인터넷 접수는 도대체 왜 안 되는 걸까? 모든 업무는 정성스럽게 편지를 쓰고 서명을 해서 우편으로 보내라고 한다. 우리집에는 프랑스 공문이 소개된 책이 있다. 보내는 기관에 따라 다른 내용과 양식이 나온 편지형식이다. 관공서에 보내는 편지, 학교에 보내는 편지, 예를 들어 아이가 아파서 학교에 못 가게 되었을 때 교사에게 보내는 편지 양식 말이다. 실제 이것이 프랑스어 시험 DELF B2의 작문 시험 출제양식 중 하나이기도 하다.

어떤 이는 프랑스인들이 자기들의 문화를 소중히 여기는 거라 한다. 그래서 100년된 집들이 많다고 자랑한다. 내가 보기엔 변화를 두려워하고 있는 것 같다. 그래서 발전이 느리다. 막말로 관광 1위 나라이기에 별로 변화하지 않아도 파리에서 큰돈을 벌어주니 괜찮다. 프랑스 갑부 3%가 프랑스 전체를 먹여 살린다고 하지 않는가. 후기자본주의 때문에 부자들은 계속 세금이 오르고 부자 덕에 먹고 사는 실업자들은 일을 구할 필요조차 느끼지 못한다. 아는 친구가 있는데 대학을 졸업하고도 일을 구하지 않는다. 어차피 일하면 한 달에 1,300유로 정도 버는데 일 안 하고 실업수당 받으면 700유로를 국가에서 받는다. 500유로는 교통비 점심값이라 생각하고 일 안 하는 쪽을 선택했단다. 결국 실업자들을 먹여 살려야 하는 부자들은 주변 벨기에로 회사를 이전한다. 유명한 프랑스 배우 제라 드파르디우Gérard Depardieu는 연 14억 이상 고소득자에게 세금을 75%까지 올리겠다는 소식에 2013

년 러시아로 망명했다. 복지가 좋아지면서 일을 하지 않아도 살수 있다는 생각에 실업률이 높아져간다. 근무자들은 일을 하기 싫어한다. 어찌나 느려 터졌는지 어찌나 휴식시간이 긴지 모른다. 옷 매장을 가도 판매원은 손님이 오건 말건 관심이 없다. 손님에게 친절하게 웃지도 않는다. 누군가는 이렇게 말한다. "왜 판매원이 손님에게 웃어야 하냐. 손님은 옷이 필요해서 온 거고 판매원은 자기 일을 할 뿐인데 옷이야 할 의무까지는 없다"고.

어느 토요일, 대형마트 까르푸 계산원은 줄을 길게 선 손님들을 뒤로하고 전화통화를 하고 있다. 손님들은 계산원이 사적인 통화가 끝날 때까지 기다려야만 했다. 너무 심하다 싶을 정도로 전화통화를 길게 하자 손님들끼리 논쟁을 하기 시작했다. 어느 프랑스인은 계산원에게 "손님들 기다리는 거 안 보이냐" 하고 어느 프랑스인은 "당신은 근무 중에 가족이나 친구와 통화 안 하느냐? 기다려주자"고 한다. 서비스가 최고인 대한민국에서는 있을 수 없는 일이다. 독일에서 온 '리들LIDL'이 프랑스 내 슈퍼마켓 부문에서 여러 해 연속으로 1위를 차지하고 있는 이유도 프랑스 사람들의 근무방식에 문제점이 있다는 걸 말해준다. 리들은 직원교육을 철저히 시킨다는 것을 늘 강조한다. 리들 계산원은 손이 너무 빨라서 물건을 봉투에 담는 우리 맘이 급해질 정도다. 그 이후로는 다른 마켓에서도 전화하는 계산원을 본 적이 없는 것으로 보아 조금씩 서비스가 좋아지는 듯했다.

내가 2010년 프랑스 신혼 생활을 정리하고 한국으로 돌아오던 해에 프랑스는 시끄러웠다. 인력을 줄여 기계화를 하겠다고 선언한 것이다. 문제는 이걸 받아들이지 못하는 프랑스인들이었다. 늘 그러하듯 대규모 시위가 열렸다.

사르코지 대통령이 100세 시대에 맞게 은퇴 기간을 2년 더 늦추겠다고 했을 때는 난리도 아니었다. 막말로 은퇴 날만 기다리며 일하던 사람들에게는 2년 추가가 자기의 2년 휴가를 빼앗아가는 거나 다름없기 때문에 40~50대 뿐만 아니라 청소년들까지 데모에 참석했다. 올랑드 대통령이 당선된 후에 이 법안은 수정되었다. 카레 다르Carré d'Art 미술관 옥상에 있는 카페에서 차를 마시고 있는데 갑자기 시끄러워졌다. 아래를 보니 시위 중이었다. 아래 사진은 올랑드 대통령이 당선된 후 님 시민들이 은퇴법에 대한 시위를 할 때다.

그래도 일 안 하는 프랑스 사람들에게 일하라고 따끔하게 말한 대통령은 사르코지가 유일하지 않을까? 그후 사르코지는 재선에 실패했고 지금은 비자금 문제로 여기저기 재판받으러 다니느라 바쁘다.

2010년 이전에는 세관에서 중국산 물건들을 불태우는 장면과 함께 중국산 물건의 위험성을 알리는 뉴스를 자주 보았다. 고가 제품의 광고에는 프랑스산·프랑스 전통방식을 강조하고 있었다. 이때만 하더라도 한국인들이 비싼 EMS 배송료를 내더라도 한국에서 물건을 받을 만큼 이곳의 모든 것들이 비쌌다.

내가 프랑스에 다시 돌아간 2012년에는 중국산 물건으로 꽉 찬 저렴한 매장들이 많이 생겨났다. 굳이 한국에서 물건을 배송시킬 필요가 없을 정도로 물건 가격들이 저렴해졌다. 좋은 물건을 구입한 후 자식들에게까지 물려준다는 과거 방식 대신에 저렴한 물건을 그때그때 소품으로 사용하고 버린다는 소비패턴이 형성된 거다. 중국산 물건이 없었으면 어쩔 뻔 했나 할 정도로 매장은 사람들로 붐빈다. 패스트푸드와도 같은 현상으로 과거에 프랑스의 39개 버거킹 매장이 장사가 안 돼서 철수했다고 한다. 프랑스인들은 햄버거와 같은 음식을 배척했다고 하는데 아마도 미국 패스트푸드로 인해 프랑스 레스토랑이 공격받을까 봐 무서웠던 것이 아닐까 싶다. 중국산 물건이 들어오면 프랑스산 비싼 물건을 살 사람은 없기 때문에 본인들이 살기 위해 중국산 물건과 미국식 음식을 거부하는 것이다. 그렇기 때문에 다른 나라에 비해 늦게 외국문화를 받아들였다. 이게 꼭 프랑스 문화를 사랑하기 때문은 아닐 것이다.

2007년에는 맥도날드도 도미노 피자도 점심시간과 저녁시간에만 문을 열었다. 한마디로 오후 3시에 햄버거가 먹고 싶으면 저녁까지 기다리거나 다른 음식을 선택해야 했다. 이게 무슨 패스트푸드인가. 지금은 다양한 체인점들이 들어왔고 종일 문이 열려 있다. 프랑스 젊은이들이 간편한 패스트푸드를 찾기 시작했고 프랑스에 외국인들도 많다 보니 서서히 소비패턴과 소비문화가 바뀌게 되었음을 알 수 있다.

2008년에 내가 프랑스에서 사용한 인터넷 쇼핑몰은 ebay와 Amazon 정도였다. 브랜드의 사이트는 존재했지만 사이트를 통해 의류를 구입할 수는 없었다. 2012년에 프랑스로 다시 돌아왔을 때 진정한 인터넷 쇼핑을 할 수 있는 의류사이트들이 생겨났다. 사이트에서의 구매가는 매장가보다 1유로가 더 비쌌고 배송료도 6유로가 붙었다. 후에 무료배송이 가능해졌는데 본인 집에서 가까운 작은 슈퍼에 맡기면 찾아가는 방식이었다. 모든 것이 불만족스러웠지만 이 정도 발달한 것만으로도 감사할 따름이다.

2013년에는 우체국에 기계가 몇 대 들어왔다. 우체국 직원이 어떻게 기계를 사용하는지 열심히 설명해준다. 기계 위에 소포를 올려놓고 무게를 잰 후 카드나 잔돈을 기계에 넣으면 우표 스티커가 나온다며 이제 더 이상 20분씩 줄서서 기다릴 필요가 없다고 자랑스럽게 이야기한다. 문제는 그렇게 우표를 붙인 소포를 어디다 두어야 하는 건가? 내 앞에 있던 프랑스 사람을 봤더니 우표 붙인 소포를 직원에게 전달하기 위해서 또 줄을 서 있는 것 아닌가. 이게 무슨 기계화인가?? 직원 업무를 고객들이 하는 거지? 매번 이렇게 줄을 서다가 어느 날 이 사람들의 근무방식에 화가 나서 소포를 그냥 직원에게 던져줬다. 나에게 줄 서라고 말도 안 하고 그냥 소포를 받아 어딘가에 놓길래 그 다음부터 늘 직원에게 던져주었다. 소포를 넣는 보관함까지 있어야 완벽한 기계화 아닌가.

2015년 기아나로 오는 비행기를 타기 전날, 인터넷으로 티케팅을 할 수 있다고 적혀 있었다. 미리 티케팅을 해놓으면 입국절차가 더 간단하리라 생각하고 인터넷으로 좌석확인하고 티케팅을 마쳤다. 그리고 파리 오를리공항에 도착했다. 원래는 내가 인터넷으로 티케팅을 끝냈기 때문에 창구에 길게 줄을 설 필요 없이 바로 내 짐을 기계로 부치면 되는데 이상하게도 이곳엔 짐 부치는 곳이 없다. 공항 직원에게 물어보니 줄을 서라고 했다. 항공사 창구를 찾아가 나 인터넷으로 티케팅 다 했는데 여기 줄을 또 서야 물어보니 줄 서야 한단다. 그럼 굳이 티케팅을 왜 하라고 한 건가. 배웅 나온 친구에게 이게 정상이냐고 물어봤다. 얼마 전 이 친구도 한국에 휴가 갔다가 프랑스로 돌아올 때 인터넷으로 티케팅 해놓고 인천공항 짐 부치는 곳에서 본인이 직접 캐리어를 붙였단다. 근데 여기는 짐 부치는 곳이 없어서 결국 줄을 서야 하는 것 같다고 한다. 프랑스인들은 무언가를 시도했다고 생색은 내는데 나는 여전히 불편하다. 바쁘게 일하는 한국인과 느리기로 유명한 프랑스인들의 발전 속도가 어찌 같을 수 있겠는가. 기대를 하지 말자.

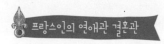

내 행복이 가장 중요한 프랑스인. 그래서 사랑에 있어서도 쿨하다. 사르코지Nicolas Sarkozy 전 대통령과 카를라 브루니Carla Bruni의 결혼은 전 세계인들이 너무 많이 알아서 다시 설명해야 하나 싶을 정도다. 사르코지가 파리 시장일 때 주례를 봐주었던 신부 세실리아를 사랑하게 되었고 이 신부가 이혼한 후에 그녀와 결혼했다. 그리고 대통령 임직기간에 이혼했다. 왜? 불륜을 저질러서. 그리고 얼마 후 톱 모델 출신 카를라 브루니와 여행을 갔다가 파파라치에 의해 관계가 들통 났다. 카를라 브루니도 엄청난 여자다. 자기가 동거하던 남자의 아버지와 불륜을 저지른 것이다. 카를라는 대선 당시 사르코지 반대파인 세골렌 루아얄Ségolène Royal 편에서 선거 운동을 하던 여자다. 두 사람이 결혼할 당시 사르코지는 아이가 셋, 브루니는 아이가 하나 있었다. 그리고 사르코지 대통령 임직기간 동안 둘 사이에서 딸이 태어났다. 어쨌든 지금은 사르코지 옆에서 얌전히 지내고 있지만 그 둘이 헤어진다 해도 전혀 놀라운 일은 아니다. 카를라 브루니 책을 읽었는데 몇 시간 만에 다 읽었다. 물론 책 내용도 별것 없었지만 남의 연애사는 왜 이렇게 재밌는지 종이가 잘 넘어간다.

사르코지와 함께 대통령 후보였던 세골렌 루아얄의 동거남이 바로 사르코지 다음으로 프랑스 대통령이 된 프랑수와 올랑드 François Hollande다. 이들 사이에는 자녀가 넷 있다. 루아얄이 사르코지에게 패하자, 올랑드와 루아얄은 쇼윈도우 부부 생활을 청산했다. 이미 몇 년 전부터 별거 중이었다고 하는데 이 둘은 혼인신고를 한 부부가 아니라 동거신고를 한 상태였다. 프랑스에는 PACS라는 동거제도가 있다. 동성애자들을 위해 만들어졌다는 소리도 있는데 커플 사이에 아이가 있으면 혼인신고한 부부처럼 국가의 혜택을 받을 수 있고 이혼시에 혼인신고한 부부보다 간편하다고 한다. 물론 헤어졌다고 신고를 해야 한다. 현재는 혼인하지 않고 동거제도를 이용하고 있는 커플들이 많다. 올랑드는 정치부 기자 출신의 다른 여자와 동거를 하기 시작했고 대통령에 당선된 후 이 동거녀도 함께 엘리제궁으로 들어갔다. 대통령 재직기간 동안에는 18살 어린 프랑스 여배우와 바람이 났고 기자 출신 동거녀는 충격으로 쓰러져 병원에 입원했다. 그후 화가 나서 엘리제궁 안에서 어머어마하게 비싼 물건들을 마구 집어던져 부쉈다

는 신문기사가 났다. 국가물품인데 그렇게 개인이 파손해도 되는
건가? 어쨌든 둘이 화해했는지 해외순방 때도 함께 다녔다. 14년
동안 대통령을 한 미테랑 전 대통령도 두 집 살림을 차려놓고 불
륜을 저질렀음에도 불구하고 자기 사생활이라며 기자들 질문에
오히려 당당했다고 한다.

사르코지 재임 시절 법무부 장관이었던 라시다 다티Rachida Dati
는 2009년 44세 미혼인 상태에서 아이를 낳았다. 사르코지의 대
선기간 동안의 대변인이었던 그녀는 사르코지 애인 중 한 명이라

고 할 정도로 사르코지와 관계가 깊다. 미혼인
법무부 장관이 임신을 했으니 전 국민이 아기
아빠를 궁금해하는 건 당연할 것이다. 재밌는
건 다티는 아랍계 출신으로 이력서에 써 있는
학력으로는 장관 자격에 미달이라는 것이다.
변호사 자격도 없고 학력도 허위인 그녀가 법

판사 데모

무부 장관을 하게 된 배경은 그녀가 사르코지
의 첫 번째 부인인 세실리아의 친구이기 때문
이다. 세실리아와 사르코지가 그녀를 법무부
장관까지 할 수 있게 도와준 것이다. 그 결과
판사들이 법무부 장관에 대한 불신으로 데모
를 하기도 하였다. 다티는 출산 후 며칠 만에
하이힐을 신고 근무하러 나오신 대단한 여성

이다. 본인은 "여성은 강하다. 출산 후에도 바로 나와 근무할 수 있다. 출산 후에도 예쁘게 차려입을 수 있다"를 보여주고 싶었는지 모르겠지만 그 일로 여성계 반발이 심해져 여성들이 시위까지 하는 일이 발생했다. 딸아이 출산 후에도 아이 아빠가 누구인지 밝혀지지 않았고 세 명의 남자가 거론되었다. 5년 동안 법정다툼을 마무리 지으며 지난 2014년에 베르사유 지방법원에서 생물학적 아빠가 루시앙 바리에르Lucien Barrière 기업 회장이라고 발표했다. 2012년 법원의 DNA 테스트를 거부했던 이 억만장자는 프랑스에 37개의 카지노, 15개의 럭셔리 호텔, 130개의 고급 레스토랑과 술집을 가지고 있으며 프랑스 부자 136위를 차지하는 사람이다. 참고로 프랑스 부자 1위는 루이비통 그룹 회장, 2위는 로레알, 3위 에르메스, 6위는 샤넬 회장이다. 아이 아빠는 사르코지 전 대통령과 친한 사람이었고 2007년 어느 모임에서 다티를 만났다. 두 사람은 파파라치에 의해 사진이 찍히면서 알려졌다. 아이 아빠는 사랑에 빠졌을 당시 65세, 다티는 44세. 21살의 나이 차이. 여자는 아이의 친아빠가 누군지도 모르고 법원 판결을 기다리고 있었고 아빠도 70살이 되어서야 딸아이의 존재를 알게 되었으며 딸아이의 아빠 역할을 할 수 없다고 공식적으로 말했다. 법원은 생물학적 아빠에게 매달 2,500유로, 한화로 300만 원이 조금 넘는 돈을 아이엄마에게 지급하라고 판결을 내렸다.

TF1 뉴스 대표 앵커 끌레르 샤잘claire chazal의 임신소식. 1995

년 미혼인 그녀는 아이의 아빠가 누군지 밝히고 싶지 않다고 했다. 10년 후 2005년 그녀의 자서전에 아이 아빠가 TF1 뉴스의 남자 앵커 파트릭 푸아브르Patrick Poivre d'Arvor라고 밝혔다. 그후 그녀는 새로운 남자와 결혼을 하고 이혼도 했다. 24년간 앵커였던 그녀는 은퇴 후에도 종종 예능방송에서 만날 수 있을 만큼 인기가 많은 프랑스 대표 앵커다. 프랑스 사람들도 남의 연애사에 관심이 많다. 우리나라 같으면 사생활이 문란하면 인격적으로 문제가 있다고 판단하고 모든 활동을 못하도록 만들 텐데 이곳은 사생활이 문란해도 대통령 하고 장관 하고 방송 하며 자기 일에 아무 지장이 없다. 왜냐? 사랑은 사랑이고 능력은 능력이다.

몽펠리에 3대학 내 어학원을 다닐 때 불륜에 대한 주제로 토론을 한 적이 있다. 아시아인들은 불륜을 법으로 관리해서 감옥에 보내야 한다고 하고, 유럽사람들은 그건 불륜이 아니라 사랑이며 사랑할 권리는 누구에게나 있는 거라고 반박했다. 토론하는 동안 알았다. 간통죄는 아시아 국가에만 있다는 걸. 유럽사람들은 사랑을 법으로 관리한다는 걸 아주 이상하게 생각했다. 지금은 우리나라도 간통죄가 없어졌지만 아시아가 보수적인 건가? 사랑이란 이름으로 다 허용되어도 되는 건가? 혼란스럽다.

다니엘 리비에르의 책 《프랑스의 역사》를 보면 프랑스 Francs는 게르만 언어로 "Frank 자유롭다 + Frekkr 용감하다"에서 유래되었다고 한다. 이들은 "사랑"에 관해서는 자유롭고 용감하다.

프랑스에서 내가 제일 좋아하는 가족 드라마 〈끌렘Clem〉을 보면 프랑스인들의 삶을 알 수 있다. 너무 사실적으로 표현해서 처음엔 깜짝 놀랐다. 보다 보니 참 현실적인 드라마였다. 시즌 1이 26.8%의 시청률을 기록할 만큼 프랑스인들에게도 인기가 많았고 현재 시즌 7까지 제작되었을 정도로 사랑을 받은 드라마다. 시즌 1부터 6까지 모두 20% 이상의 시청률을 기록했고 마지막 시즌 7은 19.5%였다. 개인적인 생각으로는 시청률이 떨어진 이유는 배우들이 많이 교체되어서 그런 게 아닌가 싶다. 시즌 8은 2018년 4월에 TF1에서 방영을 시작했다.

　드라마에 나오는 가족들은 이혼하고 재혼하며 여러 가족이 함께 모여 새로운 관계를 형성한다. 예를 들어 끌렘이 첫 번째 이혼을 했다. 노엘때 가족들이 모여 함께 식사를 하는데 끌렘과 그의 아들이 기준이 되어 끌렘의 전 남편과 전 시부모님, 끌렘의 부모님들, 끌렘의 새 남자친구가 모두 다 같이 모여 식사를 한다. 엄마가 이혼했더라도 아이는 아빠를 만날 권리가 있다. 만약 아빠가 엄마랑 이혼하고 새 아줌마와 결혼을 했다면, 아빠를 보려면 당연히 새엄마도 봐야 하고 그 새엄마의 아이들과도 어울려야 한다. 우리나라의 경우 그렇지 않지만 외국은 이런 상황을 받아들여야 하고 그게 가족이라고 밀한다. 다큐멘터리 〈B급 며느리〉를 보면 며느리가 시어머니와 사이가 안 좋기 때문에 시어머니는 손주도 만날 수 없는 상황이 발생한다. 우리나라에서 그렇다. 한국

[드라마 인물 관계도]

만 16세 임신, 첫째 아들 출산. 첫 번째
남편은 이혼 후 교통사고로 사망.

주인공 끌렘

두 번째 남편 사이에 딸 출산. 남편이
전 여자친구와 바람이 나서 이혼.
끌렘도 새로운 사람을 찾음.

첫 번째 남편의 부모님

끌렘의 여동생들

끌렘 엄마의 동거남과
동성애자인 아들

끌렘의 부모님. 엄마는 스페인 사람으로
드라마에서 불어와 서반어 사용

에선 어찌 보면 그게 정상이다. 근데 프랑스에선 그렇지 않다. 할머니가 손주를 보겠다는데 막을 권리는 그 누구에게도 없다.

이 드라마는 가족드라마답게 가족 안에서 일어날 수 있는 일이 모두 일어난다.

주인공 끌레멍틴은 만 16세에 고등학교 친구와 한 번의 실수로 임신을 한다. 그로 인한 가족들과의 갈등이 표현된다. 아빠의 잦은 외도로 인해 외롭던 엄마는 다른 남자를 짝사랑하고 결국 아빠는 젊은 여자와 바람이 나서 집을 떠난다. 엄마의 암 진단과 알콜중독 치료. 이혼 후 가족을 먹여 살리기 위해 일을 찾는다. 끌렘의 이혼 후 전 남편의 사망. 두 번째 남편과 새로운 출발. 두 번째 임신과 출산 그리고 두 번째 이혼. 끌렘의 엄마는 스페인 사람인데 드라마에서 프랑스의 많은 다문화가정들의 갈등을 표현하고 있다. 프랑스는 잦은 전쟁으로 인해 1931년에 이민자 수가 이미 290만 명에 달했다. 우리가 농담으로 프랑스 전통 가족이란 건 존재하지 않는다고 말할 만큼 다문화가정이 많다. 끌렘 엄마 입에선 수시로 스페인어가 튀어나온다. 딸들도 다 알아듣고 프랑스어로 대답한다. 외인부대 가정에서도 쉽게 보는 모습이다. 부모들의 언어를 이해하지만 자란 환경 때문에 프랑스어가 더 편해서 대답은 불어로 한다.

끌렘 엄마는 어느 날 집에 일하러 온 수리공과 사랑에 빠져 동거를 시작한다. 수리공 아들은 집안에서 남자친구와 애정행각을 하다 끌렘의 엄마에게 들킨다. 어른들이 동성애자 아들을 때려도 보고 달래도 보지만 드라마의 모든 결론은 "자식을 이길 수 없다"다. 참고로 프랑스에서는 동성애자 결혼이 2013년에 올랑드 대통령에 의해 합법화되었다. 이 아들은 마약도 한다. 프랑스는 유럽국가 중 마약을 가장 많이 하는 국가이며 6,500만 명의 프랑스 인구 중 140만 명이 주기적으로 마약을 하고 있다는 〈미디 리브르Midilibre〉 신문의 통계가 있다. 특히 15~16세 청소년들의 소비가 39%를 차지할 만큼 청소년 마약 흡입이 큰 골칫거리다. 고등학생인 끌렘의 여동생과 끝없이 부딪치는 엄마의 이야기도 나오고 끌렘이 일하며 아이도 봐야 하는 상황도 잘 표현해놓았다. 한 가족 안에서 계속 크고 작은 일들이 벌어지고 그것을 해결하면서 더 단단해진다는 게 이 드라마가 우리에게 주는 메시지다.

10년 전 시아버지가 나를 처음 본 날, 외국에 있는 아들이 흑인 며느리 데려올까 봐 걱정했는데 한국 며느리를 얻게 돼서 다행이라고 하셨다. 지금 나는 흑인 며느리가 걱정이 아니라 아들이 결혼한다고 남자를 데려올까 봐 걱정이다. 이젠 남의 일이 아니다. 내가 살던 몽펠리에는 동성애를 공식적으로 인정해주던 도시였다. 그래서 게이 페스티벌이 엄청 유명하다. 2004년 두 남성이 몽펠리에 시장 앞에서 공식적으로 동거 허가를 받았다. 전 사르코지 대통령 시절에 몽펠리에 시에서 공식적으로 동성애 동거제도를 인정해주었기에 이후로 많은 동성애자들이 몽펠리에로 이사를 왔다고 한다. 당시 몽펠리에 시 외에도 몇 개의 도시가 공식적으로 허가를 해주었다. 저녁에는 동성연애자들끼리 키스하는 모습을 쉽게 볼 수 있다. 나도 처음 2007년에는 그 모습에 놀랐지만 또 보다 보면 그런가 보다 한다. 나와는 상관이 없는 일이면 다행이지만 자식이 있는 부모로서 어떻게 받아들여야 할까. 드라마 〈끌렘〉처럼 나에게도 이런 일이 생긴다면 말이다. 프랑스 영화 〈입생로랑Yves Saint Laurent〉이 패션영화인줄 알고 봤다가 적나라하게 표현된 동성연애 장면을 보고 무척 당황했던 기억이 있다. 또 프랑스의 동성연애가 오래 전 1970년도? 혹은 그 전부터 존재했음에 놀라웠다. 하기야 몽펠리에 게이 퍼레이드도 어느새 34회가 지나가지 않았는가. 요즘은 남자도 여자도 제3의 성이 나왔다고 하고 남성이 임신을 했다고도 한다. 옛날 우리 할머니 시대엔 외국인과 결혼하면 큰일이라도 나는 줄 알았지만 지금 시대에 다문화가정이 이상하지 않은 것처럼 30년 후 우리 아이들이 커서 결혼할 때쯤 동성 간의 결혼이 어떻게 받아들여질까. 그때도 하늘이 무너지는 것처럼 큰 일이 될까? 30년 후에 로봇을 사랑한다고 하진 않을까? 일본에서는 이미 가상 아내가 나왔다고 하고 페이스북에서도 감정을 표현하는 휴머노이드 로봇과 사랑에 빠진다는 내용의 동영상을 본 적이 있다. 몇십 년 후에는 로봇 혹은 복제인간과의 결혼도 허락해줘야 하는 시대가 올지도 모른다.

프랑스에서 어학연수를 할 때 여행사에서 달리
미술관 다녀오는 하루 코스 관광을 소개해주었다. 대만 친구는
50유로를 내고 버스 타고 스페인 피게레스Figueras에 다녀오면서
괴기스러운 작품들이 실린 어느 작가의 책을 잔뜩 사가지고 와

달리박물관

보여주었다. 그 작가가 바로 살바도르 달리Salvador Dali다.

피게레스는 프랑스 님에서 차로 두 시간 반 정도 가면 나온다.
살바도르 달리는 1904년에 피게레스에서 태어났다. 그의 생가는
까다께스Cadaqués에서 좀 떨어진 한적한 곳에 위치해 있다. 결국
피게레스도 까다께스도 이 지역은 달리 덕분에 관광지가 된 셈이
다. 달리 박물관에서 그의 작품들을 보고 규모에 입이 떡 벌어졌
다. 작품 하나하나의 규모가 정말 거대했다. 저 작품을 대체 어디
에다가 보관했을까? 박물관이 없으면 어쩔 뻔했나. 후에 달리 생
가에 방문했을 때 달리 집 주변 땅에 널려져 있는 그의 작품들을
보았다. 넓은 시골 땅을 작업실로 사용한 것이다.

까다께스로 향하는 길, 꼬불꼬불 산길을 지나 산 하나를 넘어
드디어 최북단 까다께스에 도착했다. 이곳 마을 입구에 우리가
예약한 호텔이 있었다. 바닷가로 가니 약간 그리스 분위기가 난

달리의 생가

다. 스페인 코스타브라바 지역의 건축양식이 꼭 제주도와 비슷했다. 마을 골목 골목을 거니는데 진짜 제주도 같았다. 까다께스에서 차로 더 들어가면 달리가 갈라와 살았던 집Casa-museu Salvador Dali이 나온다. 자신이 달걀에서 부활했다고 생각하는 달리의 집엔 곳곳에 거대한 달걀이 있었다.

달리 생가 40분짜리 가이드 코스는 미리 예약을 해야 한다. 우리는 당일날 달리 생가에 가서 직접 예약하고 빈자리가 나서 입장할 수 있었다. 10분에 한 번씩 열 명만 입장 가능하며 11유로의 입장료를 냈다. 가이드는 스페인어 영어 프랑스어 등 그 자리에 있는 나라 사람들을 위해 다양한 언어로 설명해주었다. 집 안에 작은 소품들이 전시되어 있었기 때문에 도난 방지를 위해 가방 등은 모두 맡기고 관람해야 했고 집안 곳곳엔 감시 카메라가 돌아가고 있었다. 광기어린 달리가 사랑한 갈라. 달리는 초혼이고 갈라는 재혼이다. 나도 아줌마인가 보다. 초혼인지 재혼인지가 더 재밌다. 달리도 대단하지만 난 그 여자가 더 대단하다. 같은 여자 입장이라 그런가? 미치광이 취급을 받았던 남자를 곁에서 지켜준 여자. 그래서 그들의 50년 이상의 열정적인 사랑 이야기에 대한 책들이 많다. 괴기스럽고 독특한 이곳을 관광하고 까다께스 관광 안내소에서 알려준 장소로 이동했다.

카프 데 크레우스Cap de Creus는 말로 표현할 수 없을 만큼 장관이다. 피카소와 살바도르 달리가 미술 세계의 영감을 얻었다는 지역이다. 비너스와 어린 큐피드(1925), 기억 속의 지속(1931), 나르시스의 변모(1937) 등 달리의 많은 작품 속 배경이 되었다. 바닷물의 투명도가 지중해 중 단연 최고라는데 까다께스에서 8km 떨어진 곳, 탁 트이고 드넓은 전경이 눈앞에 펼쳐졌다. 크레우스라는 뜻은 카탈루냐 언어로 '십자가들'이라는 뜻이다. 이곳은 스페인 산티아고로 가는 순례길 여정 중 한 곳이다.

남편에게 힐링시간을 5분 줬더니 여기저기 날아다닌다. 어디 갔나 한참을 찾았는데 저~~~기까지 내려가서 셀카 찍고 계신다. 나는 절벽에서 아이가 미끄러지기라도 할까 봐 아이를 꽉 잡고 있었다. 우리는 차를 주차하고 높은 언덕에서 아래를 내려다

보고 왔는데 바람이 너무 세서 정말 날아갈 것 같았다. 차가운 바람에 답답하던 속도 뻥 뚫렸다.

여름에 왔더라면 저 아래 내려가 해수욕을 했을 텐데 아쉬웠다. 우리가 이 지역에 살았다면 이곳이 곧 우리의 놀이터가 되었으리라 확신했다.

매년 7월 14일은 프랑스에서 가장 큰 국경일이다. 1789년 7월 14일, "자유 평등 박애Liberté, Égalité, Fraternité"를 외치며 불평등한 사회체제에 반발한 시민들이 승리를 거둔 날이다. 이날 아침엔 샹제리제 거리에서 국방부 소속의 군인 소방관

경찰관 등의 행진이 진행된다. 본토 뿐 아니라 남미 기아나나 아프리카의 프랑스령 등 해외영토의 파견현장을 생방송으로 중계하며 프랑스가 얼마나 강한 나라인지 보여주는 행사이기도 하다. 1년 중 관광객이 가장 많을 때가 크리스마스를 포함한 연말과 프랑스 혁명 기념일이라고 할 정도로 많은 인파가 모인다.

대통령이 말 부대와 함께 입장한 후 에어쇼를 볼 수 있다. 걸음이 제일 느린 외인부대는 걸어서 행진하는 순서에서 제일 마지막으로 소개된다. 외인부대 전통 도끼병들인 피오니에Pionnier가 외인부대의 시작을 알린다. 이들은 18세기부터 외인부대 작은 소대로 존재했으며 도끼로 나무를 베는 전통을 지니고 있다. 이들 뒤로 외인부대 군악대가 국가를 연주하며 등장하고 그 뒤로 외인부대원들이 총을 들고 행진한다. 마지막으로 장갑차와 오토바이 소방차가 행진하며 두 시간 동안 행사가 진행된다. 이날 프랑스 국가La marseillaise를 연속해서 듣다 보면 그 다음날까지 귀에서 국가가 들릴 정도다.

님에 있을 때 후배 두 명은 님 원형경기장에서 하는 외인부대 행사에 행진도 참여하고, 파리에 혁명 기념일 행진도 참여하러 간다고 했다. 남편에게 동기도 파리 행진에 자원해서 참여했는데 왜 자기는 안 하냐고 물었더니, 굳이 그걸 왜 하냐고 오히려 나한테 묻는다. 큰 행사에 참여하는 건 영광 아니냐 했더니 본인은 무릎 아파서 되도록 안 하고 싶단다. 파리에 끌.려.갈.뻔. 했는데 다행히 빠졌다고. 나로서는 이해가 되지 않는다. 쿠루에 있을 때도 브라질에서 외인부대원 행진이 있었다. 남편에게 안 가냐고 물었더니 "다.행.히. 빠졌다"고 한다. 브라질 가서 행사하면 좋지 않냐 했더니 더운데 비행기 타고 차 타고 몇 시간 가서, 몇십 분 행진하고 다시 돌아와야 하는데 그게 뭐가 좋냐고. "주말에 그런 곳에 끌.려.가.고. 싶지 않다"고 한다.

참 나와는 다르다. 나였으면 무조건 자원했을 텐데 남편은 원래 앞에 나서는 걸 싫어하는 사람 아닌가. 프랑스 방송은 물론 독일이나 영국 등의 외국 방송사에서 촬영을 오면 본인 얼굴 모자이크 해달라고 하는 사람이다. 방송을 보다가 모자이크한 사람 있으면 우리 남편이라고 말할 만큼. 지난번 한 달짜리 정글 전문가 교육을 받을 때도 France Ô 방송국에서 촬영을 해갔다. 한두 달 후에 두 시간 분량으로 방송이 됐는데 아이들이 아빠 어디 있냐고 묻길래 저기 모자이크 처리된 사람이 아빠라고 했다.

7월 14일 저녁엔 전국에서 불꽃놀이가 이루어진다. 한때 정부에서 테러 위험 때문에 에펠탑의 불꽃놀이를 취소하려고 했는데 테러가 무서워 행사를 취소하는 건 프랑스인에 걸맞지 않다고 시민들이 반발해서 지금껏 전통행사가 이어져오고 있다.

그들의 직업은 그냥 "군인"이다.

　　내 남자친구가 외인부대원이라고 했더니 다들 무서운 사람 아니냐고 묻는다. 엄마는 어디서 이상한 소릴 들으셨는지 "용병은 사람들도 죽인다더라" 하시는 것 아닌가. 다들 영화를 너무 많이 보셨든지 아니면 역사책 속에 빠져 계시든지 둘 중 하나다. 주변에서 이상한 소리를 하니까 나도 인터넷으로 찾아보았다. 과거에는 범죄자들도 입대가 가능했는데 요즘은 신분에 문제 있는 사람과 북한과 같은 특정 국가의 국민들은 입대가 불가능하다고 되어 있었다. 남자친구는 본인 이름 대신에 부대에서 준 다른 이름을 사용하고 있었고 몇 년 후 본인 이름을 사용할 수 있는 시기가 되어 그때부터 본인의 진짜 이름을 사용했다고 했다. 현재도 같은 시스템이라고 하는데 그 이유는 모르겠다. 어느 방송을 봤더니 용병이 슬픈 직업이라고 되어 있었다.

13세기 프랑스에서는 부족한 병력수를 채우기 위해 '용병'을 모으기 시작했다. 1831년에 외인부대가 창설되었고 식민지를 갖기 위해 전쟁을 일삼았다. 외국인 용병제는 미국 스페인 포르투갈 스위스 독일도 존재했었다. 그때는 돈을 벌기 위해서 싸워 이겨야 했다. 역사적으로는 슬픈 직업이 맞다. 아프리카 알제리 사람이 외인부대에 입대를 했는데 알제리 내전에 투입되면 프랑스를 위해 싸워야 하니 얼마나 슬픈 상황인가. 현재 다른 나라는 용병제가 없어지고 프랑스 외인부대는 여전히 존재하고 있다. 왜냐하면 프랑스 본토 외에도 관리해야 할 기아나 폴리네시아 누벨칼레도니 마요트 등 해외영토가 있고 아프리카 등에서 내전이 일어나면 프랑스군이 투입되어야 하기 때문이다. 그 외에도 프랑스 군대가 필요한 일이 수없이 많다. 프랑스는 자원입대이기 때문에 군인의 수가 부족하므로 외인부대를 없앨 이유가 없다.

요즘 기본급 1,500유로, 한화로 180만 원에 목숨 걸 사람들이 어디 있을까? 물론 해외파병을 나갈 경우 단기간에 많은 돈을 받는 건 사실이지만 내가 보기엔 한국인은 돈을 좇아 이곳에 오는 것이 아니라 군인이란 직업을 선택해서 오는 게 아닌가 싶다. 또 5년 근무하고 프랑스 국적을 신청할 수 있다는 장점도 있기 때문에 이민을 꿈꾸는 자들에게는 좋은 기회가 될 수 있다. 우리나라 스포츠 선수들 중 외국인들이 태극기를 가슴에 달고 경기에 임할 때가 있다. 그들이 한국으로 귀화한 것이 불쌍한 일인가? 뉴스를 보면 미국에서 유학중인 한국학생들이 미군에 입대지원하는 일이 많아졌다고 한다. 유학생들이 미국회사에 취직했다면 다들 부러워한다. 이렇듯 외인부대원도 그저 하나의 직업일 뿐이다.

　요즘은 인터넷이 잘 되어 있어서 각 연대마다 사진도 어마어마하게 올라온다. 일반인들이 봤을 땐 멋있다는 환상을 가질 수도 있겠다는 생각이 든다. 식당을 가서 사진을 찍어도 유럽에서 찍은 사진이 더 고급스러워 보이는 것처럼 프랑스군이 착용하는 소품들, 훈련방식 다 멋있어 보일 거다. 외인부대원들은 다 보디빌더처럼 몸이 좋은가? 몸이 좋은 사람도 있고 마른 사람도 있고 외인부대원이라고 다 보병만 있는 게 아니라 식당에서 근무하는 사람들도 있고 에어컨 고치는 사람들도 있다. 안경 낀 사람들이 있나 생각해보니 서비스 중대 사람들 중에 몇 명은 안경 낀 걸 보았다. 안경을 끼면 전투중대는 갈 수 없기 때문이다. 기아나에서 미션을 나가면 기본 2주에서 한 달을 정글에서 보내야 한다. 잘 씻지도 자지도 못하는 불편한 환경에서 렌즈나 안경을 낀다면 본인이 견딜 수 없을 것이다. "외인부대와 타투Légion étrangère et tatouages"라는 주제로 방송에 소개되었을 만큼 외인부대원들이 몸에 새기는 타투의 의미가 크다. 처음에 남편이랑 결혼하고 주변 사람들이 타투한 걸 보고 신기해서 만져도 봤었다. 근데 그것도 자주 보니까 무섭다는 생각이 안 든다. 재밌는 건 남편들이 타투를 하면 그 아내들도 함께 타투를 한다는 거였다. 여기선 마담들도 몸에 알록달록 타투가 많다. 오죽하면 나도 타투를 하고 싶었을까. 모든 외인부대원이 온몸에 타투가 있고 몸집이 거대한 무시무시한 사람만 있는 건 아니라고 말해주고 싶다.

한국 포털 사이트에 외인부대를 검색하여 내용을 살펴보면 분쟁이나 내전이 터지면 프랑스 정규군을 보내지 않고 먼저 외인부대를 보낸다고 되어 있다. 자국민은 보호하고 외국인은 죽어도 된다는 식으로 말이다. 내가 겪어본 프랑스는 그런 나라는 아니다. 프랑스 국적을 가진 IS 조직원들이 테러를 저지르면 프랑스 국적을 박탈하겠다는 올랑드 대통령의 개헌안에 각계 정계의 강한 반발로 개헌안이 철회되었다. 테러범이라도 프랑스 국민이라는 것이다. 외인부대원들 중 많은 사람들이 이미 프랑스 국적을 취득했고 그들의 자녀들 또한 프랑스 국민이다. 외국인 용병을 총알받이로 쓴다는 식의 표현은 19세기에는 그랬을지언정 지금 시대와는 맞지 않는 말이다. 오히려 묵묵히 지시에 따르고 정신력과 체력이 강한 외인부대원들을 높이 인정한다.

실제로 외인부대 훈련 강도는 프랑스 정규군보다 강하며 그들의 정신력은 따라올 수 없을 정도로 강하다. 이곳은 159개의 국적과 다양한 인종, 문화가 섞여 있는 곳이다. 재밌다면 재밌을 수도 있지만 아주 독특한 곳이어서 정신력이 강하지 않으면 버틸 수 없는 게 사실이다. 어떤 사람들은 무지 고민을 많이 한다. 마치 본인이 지원만 하면 바로 입대할 것처럼 말이다. 남편 말로는 체력 테스트는 대부분 합격한다고 한다. 기본체력이 없는 사람이 입대지원을 하지는 않았을 테니 말이다. 체력검사와 신체검사를 통과했어도 심리검사에서 떨어지는 사람들이 많다고 한다. 불합격으로 입대 자체를 못하는 사람들도 있고, 5년 계약을 채우지 못하고 집으로 돌아가는 이들도 있는 것으로 안다. 정보가 필요한 이들에게 내 이야기가 현실적인 도움이 되었으면 한다.

님에 살 때 남편이 집 앞으로 택시를 불러 시내
에 나갔는데 택시기사가 "이 공무원 주택 단지에 사냐? 여기 비
싸지 않느냐, 너 운이 좋다"고 얘기했다고 한다. 프랑스인도 비싸
서 살기 힘든데 니네 외국인들이 와서 혜택을 누리고 살고 있다
고 비꼬는 말이다.

프랑스인들은 외인부대원을 가난한 나라에서 돈과 국적을 받
기 위해 몰려든 사람이라고 생각하기도 한다. 외인부대원들 중
빈민국의 수가 많은 것도 사실이다. 루마니아 러시아 네팔 브라
질 국적이 많으며, 불어 사용 국가로는 세네갈 마다가스카 국적
이 많다. 브라질의 한 달 급여는 300유로 정도라고 한다. 외인부
대원의 급여는 초봉 월 1,500유로다. 그래서 브라질 군인들은 대
부분 죽을 때까지 이곳에 남겠다는 주의다. 자기나라에서 사느

니 이중국적 받아 일도 하고 돈도 벌고 삶의 질이 높아지기 때문이다. 브라질 친구는 나보고 왜 프랑스 국적을 안 받냐고 묻는다. 우리는 이중 국적인 안 된다고 설명해주었다. 참고로 아시아 나라만 이중국적이 허용이 안 된다. 외인부대원들 중 네팔인도 많은데 프랑스로 넘어오려면 브로커를 사서 많은 돈을 내고 여권을 받아 넘어온다고 했다. 큰돈이 나가더라도 외인부대만 들어온다면 인생이 바뀌니까 어떻게든 입대를 하려고 하는 것이다. 남편 동료인 몽골인은 10여 년 외인부대원으로 근무하면서 몽골에 집도 사놓고 농장도 사놓았단다. 제대하면 다시 몽골에 가서 살 거라고 했다. 루마니아 친구도 마찬가지다. 이곳에서 일을 해서 돈을 벌어 자기 나라에 집을 사놓았단다. 제대 후 자기 나라로 갈 거라고. 대한민국 사람이 한 달에 1,500~2,000유로 받고 한국에 집 한 채를 살 수 있는가? 우리와는 거리가 먼 이야기다.

자기 나라를 떠나 프랑스 국적을 받아 살려고 오는 이들도 있다. 브라질 북부에서 온 마담의 경우 자기 아이들을 폭력적이고 저수준의 교육을 받게 하고 싶지 않다며 프랑스 교육은 물론이며 본인도 프랑스 국적을 취득할 거라고 한다. 신분 상승을 위해 외인부대에 입대한 사람들이 있지만 그중에는 독일 영국 일본 프랑스 인들도 있다. 어떤 이유로 이곳까지 왔는지는 모르겠으나 이들은 하나의 직업을 선택해 이곳에 함께 있다.

프랑스 사람들 눈엔 외국인들이 프랑스에 들어와 사니 좋은 일

만은 아닐 테다. **그러나 외국인임에도 불구하고 프랑스를 지켜준다는 것에 대해선 고맙게 생각한다.** 가르교에 후배들과 함께 산책을 간적이 있다. 제복을 입고 있는 후배에게 프랑스인 할아버지가 먼저 악수를 청하시고는 옆에 있는 손주에게 프랑스를 위해 일하는 외인부대에 대해 설명하셨다. 학교 교과서에 프랑스 이민 정책에 대한 설명으로 외인부대원이 소개되었다고 한다. 이런 걸 보면 외인부대 인식이 나쁜 것만은 아닌 것 같다. 입장 바꿔 우리나라가 군인이 부족해 용병제를 실시하고 한국국적을 준다고 하면 어떻겠는가? 동남아시아 사람들이 모이지 않겠는가. 물론 한국을 좋아하는 전 세계 사람들이 모이기도 할 것이다. 우리나라에 외국인들이 많아지는 대신에 그들이 우리를 보호해준다면 어떻겠는가? 처음엔 부정적이겠지만 익숙해지면 고마워할 것이다. 또 그들이 한국군보다 더 강하고 모든 전투에 투입되어 우릴 보호해준다면 어떻겠나. 2017년 외인부대 통계에 프랑스인이 11.4% 복무 중인 걸 봐도 프랑스인들이 외인부대를 어떻게 인식하는지 알 수 있다.

나는 프랑스에서 살면서 남편이 외인부대원이라고 자랑스러워한 적이 없다. 하나의 직업인데 자랑스러울 게 뭐가 있겠는가. 대신에 실업률이 높은 나라에서 공무원으로서 혜택을 받을 수 있는 번듯한 직장이 있다는 것에 자랑스러운 거다.

남편은 외인부대원의 삶에 100% 만족하며 살까? 그렇지 않다. 자기 직업에 만족하는 사람이 어디 있나, 늘 새로운 걸 갈구하지 않겠는가. 남편이 외인부대 3년차 때 나를 만나 5년차 짬밥에 결혼을 했다. 5년 근무하고 제대하고 싶어 했는데 이제 막 신혼집을 샀는데 제대할 용기가 없었을 것이다. 7년차 되었을 때 제대하기로 되어 있었다. 내가 임신한 상태였기에 제대하기 바로 전에 남편은 계약서에 다시 사인을 했다. 그리고 지금까지 이렇게 살고 있다. 그 사이 남편 동료들은 제대해서 새로운 직업을 찾기도 하고, 그렇지 못한 이들은 다시 부대로 돌아오기도 했다. 참고로 제대 후에 본인이 원하면 다시 부대로 입대할 수 있는데 본부에 편지를 쓰고 허락된 자에 한한다. 계약이 끝날 때마다 남편은 제대하고 싶어 했으나 가족을 생각하니 쉽게 결정을 하지 못했다. 앞으로 3년 후까지 계약이 되어 있다. 총 19년 반 군생활을 한 후 제대할 계획이다.

　어느 날은 미션이 너무 많아 집을 자주 비우는 남편에게 왜 사무직을 선택하지 않고 군인을 선택했냐고 투덜댔다. 남편은 군인이란 직업이 어때서 그러냐, 역사적으로 가장 오래된 직업 중 하나이며 앞으로도 존재할 것이고 누군가는 해야 할 일,이라고 대답한다.

마치는 글
프랑스 본토로 돌아갈 준비를 하며

　매년 초, 군 가족들은 시끌시끌하다. 3년 파견 끝나고 본토로 돌아가는 가족들에게 관심이 많기 때문이다. 1년 더 추가해서 총 4년을 기아나에 머물지, 본토로 돌아가게 된다면 어느 도시로 갈지 결과가 나오기 때문에 다들 만나면 1월부터 7월까지 어디로 가느냐, 언제 떠나느냐, 짐은 정리했느냐, 아이들 학교 서류는 미리 보내놨느냐 등등 이사에 관련된 대화가 오간다. 3년 파견기간 중 1년 반이 지나는 시점에 1지망부터 4지망까지 본인이 선택하여 신청을 한다. 물론 결정은 본부에서 한다. 2017년 여름에 떠난 친구들을 보면 3지망이 돼서 떠난 친구도 있고, 원하던 1지망이 되어서 떠난 친구도 있다. 1년 추가 연장 신청이 거절돼서 짐을 싸고 있던 의무대원은 1년 더 하지 않겠냐는 갑작스런 제안을 받고 싸던 짐을 다시 풀렀다고도 한다.
　본토로 가는 결과를 기다리며 남편은 12월부터 악몽을 꾸기도 했다. 부대 정문 앞에서 동료들과 인사를 나누며 안부를 묻는데 남편이 "난 본토 어디로 돌아갈지 아직 모르겠다"라고 했더니 동료 말이 "무슨 소리 하냐, 여기 님 부대 앞인데" 라는 소리에 잠이 깼단다. 사실 우리는 어느 곳으로 가든지 중요하지 않다. 도시로 가든 작은 마을로 가든 장단점이 있기 때문이다. 또 살아봤던 곳에 가면 다 아니까 편하고, 모르는 곳에 가면 새로운 것들을 알게 되니까 신날 것이다.

2월에 나온 결과로 몇 주 동안 동네가 시끄러웠다. 세네갈 친구는 당연히 기아나 오기 전에 살던 지역으로 돌아갈 줄 알고 집까지 알아봐놓은 상태였는데, 신청도 안 한 지역에 생뚱맞게 배정받았다고 허탈하게 웃었다. 우리는 다행히 신청한 도시 중 한 곳, 게다가 1지망으로 발령받았다.

본토로 돌아가기 D−45일 되는 날, 오늘 아침. 한 달 후에 본토로 돌아가는 페루 친구네 집에서 차를 마셨다. 친구 남편은 카메론 전투 기념 행진 때문에 멕시코에 있다고 한다. 남편이 돌아오면 페인트칠하고 짐 정리를 해야 하는데 또 다른 미션이 있을까 봐 불안하다고 했다.

우리 남편은 어제 미션에서 돌아와 이틀 후에 2주짜리 정글 미션을 나가기로 되어 있다. 나는 그 사이 집 대청소 및 페인트칠, 정원 정리 및 모든 물건을 팔고 정리해야 한다. 남편은 정확히 두 시간 전 나에게 예정된 2주짜리 미션이 취소되고 브라질 인질 구출 작전에 투입될 거라고 했다. 사금 캐석하는 사람들이 다른 팀

의 한 여자를 인질로 데려갔다는 것이다. 원래 인질구조는 군경
찰 업무이지만 군경찰 특수부대GIGN가 정글 경험이 많은 외인부
대 특수부대SAED에게 부탁을 했다고 한다. 나는 남편에게 총 안
맞게 조심하라고 말했다. 그리고 몇십 분 후 부대에서 전화가 한
통 걸려왔다. 레지나 지역에서 헬기가 추락했는데 인명구조 및
사고현장에 투입된다고 비상대기를 알리는 전화였다. 남편은 짐
을 싸러 부대에 들어갈 준비를 했다. 곧 또 전화가 왔다. 남편이
나갈 준비를 하며 웃으며 말한다.

"나 태우러 헬기가 온대~."

"뭐라고?"

"태양의 후예 보면 유시진 대위 데리러 헬기가 오잖아. 나 태
우러 지금 헬기가 부대로 온대!"

정말 드라마틱하구나. 남편을 보내고 빨래 정리를 하는데 요
란한 헬리콥터 소리가 들린다. 남편을 보낸 마담들은 아이들에
게 소리를 질러댔다. 남편들도 언제 미션을 나갈지 몰라 불안하
지만 남편들을 보내는 마담들도 스트레스를 받기는 마찬가지다.
출발한 지 두 시간 만에 남편에게서 전화가 왔다. 두 명이 사망하
고 한 명이 중상으로 상황이 이미 종료되어 미션 취소로 집으로
돌아올 거라고 했다. 다음날 신문기사를 보니 개인회사의 헬기가
오전 10시 30분경 레이더에서 사라졌고 그들을 찾기 위해 군 헬
기가 넉 대 출동해서 구조작업을 진행했다고 한다. 수요일 오후

에 이 미션이 취소되고 금요일에 인질구출 미션에 투입될 예정이었다. 목요일 오후, 남편은 나에게 몇 시간 후에 정글로 출발한다고 전화로 알려왔다. 밤 12시에 출발해 새벽 3시에 레지나 지역에 도착해서 인질을 잡아간 사람들의 위치를 찾아 정글을 뒤졌고, SAED 여섯 명과 GIGN 네 명, 레지나 지역의 사법권을 가진 군경찰 한 명, 국립사법경찰들이 투입되어 인질을 구출했다고 한다. 무사히 임무를 마치고 돌아온 남편을 보니 마음이 짠하다.

남편도 남편이지만 아빠를 기다리는 것에 익숙한 아이들도 짠하다. 남편들 없이 가정을 돌보는 아내들도 짠하다. 어쩌겠는가, 모든 상황을 받아들이고 살아가야지. 어떤 직업이든 어떤 가정이든 이런저런 문제로 힘들기는 마찬가지일 것이다. 어려운 상황도 사랑으로 감싸 안을 수 있기에 우리는 가족이다.

본토로 돌아가는 그날을 기다리며 이 책을 마무리한다.

• 도움 자료 및 참고 문헌

도움 글 : 《프랑스의 역사: 다니엘 리비에르》, 까치글방

사진 출처 : 외인부대 홈페이지
https://www.facebook.com/pg/LegionetrangereOf-
ficiel

입대 정보: https://kr.legion-recrute.com/